A BIOGRAFIA ÍNTIMA DE LEOPOLDINA

2ª Edição

Marsilio Cassotti

A biografia íntima de Leopoldina

A imperatriz que conseguiu a independência do Brasil

Tradução
Sandra Martha Dolinsky

Copyright © Marsilio Cassotti, 2015
Copyright © Attilio Locatelli, 2015
Copyright © Editora Planeta do Brasil, 2015
Todos os direitos reservados.

Título original: *Amor y poder en los tiempos del Imperio*

Preparação de texto: Valéria Sanalios
Revisão: Ceci Meira e Rinaldo Milesi
Diagramação: 2 estúdio gráfico
Capa: Compañía
Imagens de capa: Empress Leopoldine, Painting by Josef Kreutzinger
　　　　　　　　© Album / akg-images
　　　　　　　　Rio de Janeiro, military parade in Piazza Reale. Painting by Joaquim Leandro
　　　　　　　　© Album / DEA / G. Dagli Orti

CIP-Brasil. Catalogação-na-fonte
Sindicato Nacional dos Editores de Livros, RJ

Cassotti, Marsilio
　A biografia íntima de Leopoldina : a imperatriz que conseguiu a independência do Brasil / Marsilio Cassotti ; tradução Sandra Martha Dolinsky. -- 2. ed. -- São Paulo : Planeta, 2021.
　324 p.

　ISBN 978-65-5535-289-4
　Título original: Amor y poder en los tiempos del Imperio

　1. Leopoldina, Imperatriz, consorte de Pedro I, Imperador do Brasil, 1797-1826. 2. Pedro I, Imperador do Brasil, 1798-1834. 3. Santos, Domitila de Castro Canto e Melo, Marquesa de, 1797-1867. 4. Brasil - História - I Reinado, 1822-1831. I. Título.

2021
Todos os direitos desta edição reservados à
EDITORA PLANETA DO BRASIL LTDA.
Rua Bela Cintra, 986 – 4º andar
01411-000 – Consolação
São Paulo – SP
www.planetadelivros.com.br
faleconosco@editoraplaneta.com.br

Para J. M.

Em memória de Stefan Zweig
(Viena, 1881-Petrópolis, 1942).

"Uma rainha consorte deve ver, ouvir e calar."

Imperatriz Isabel de Portugal

"A perda do mais próximo e querido
que possuímos no mundo
faz que busquemos, dentre o que nos resta,
aquilo que possa nos sustentar."

Charlotte Brontë

Sumário

Capítulo I
O sonho de uma imperatriz, *13*

Capítulo II
Sob as asas da águia, *19*

Capítulo III
Uma madrasta muito querida, *27*

Capítulo IV
Cunhada do "Diabo", *37*

Capítulo V
Lições de história, *49*

Capítulo VI
Três príncipes para uma arquiduquesa, *59*

Capítulo VII
As joias do Brasil, *69*

Capítulo VIII
"Um homem lindíssimo", *81*

Capítulo IX
Intermezzo italiano, *91*

Capítulo X
"Uma terra abençoada", *103*

Capítulo XI
Educar um marido, *117*

Capítulo XII
Uma princesa brasileira, *131*

Capítulo XIII
Os sofrimentos da jovem Leopoldina, *143*

Capítulo XIV
"O fantasma da liberdade", *151*

Capítulo XV
"Diga ao povo que fico", *161*

Capítulo XVI
"As afinidades eletivas", *175*

Capítulo XVII
Imperatriz do Brasil, *189*

Capítulo XVIII
Amor divino e amor profano, *199*

Capítulo XIX
Do diário de uma preceptora inglesa, *205*

Capítulo XX
"*La maîtresse en titre*", *219*

Capítulo XXI
Uma filha ainda ingênua, *227*

Capítulo XXII
Melancolia, *237*

Capítulo XXIII
Consagração de uma imperatriz, *247*

Árvore genealógica, *258*

Bibliografia, *261*

Dramatis personae, *263*

Notas, *271*

I

O sonho de uma imperatriz
(1797)

*S*entada na beira da parte de trás de uma carroça que os camponeses usam para transportar palha, Maria Antonieta* parece indiferente a tudo que a cerca. Como se os insultos que a multidão vai gritando enquanto a conduzem à morte pelas ruas de Paris fossem dirigidos a outra pessoa.

"Quem poderia ter distinguido naquela mulher de touca e lábio inferior saliente, curvado em uma careta de desprezo, a radiante arquiduquesa austríaca que havia chegado 23 anos antes a Versalhes para fazer a felicidade da França?"[1]

"À guilhotina! À guilhotina!", grita de repente outra mulher. A raiva que sai de sua boca é tão intensa que a rainha não pode evitar girar a cabeça e olhar para ela.

É possível que essa cena tenha passado pela mente da imperatriz Maria Teresa no dia em que deu à luz a arquiduquesa Leopoldina. Tantas vezes deviam ter lhe falado da morte de sua tia que não seria estranho que tenha até sonhado com ela alguma vez. Não se sabe quem teria sido o primeiro a lhe contar essa história; talvez sua mãe, irmã favorita de Maria Antonieta. Seja como for, naquela madrugada

---
* Ver índice de personagens na pág. 263.

de 22 de janeiro de 1797 a imperatriz Maria Teresa não ouviria a seu redor os gritos da plebe de Paris, e sim os ruídos característicos de um quarto onde uma mulher está em trabalho de parto. Em seu caso, os aposentos de tetos altos e portas douradas situados em uma ala do palácio imperial de Viena. Essa madrugada nevava copiosamente e o silêncio da pracinha, situada aos pés das janelas de seus aposentos, ainda não havia sido quebrado pelo repicar dos sinos da capela imperial chamando para a primeira missa do domingo.

Prestes a dar à luz um novo rebento do imperador do Sacro Império Romano-Germânico, evocar a morte violenta da rainha Maria Antonieta da França poderia ser considerado de mau agouro. Em especial quando a parturiente é uma mulher nascida e criada em Nápoles, cidade conhecida porque seus habitantes, de todas as categorias, costumam acreditar em superstições. De modo que se em algum momento dessa madrugada passasse pela mente de Maria Teresa a imagem de sua tia enquanto era conduzida à guilhotina, ela a afastaria depressa, recordando que na Áustria considerava-se um bom presságio que uma criança nascesse em um domingo.

Enquanto isso, o parteiro imperial tentaria parecer seguro de si e as camareiras nobres trocariam olhares furiosos, disputando o privilégio de colocar mais um travesseiro no leito da imperatriz. Desde que o médico imperial lhe havia confirmado que estava grávida de novo, em algum momento ela deve ter, talvez, cogitado a velha pergunta. Menino ou menina? Apesar de saber, por experiência própria, que o destino das princesas reais quando se casavam era acabar, quase sempre, longe do local de nascimento, às vezes muito longe, Maria Teresa sempre desejara ter muitas filhas.

Mas tudo isso havia mudado depois que sua tia tivera a cabeça cortada. E, acima de tudo, desde que aqueles frívolos franceses haviam enfiado na própria cabeça levar sua *Révolution* a outros Estados da Europa. É provável que Maria Teresa tenha ouvido alguma vez sua mãe, a mais inteligente das irmãs de Maria Antonieta, dizer que na história da Europa não era raro que as rainhas pagassem pelos erros políticos cometidos por seus respectivos esposos. Algo muito injusto, porque muitas vezes era graças a suas esposas que os reis conseguiam que se realizassem grandes feitos na história. Com certeza, a imperatriz ignorava que isso havia ocorrido menos de um ano antes.

Foi o caso de um pequeno capitão francês de origem corsa, casado com uma aristocrata de ascendência crioula. Graças ao fato de sua mulher ter sido amante de um dos personagens mais importantes da *Révolution*, Napoleão Bonaparte havia obtido sua ascensão a general de uma armada, encarregada, em princípio, de abrir uma frente de guerra na Itália, com a finalidade de afastar os ataques inimigos da França. Mas esse oficial, que mal ultrapassava um metro e sessenta de estatura, havia se revelado um gênio militar e agora ameaçava tomar a cidade italiana de Mântua — principal preocupação do homem que esperava em uma pequena sala próxima aos aposentos de tetos altos e portas douradas onde sua augusta esposa, a imperatriz do Sacro Império Romano-Germânico, estava prestes a dar à luz.

Nascido em Florença quando seu pai era o grão-duque da Toscana, Francisco de Habsburgo era capaz de tomar distância das situações mais complicadas ou dolorosas recorrendo a isso que os italianos chamam de *leggerezza*. Assim havia aceitado a morte de sua primeira esposa, uma jovem e belíssima princesa alemã por quem estava muito apaixonado. Maria Teresa, com quem havia se casado em segundas núpcias, era sua prima-irmã e primogênita dos dezessete filhos da arquiduquesa Maria Carolina, rainha consorte de Nápoles, irmã de Maria Antonieta e do pai de Francisco. De sua mãe Maria Teresa havia herdado a predisposição à fertilidade e, por infelicidade para ela, o nariz e a boca, grandes demais em proporção ao rosto. Dizem que nem bem se casara e já se mostrara efusiva demais com seu marido "para uma princesa", e por isso lhe foi atribuída uma natureza muito sensual. Algumas vozes maliciosas contavam que aos dezesseis anos, quando ainda vivia em Nápoles, ela havia engravidado e dado à luz uma menina. Mas é possível que se tratasse de um rumor posto em circulação para desacreditá-la.

Tornar-se necessária ao marido "nas pequenas coisas", como primeiro passo para depois sê-lo "nas grandes", sempre havia sido um ardil de toda princesa real que desejasse controlar seu esposo, e isso talvez não tenha agradado muito aos austríacos. Com o passar dos dias de casado, Francisco havia notado, porém, que sua mulher não só era fácil de tratar, como quase sempre estava de bom humor. Assim, pouco a pouco, Maria Teresa foi ganhando influência sobre ele. Em dezembro de 1791 ela lhe deu seu primeiro rebento, a arquiduquesa Maria Luísa, futura segunda esposa de Napoleão Bonaparte. A felicidade pelo nascimento da primogênita durou pouco, porque quatro meses depois a França revolucionária declarou guerra ao império dos Habsburgo.

Após a morte, em 1792, do imperador que antes havia sido grão-duque da Toscana, a ascensão ao trono imperial de seu filho — a partir de então Francisco II — foi abençoada com uma nova gravidez de sua esposa, que deu como resultado, em abril de 1793, o nascimento de Fernando, o ansiado filho homem; infelizmente, esse menino, destinado a sucedê-lo no trono, sairia meio fraco mentalmente.

A morte da rainha Maria Antonieta da França, ocorrida em outubro desse mesmo ano, foi para o imperador Francisco II um fato mais desagradável que doloroso, pois ele nunca havia sentido muita estima por essa tia. Mas serviu-lhe para perceber que o caráter alegre de sua mulher era uma espécie de bálsamo para sua mente, especialmente em um momento em que os revolucionários franceses haviam decidido levar *a liberté* também aos territórios italianos pertencentes a seu império. Por sua vez, a imperatriz confirmou nos fatos a suposição de que seria tão fértil quanto sua mãe, pois, depois do herdeiro, deu ao marido duas meninas, nascidas respectivamente em 1794 e 1795, e continuaria parindo um filho por ano, até chegar ao número de doze. Por volta da última semana de abril de 1796 a imperatriz Maria Teresa engravidou, pela quinta vez, daquela que seria Leopoldina.

Os primeiros meses dessa gestação foram agridoces por conta das notícias da frente de guerra que chegavam à corte de Viena.

O arquiduque Carlos, irmão mais novo do imperador e um militar brilhante, conseguiu entre agosto e setembro desse ano duas importantes vitórias sobre a França revolucionária. Mas a revelação na cena italiana do general Bonaparte, após a vitória dos franceses nos campos de Rívoli, havia começado a pôr em xeque os territórios do norte daquela península. Foi por essa razão que, enquanto a imperatriz Maria Teresa se esforçava no trabalho de parto, seu marido não conseguia parar de pensar na situação de Mântua, sitiada pelas tropas desse pequeno general corso que possuía o dom de se fazer amar quase cegamente por seus soldados, algo precioso para um militar.

Finalmente, Maria Teresa deu à luz a futura imperatriz do Brasil, a quarta filha que dava a seu marido. Três dias depois, o jornal mais importante da capital do império, o *Wiener Zeitung*, comunicava aos habitantes de Viena que: "Às sete e meia da manhã de domingo, dia 22, Sua Majestade a imperatriz deu à luz uma arquiduquesa". A essa altura, a menina já havia recebido as águas batismais, e com elas o nome Carolina Josefa Leopoldina Fernanda Francisca. Uma semana depois do sacramento de Leopoldina, como seria chamada em família essa menina, a cidade de Mântua caiu nas mãos dos franceses. Esse triunfo militar consolidou a carreira de Napoleão, que, a despeito de ter nascido em uma das ilhas mais pobres do Mediterrâneo e ser filho de um simples advogado, tornar-se-ia o homem mais poderoso da Europa e se casaria com Maria Luísa da Áustria, irmã mais velha de Leopoldina.

"Uma arquiduquesa cuja infância e juventude transcorreu durante o período no qual a Europa foi abalada por um fenômeno natural em forma de gênio militar como não experimentara havia séculos."[2]

Embora seus pais fizessem todo o possível para manter Leopoldina e seus irmãos longe das guerras que seriam travadas na Europa durante aqueles anos, a maior parte das arquiduquesas, mais inteligentes e sensíveis que os filhos homens, não seriam imunes às influências das mudanças revolucionárias que a ação de Napoleão produziria nas leis, nos costumes e até no modo de pensar. No momento do nascimento de Leopoldina, "para Bonaparte não restava mais que colher os frutos de suas vitórias; Rívoli e Mântua haviam semeado o pânico nos pequenos e grandes Estados italianos".[3] De fato, depois da queda de Mântua, em Viena já se começava a temer a chegada dos exércitos franceses. Francisco II lançou mão de todos os meios a seu alcance para evitar isso; mas, quando o risco aumentou, acabou aceitando um armistício com seus inimigos, firmado em meados de abril de 1797, quando a arquiduquesa Leopoldina ainda não havia completado três meses.

Dois meses antes de ela completar um ano de vida, seu pai fez algo mais surpreendente aos olhos de seus súditos. Para escândalo de sua sogra, a rainha Maria Carolina de Nápoles, que odiava os franceses por considerá-los responsáveis pelo "martírio" de sua irmã, o imperador rubricou com os herdeiros dos assassinos de sua tia a Paz de Campofórmio. Enquanto isso, a futura primeira imperatriz do Brasil, que herdaria o pragmatismo paterno, crescia, como o resto dos seus irmãos, protegida pela família — pelo menos das incertezas que as ambições napoleônicas geravam nas casas reinantes europeias do Antigo Regime. Dizem, porém, que desde seus primeiros meses de vida Leopoldina desenvolveu uma espécie de ansiedade, chegando a ferir os mamilos de sua ama de leite por conta da intensidade com que se prendia a seus peitos quando era amamentada.

II

Sob as asas da águia

(1798-1806)

A arquiduquesa Leopoldina herdou também as características físicas tradicionais dos Habsburgo do ramo austríaco. Era loura, de pele muito branca, e tinha os olhos azuis, de uma beleza que jamais perderia. Durante a infância se parecia muito com a arquiduquesa Maria Clementina, que nasceu pouco depois de ela completar um ano, e que em família seria chamada simplesmente de Maria.

Segundo os diários de uma condessa dinamarquesa que visitou Viena no ano do nascimento dessa arquiduquesa, a imperatriz estava tão apaixonada por seu esposo que tentava evitar que ele se relacionasse com outras mulheres da corte. O estilo de vida da família imperial imposto por ela, que alguns chamariam equivocadamente de "burguês", por conta de sua aparente simplicidade, teria sido, segundo a condessa, uma forma de garantir que o marido não se encontrasse muito com algumas belíssimas mulheres da aristocracia vienense. Os burgueses de Viena, por sua vez, consideravam Maria Teresa uma mulher de virtude inatacável, que realizava as obras de caridade que se esperava que uma imperatriz realizasse, tarefa na qual se fazia acompanhar por suas filhas à medida que cresciam.

Nos citados diários narra-se uma cena que teria acontecido nos jardins do palácio de Laxenburgo, onde a família imperial costumava passar parte da primavera e o verão.

Um *estrangeiro* "viu o imperador sentado sozinho em um banco, absorto em seus pensamentos. De súbito, a imperatriz se aproximou para abraçá-lo e ele exclamou: 'Por que nunca me deixa sozinho, para que eu possa respirar um instante? Pelo amor de Deus, não me siga o tempo todo'".⁴ Maria Teresa também era criticada por passar muitas tardes cantando e atuando em comédias que eram representadas no círculo familiar mais íntimo dos Habsburgo. A bem da verdade, a imperatriz não parecia muito preocupada quando, em 1799, seus pais foram destronados pela chamada Revolução Napolitana, herdeira da francesa. A avó materna de Leopoldina acabou refugiada na ilha da Sicília.

A irmã preferida da rainha Maria Antonieta não foi a única parente próxima da futura imperatriz do Brasil que perdeu o trono naquele ano. As tropas revolucionárias francesas derrubaram também o grão-duque da Toscana, tio paterno de Leopoldina. O papa, que estava sob a proteção do grão-duque desde que os franceses haviam entrado em Roma e ajudado a declarar a República Romana, foi levado à França.

Contam que Maria Teresa ficou muito comovida ao saber que o pontífice tinha morrido na prisão e que seu funeral havia sido humilhante. Colocado em um simples ataúde de madeira como o que então usavam os pobres, ele foi enterrado, no fim de janeiro de 1800, em um cemitério local com uma lápide que dizia: "Cidadão Gianangelo Braschi — de profissão, papa".

Durante séculos, a Casa de Habsburgo havia sido um dos grandes pilares do pontificado romano, e, de certo modo, era lógico que a imperatriz se sentisse afetada pela sorte de um de seus representantes. Mas também é possível que isso se devesse ao fato de que os seguidos nascimentos de seus filhos a teriam tornado mais sensível diante de certas coisas.

Depois de dar à luz Maria Clementina, a imperatriz havia trazido ao mundo um segundo menino e, em 1801, a arquiduquesa Maria

Carolina, futura princesa da Saxônia. No ano seguinte nasceria o arquiduque Francisco Carlos. Desse modo, ao completar cinco anos Leopoldina fazia parte de uma unida família de vários irmãos com quem passava grande parte do dia, pois "os meninos e as meninas tiveram inicialmente uma aia em comum, além dos camareiros e porteiros; e ainda, cada criança possuía uma camareira e criadas de câmara próprias".

"A camareira era responsável pelo bem-estar físico e pelo guarda-roupa das arquiduquesas."[5] No caso de Leopoldina, tratava-se de Francisca Annony, "uma mulher simples e feia, mas muito fiel e extremamente dedicada a 'sua' arquiduquesa".[6]

Mais tarde, cada arquiduquesa teve sua própria aia, cuja tarefa era "ensinar boas maneiras, cerimonial e etiqueta."[7] "Convém notar que, sempre governadas e vigiadas, as princesas dificilmente poderiam desenvolver um sentimento de independência, autonomia e vontade própria."[8] Apesar disso, entre os cinco e os seis anos já eram visíveis em Leopoldina os traços gerais de seu temperamento. De caráter alegre, podia ser também reservada e não raras vezes melancólica. Ora brincalhona como a mãe, sem muita capacidade de concentração; ora agindo com grande energia e determinação. Às vezes era voluntariosa e volúvel, e outras, indolente e teimosa.[9] Aos seis anos já estava impresso em seu espírito um sentimento que não a abandonaria até o ultimo instante de vida. Um forte e apaixonado amor pela arquiduquesa Maria Luísa, cinco anos mais velha que ela, "seu modelo e irmã predileta".

Maria Luísa Leopoldina Francisca Teresa Josefa Lúcia era chamada pela família simplesmente de Luísa, e era a preferida também do imperador Francisco II.

Embora essa arquiduquesa tenha tido a seu lado como preceptora uma mulher culta proveniente de uma linhagem da alta aristocracia italiana (Colloredo), cujos parentes ocupavam importantes cargos na corte dos Habsburgo, a primogênita dos imperadores acabaria preferindo a jardinagem, a culinária e o bordado às atividades intelectuais; mas gostava muito de leitura e pintura. Como quase todos os membros de sua família, Luísa também sentia paixão pela música e tocava muito bem piano.

Assim como antes havia feito essa irmã, pouco depois de completar seis anos Leopoldina começou sua educação formal. "Existem nos arquivos de Viena as chamadas *Atas de educação para as arquiduquesas Leopoldina Carolina Josefa e Maria Clementina Francisca*, datadas de 13 de abril de 1803 e assinadas pelo então Chanceler Colloredo"[10], mas pouco se pode deduzir delas, exceto que essas irmãs seriam educadas juntas.

No que se refere à primeira educação intelectual de Leopoldina, sem dúvida devem ter sido seguidos os princípios estabelecidos pela preceptora Vittoria di Colloredo para sua irmã mais velha. Mas sempre seguindo uma significativa diretriz imperial. Para o imperador, era "preciso começar estudando integralmente o caráter das crianças, formá-las segundo suas tendências". Parece, porém, que a imperatriz Maria Teresa se preocupava acima de tudo com que Leopoldina aprendesse bem suas lições.

Ela também poria todo o empenho em inculcar em seus filhos, especialmente em suas filhas, um dos princípios basilares da dinastia dos Habsburgo, que era "o respeito quase religioso à vontade dos pais, e, de preferência, do pai imperador, cuja vontade era a suprema lei em todas as questões familiares e políticas e constituía o fundamento da Casa da Áustria".[11]

Como era lógico, por fazer parte de uma monarquia que incluía muitas nacionalidades, cada uma com seu próprio idioma, Leopoldina recebeu instrução em ao menos três das cinco línguas principais utilizadas no império. A começar pelo alemão, que, segundo testemunhos posteriores, Leopoldina falava com sotaque vienense, mas cuja sintaxe nunca chegou a dominar completamente para escrever, conforme se pode comprovar em suas cartas a Luísa, a maioria escrita nesse idioma. Quanto ao francês, a língua da diplomacia da época, ela o falaria perfeitamente, mas na escrita apresentaria os mesmos defeitos que no alemão. Ela também tinha conhecimentos aceitáveis de italiano, que começou a estudar só aos doze anos, apesar de que seus pais haviam nascido e vivido muitos anos na Itália. Anos mais tarde, Leopoldina se dedicaria também ao estudo do inglês.

É provável que, já adulta, Leopoldina guardasse uma grata lembrança de seus tempos de estudante, porque, em uma carta escrita a Luísa quando já vivia no Brasil, ela contou a essa irmã que ainda conservava em Viena seus livros infantis.[12] Além de se relacionar com os primeiros professores elementares e o sacerdote da vez que acompanhava suas práticas devocionais, Leopoldina foi acostumada desde pequena a estar em contato com a natureza.

"Na residência de verão de Laxenburgo havia muitos animais, como cães e cavalos, nos arredores, e a cada criança era atribuído um pequeno jardim para que se familiarizasse com os instrumentos de jardinagem, cuidasse dos canteiros e herbários e aprendesse os nomes das plantas."[13] Durante a adolescência, Leopoldina chegaria a cuidar da reprodução de sua cadela preferida, Joana.

O traço voluntarioso de seu caráter parece ter se refletido em uma pequena obra de arte realizada pouco depois de ela começar seus estudos. Trata-se de um alto-relevo de gesso pintado sobre fundo de pórfiro que hoje é conservado em um museu de Viena, e no qual chama a atenção a vivacidade de seu olhar. Seus olhos são saltados, a boca carnuda e os cabelos muito curtos, quase como os de um garoto, em contraste com as bochechas muito gordinhas.

Houve o possível anúncio de "outro defeito que foi apontado por seus compatriotas [...] o pequeno pecado da glutonaria, que não chegava a ser propriamente o vício capital da gula, mas que teve consequências em seu corpo".[14] Apesar de as arquiduquesas terem um mestre ou professor para cada matéria, a imperatriz se incumbia de controlar todas as lições de suas filhas. Em uma de suas cartas mais antigas das que foram conservadas, datada de 1804, "Leopoldina promete ao pai trabalhar com diligência para lhe causar prazer".[15]

No ano em que a primeira imperatriz do Brasil deu início a seus estudos primários, Napoleão Bonaparte foi proclamado imperador dos franceses, fato que se deu em Paris, em maio de 1804. Isso teve grandes consequências para o Sacro Império Romano-Germânico, mas também para Leopoldina e sua família, que em agosto aumentou com o nascimento de gêmeos, os arquiduques João Nepomuceno e Maria Ana. O primeiro teria caráter doentio, a segunda, fraqueza mental — possíveis efeitos dos numerosos casamentos entre consanguíneos de sua dinastia.

Depois de um plebiscito popular, no qual Napoleão contou com a confirmação da maior parte dos franceses, o corso havia coroado a si mesmo e depois colocara a coroa na cabeça de sua mulher, Josefina de Beauharnais, avó paterna da segunda imperatriz do Brasil, Amélia de Leuchtenberg.

A cena se mostrou ainda mais incomum porque ocorreu na catedral de Notre Dame, em Paris, na presença do papa Pio VII como mero observador e testemunha — como se pode ver no Museu do Louvre, nessa cidade, em um quadro pintado por Jacques-Louis David, o artista que havia sido testemunha dos momentos finais da vida de Maria Antonieta enquanto era conduzida à guilhotina em uma carroça, registrados em um pequeno, mas muito expressivo desenho. Em consequência dessa coroação, o imperador Francisco II tornou a se aliar com os russos e os britânicos, como havia feito durante a Revolução, no que se chamou a "Terceira Coalizão". Em reação a isso, Napoleão deu início à chamada Campanha da Áustria, cujo objetivo principal era levar os exércitos imperiais franceses até Viena.

De modo que, pouco depois de Leopoldina ter começado "o ensino primário, foi interrompido em 1805. Os exércitos franceses rapidamente se aproximavam e toda a família foi obrigada a fugir de Viena. Enquanto outros membros da família imperial se dirigiam a Budapeste, a imperatriz, sem perder a calma em um único momento, em companhia da arquiduquesa Leopoldina, retirou-se para a Morávia. Apesar de estar doente, continuou fugindo, e dirigiu-se à Silésia".[16]

Quando, no fim de 1805, Napoleão entrou em Viena, por Buda, parte ocidental da atual capital húngara, Maria Luísa escreveu a sua mãe palavras esperançosas acerca da vitória de seu pai e da humilhação a que seria submetido "o usurpador". Mas essa arquiduquesa não teve razão, pois, como escreveu um famoso biógrafo vienense de Maria Antonieta, "o furioso troar dos canhões dirigidos à Áustria quebrou a camada de gelo da cavalaria russa em Austerlitz".[17] Essa foi a vitória francesa decisiva, que ocorreu no segundo dia do mês de dezembro de 1805, e que seria chamada de "Batalha dos Três Imperadores" (o francês, o austríaco e o russo).

No Tratado de Presburgo, firmado um dia depois do Natal desse ano, a França impôs aos Habsburgo a retirada da Terceira Coalizão, a cessão de terras do império aos Estados alemães que haviam apoiado Napoleão e uma indenização de quarenta milhões de francos. A união desses Estados alemães em uma Confederação produziu, de fato, a dissolução do Sacro Império Romano-Germânico, que havia nascido na basílica de São Pedro de Roma na noite de Natal do ano 800, quando o então papa reinante havia colocado sobre a longa e loura cabeleira de Carlos Magno, até esse momento rei dos francos, a prestigiosa diadema imperial. Uma coroa que estivera na cabeça dos Habsburgo por quase seis séculos.

Se já antes de ocorrer esse evidente rebaixamento hierárquico Napoleão era considerado pelos filhos de Francisco II, inclusive Leopoldina, um vulgar usurpador, a partir de então começariam a sentir por Bonaparte um ódio profundo. Com seu habitual pragmatismo, o pai de Leopoldina transformou a Áustria em um império, mudou a numeração de seu título e passou a ser chamado Francisco I da Áustria.

Enquanto Napoleão e "suas mãos ávidas de poder se estendem como asas de águia sobre o mundo inteiro, do Oriente ao Ocidente",[18] a imperatriz Maria Teresa e sua filha Leopoldina voltaram à capital do novo império austríaco, onde já se encontravam no início de 1806. Pouco tempo depois de chegar a Viena, Leopoldina soube que os soldados franceses haviam invadido Nápoles. E que seus avós, anteriormente desalojados do trono durante um breve período pela chamada Revolução Napolitana, haviam sido de novo derrubados. Dessa vez, a rainha Maria Carolina e seu marido se refugiaram na Áustria. Na chegada da primavera daquele ano, a avó materna de Leopoldina já estava instalada no castelo de Betzdorf, um antigo pavilhão de caça de estilo italiano que se ergue na atual periferia ocidental de Viena.

A presença próxima dessa mulher muito inteligente, dotada de senso de humor, mas também muito autoritária, criou certo conflito com sua filha imperatriz, mas contribuiu para enriquecer a formação de seus netos, os pequenos arquiduques. E, sem dúvida, influenciou a forma como as arquiduquesas foram educadas, especialmente no concernente aos futuros casamentos. Muitos anos antes, quando haviam dito à jovem arquiduquesa Maria Carolina que devia se casar com o rei de Nápoles, um homem de "rara fealdade", ela se queixara a sua mãe. Mas, no fim, acabara acatando a ordem, com a célebre obediência das mulheres de sua dinastia à decisão dos mais velhos.

Segundo conta um nobre britânico relacionado com essa arquiduquesa, pouco depois da chegada a Nápoles, Maria Carolina teria dito que seu marido "dormia como um morto e suava como um porco".[19] Mas talvez tenha se tratado de uma *boutade* inventada anos depois de seu casamento a fim de desprestigiar uma rainha consorte mais inteligente que seu marido, que, com o passar do tempo, havia conseguido exercer uma influência notável nos assuntos do governo depois de se tornar indispensável para o rei "nas coisas pequenas". Embora isso significasse ter que engravidar dezessete vezes.

Pouca dúvida resta de que a rainha napolitana contaria a suas netas arquiduquesas sua própria versão sobre as causas da trágica morte de Maria Antonieta.

III

Uma madrasta muito querida
(1807-1809)

Em várias cartas, Leopoldina menciona essa "vovozinha" materna pela qual parece que sentia grande afeto. É provável que algumas das características positivas de Maria Carolina de Nápoles tenham influenciado essa neta, com quem começou a tratar quando a arquiduquesa entrava em uma etapa na qual as meninas costumam ser mais receptivas — a favor ou contra — à conduta de mulheres mais velhas de caráter forte. Quando começou a se relacionar assiduamente com ela, Maria Carolina gozava de merecida fama de reacionária. Mas durante os primeiros vinte anos do reinado de seu marido, o rei Fernando I de Nápoles, ela havia influenciado para que se promulgassem leis muito avançadas para a época.

Entre elas, o chamado Estatuto de San Leucio, que reconhecia para as mulheres direitos similares aos que detinham os homens de então, por exemplo, o de educar seus próprios filhos. Em algum momento de fraqueza política do reino, a muito católica, apostólica e romana Maria Carolina não havia hesitado em solicitar a assessoria de alguns proeminentes maçons pertencentes à nobreza do reino. Segundo o filósofo liberal napolitano Benedetto Croce, assim que ela soube que havia estourado em Paris a Revolução, havia dito: "Acho que eles têm razão".

Como alguns monarcas e nobres ilustrados da época, ela também havia cultivado ideias mais ou menos altruístas para melhorar as instituições públicas e as condições de vida dos súditos, segundo as pautas dos filósofos iluministas, e não concordava muito com a forma como seu cunhado, o rei Luís XVI da França, marido de Maria Antonieta, governava (ou se deixava governar). Mas, naturalmente, mudou de opinião depois da decapitação de sua irmã. Curiosamente, quando Leopoldina começou a receber certa influência dessa avó, outro personagem que sem dúvida teria uma importância determinante na vida dessa arquiduquesa começou sua carreira ascendente na política austríaca. Era Clemens von Metternich, diplomata de nobre família alemã nascido em Estrasburgo, que depois de ter prestado serviços no Reino Unido e no reino da Saxônia foi designado embaixador da Áustria na corte imperial de Napoleão I.

※

O tratado de Presburgo, que o corso havia imposto aos Habsburgo de Viena, não deixava de ser humilhante para eles, mas pelo menos permitiu à imperatriz retomar a rotina de antes da invasão. Além de suas obras de caridade e suas representações teatrais, Maria Teresa havia dado continuidade aos ensaios da orquestra familiar, na qual tocava violoncelo muito bem. A arquiduquesa Maria Luísa executava piano e o imperador violino.

Leopoldina, por sua vez, voltou às aulas com seus vários professores, um dos quais, jesuíta, lhe falaria pela primeira vez do Brasil ao instruí-la sobre as missões religiosas que, para a proteção e educação das populações indígenas, essa ordem havia criado em uma parte do território sul-americano onde se haviam limitado — e confrontado — os interesses das coroas portuguesa e espanhola.

Mas as ideias de Francisco I da Áustria acerca da educação dos arquiduques não só levavam em conta o caráter de seus filhos, mas também o risco de que algumas das diversas ordens religiosas que se dedicavam a sua instrução pudessem exercer influência preponderante sobre eles, de modo que esse jesuíta não tardou a ser substituído por outro sacerdote pertencente a uma ordem diferente. Talvez a isso se deva o fato de que quase nenhum dos seus filhos, apesar de serem católicos praticantes, dependesse de clérigos na vida adulta, como ao contrário havia ocorrido — às vezes com resultados negativos — no caso de alguns dos seus antepassados, especialmente do ramo espanhol dos Habsburgo.

※

Pouco depois de ter dado à luz seu décimo segundo rebento — uma menina, Amélia, que morreu ao nascer —, faleceu também a imperatriz Maria Teresa.

Apesar de já haver desse período documentação epistolar que mostra que Leopoldina era uma menina de dez anos de caráter apaixonado, nada nela leva a pensar que se sentisse especialmente afetada pela morte da mãe. Menos ainda pelo falecimento de seu irmão, o arquiduque José Francisco Leopoldo, apenas dois anos mais novo que ela, que deixou de existir quase dois meses depois da imperatriz.

Mais infrutífero ainda seria tentar encontrar em suas cartas infantis — um tanto relaxadas, cheias de borrões e manchas de tinta, como a que havia feito Maria Antonieta ao assinar sua ata de casamento — referências a um fato que, porém, abalou todas as cortes europeias nesse momento. E que, sem sombra de dúvida, dez anos depois determinaria seu futuro.

Em 27 de novembro de 1807 a família real portuguesa inteira, a maior parte da nobreza lusitana e um impressionante séquito de burocratas, servidores e criados — no total, cerca de duas mil pessoas — deixaram Lisboa apressadamente rumo ao Brasil.

Todos fugiam da iminente chegada das tropas de Napoleão, que com a cumplicidade do rei da Espanha, pai de Carlota Joaquina, então princesa do Brasil — por ser esposa do herdeiro do trono o príncipe dom João —, havia decidido dividir o reino de Portugal segundo cláusulas secretas do Tratado de Fontainebleau firmado entre Espanha e França em outubro daquele ano. Três meses depois, passou a fazer parte da vida diária de Leopoldina o terceiro personagem que a influenciou profundamente. Recém-cumprido o período obrigatório do luto pela morte da imperatriz Maria Teresa, o imperador se casou, no Dia da Epifania de 1808, com Maria Ludovica de Habsburgo-Este. Tratava-se de outra prima-irmã de Francisco nascida na Itália, vinte anos mais nova que ele, que desde as invasões francesas à Lombardia vivia exilada na corte de Viena, onde havia feito amizade com a arquiduquesa Maria Luísa, apenas quatro anos mais jovem que ela.

Então pai de sete filhos, entre eles dois meninos, o imperador da Áustria não tinha grande necessidade dinástica de continuar tendo descendência. Além do mais, Maria Ludovica tinha saúde muito delicada, o que fazia supor que não teria filhos. Por isso, pensa-se que esse novo casamento do pai de Leopoldina, que nesse momento era ainda um homem jovem, foi motivado porque sua consciência de católico praticante repudiava a ideia de ter uma amante. Por outro lado, era difícil não se sentir atraído por uma mulher com a personalidade de Maria Ludovica tendo-a por perto.

Nascida na cidade italiana de Monza, a nova imperatriz era filha de um arquiduque irmão do imperador e da herdeira do ducado de Módena. Uma mulher pertencente a uma das famílias mais antigas e prestigiosas da nobreza italiana, os Este, descendente de imperadores que haviam estado à frente do Sacro Império Romano-Germânico séculos antes da chegada dos Habsburgo ao trono. Em sua árvore genealógica havia doges genoveses, papas romanos, almirantes sicilianos, bem como uma boa parte dos mais brilhantes personagens que a Itália havia gerado nos últimos mil anos.

Maria Ludovica possuía, portanto, a refinada cultura das pequenas cortes italianas, herdeiras do Renascimento. A isso somavam-se a paixão pela política e um cristianismo fervoroso, mas sem estridências, característico de alguns Habsburgo, que vinha do lado paterno. Mas, tendo perdido seu adorado pai, antigo vice-rei da Lombardia, em consequência da Revolução, Maria Ludovica cultivava também um forte e nada silencioso ressentimento por Napoleão. Tanto que quando o imperador dos franceses soube que Francisco I havia se casado com ela, acostumado a decidir o destino conjugal da maior parte dos príncipes da Europa dessa época, pediu explicações ao embaixador austríaco em Paris. Dizem que então Metternich lhe mostrou "certas cartas" da nova imperatriz para tranquilizá-lo. Supostamente o sagaz embaixador da Áustria conseguiu enganar Napoleão fazendo-o acreditar que essa italiana, como algumas mulheres que expressavam em voz alta demais suas opiniões, era, no fundo, inofensiva. De qualquer maneira, graças à força de suas profundas convicções cristãs e à certeza que lhe dava sua sólida e refinada cultura clássica, Maria Ludovica não só conseguiria influenciar seu marido, conduzindo-o a uma política cada vez mais antifrancesa, como também se transformaria no coração da resistência contra Napoleão na corte de Viena.

Mais inteligente e metódica que a imperatriz anterior; menos afeita a festas, ao luxo e aos excessivos gastos palacianos que a falecida mãe de Leopoldina, Maria Ludovica foi, sem dúvida, a mulher que mais influência exerceu, do ponto de vista intelectual, na menina. Como sua saúde delicada a levaria a não ter filhos próprios, ela dedicaria todo seu empenho a educar o melhor possível os do marido.

Com a mais velha, a nova imperatriz manteve uma relação de amiga, iniciada quando seu pai havia se exilado em Viena enquanto pensava, talvez, em casá-la com seu irmão, herdeiro do ducado de Módena e governador da região do leste europeu chamada Galícia, de onde provinha uma boa parte dos judeus que nessa época começavam a prosperar em Viena graças a uma política de "tolerância" em relação a essa minoria religiosa.

Com a futura imperatriz do Brasil, apesar de ser apenas dez anos mais velha, Maria Ludovica instaurou um relacionamento avalizado por sua superioridade intelectual e seu caráter firme, influências às quais Leopoldina sempre seria sensível.

Curiosamente, onde menos se percebia o refinamento da nova imperatriz — pelo menos segundo critérios atuais — era nos hábitos alimentares que ela introduziu na mesa da família imperial, pois até nisso influenciava. Segundo conta um biógrafo, após a chegada das ordens de Maria Ludovica à cozinha imperial, "eram prescritos para a sopa de cada criança quatro libras de carne, pés de terneiro, fígado, uma galinha inteira, em resumo, tanto que com os ingredientes da sopa poder-se-ia preparar um almoço completo para oito pessoas".[20] É possível que isso também tenha deixado uma marca em Leopoldina, pois a partir desse período aparecem em suas cartas referências à comida e à silhueta, dois de seus pontos fracos no futuro.

De qualquer maneira, pelas palavras da própria sabemos que Leopoldina considerou Maria Ludovica "a pessoa mais importante de minha vida [...] a ela devo o que sou".

Com frequência levada ao uso de hipérboles para expressar seus sentimentos, quase não se encontra referência nas cartas de Leopoldina desse período à morte de seu irmão, o pequeno arquiduque João Nepomuceno, que morreu duas semanas depois de ela completar doze anos. Talvez porque, na época, apesar do muro de proteção que havia sido erigido em torno das arquiduquesas para que não fossem tocadas pela política, com a chegada de Maria Ludovica seria difícil que elas não soubessem que os interesses da França e da Áustria haviam colidido de novo.

Como escreveu um biógrafo de Leopoldina, "a pacata vida da família imperial foi outra vez interrompida pela guerra".[21] Enquanto Napoleão voltava a marchar com suas tropas rumo à capital do império, os Habsburgo foram obrigados outra vez a fugir de Viena no início de maio de 1809.

Em um primeiro momento, a imperatriz e seus enteados encontraram refúgio em Buda, na vizinha Hungria, onde, apesar das adversidades, e diferente do que havia feito a imperatriz anterior em circunstâncias parecidas, Maria Ludovica não permitiu que a mudança forçada interrompesse a instrução de Leopoldina. Assim, enquanto os canhões franceses estouravam cada vez mais perto da catedral vienense de Santo Estêvão, conta-se que a futura imperatriz do Brasil fazia aulas de cítara com sua irmã Maria Luísa, supervisionadas pela madrasta.

A cena pode ser fruto da imaginação de algum cronista bucólico, mas não as cartas que a imperatriz enviou a seu marido — naqueles dias ocupado na frente de guerra —, das quais se destaca o interesse de Maria Ludovica por formar — ou melhor, reformar — o caráter de Leopoldina.

É possível que a madrasta já houvesse sido testemunha de cenas nas quais essa enteada um tanto mimada se deixava levar por breves, mas intensos ataques de fúria. Depois de lhe aplicar certos corretivos, que a imperatriz não especifica, Maria Ludovica contou a seu marido que Leopoldina havia se tornado mais "sensata [...] mas precisa ser corrigida sempre com severidade". As tropas francesas ocupariam Viena dez dias depois da partida da imperatriz. Portanto, como o refúgio húngaro se tornara mais inseguro, Maria Ludovica e suas enteadas mudaram-se para a Boêmia. Já ali, ela escreveu a seu marido: "Levei hoje Leopoldina a receber a primeira comunhão: ela fez exercícios durante três dias, e como não havia sacerdote, eu o substituí em tudo, menos no confessionário. Pedi ao arcebispo que lhe desse a comunhão em sua capela [...] Para minha maior satisfação, posso dizer que fiquei imensamente satisfeita com Leopoldina, tanto por sua devoção como por seu comportamento diário".[22]

Em poucas palavras ficam refletidos tanto a formação religiosa e o caráter da imperatriz, quanto insinuados os possíveis métodos utilizados para domar a irascibilidade da arquiduquesa. Chama a atenção o fato de que o sacramento mais importante da religião católica tenha sido dado a Leopoldina somente aos doze anos. Por outro lado, fica a impressão de que imperatriz estabelecia uma relação causal entre as crenças religiosas e o efeito moderador que tinham sobre o caráter de Leopoldina. Algo que, de fato, será evidente em seus futuros anos brasileiros.

Não menos interessantes, para que possamos ter uma ideia das características de uma pessoa que venceria seus defeitos mais notórios por meio da força de vontade fundamentada na fé católica, são as palavras que a arquiduquesa Maria Luísa enviou da Boêmia a seu pai pouco depois de Leopoldina receber sua primeira comunhão. O maior modelo estético que Leopoldina teria na vida contou ao imperador que essa irmã estava se tornando "diariamente mais bonita", embora fosse "de estatura pequena e um tanto robusta para sua idade".

※

Quando os exércitos de Napoleão triunfaram sobre os austríacos na batalha de Wagram, o pai de Leopoldina foi obrigado a firmar uma nova paz com o homem mais odiado por sua esposa. Isso se concretizou em um novo tratado firmado no início de julho de 1809.

Essa nova derrota do imperador da Áustria implicou também a volta definitiva de Metternich à corte de Viena. O verdadeiro artífice da paz entre franceses e austríacos foi nomeado então ministro dos Negócios Estrangeiros do Império da Áustria. Com esse importantíssimo personagem da política europeia do século XIX, hoje um tanto esquecido, ocorreu algo similar ao que aconteceu com a avó materna de Leopoldina, a rainha consorte de Nápoles. Sua reputação ficou marcada por fatos que lhe deram fama de reacionário.

Na realidade, como se disse acertadamente, "ele é só um pragmático. Não é ideólogo nem cínico, e repudia todos os radicalismos.

Metternich realiza seu plano de restabelecimento da ordem e a introdução de reformas na Áustria, não perdendo de vista seu objetivo mais distante, a organização da Europa, sem a qual o redimensionamento da Áustria no continente não lhe parecia possível".[23] Esse pragmatismo político, que, a sua maneira, Leopoldina também teria no Brasil, permitiu, como muitas vezes ocorre na história, a formação e consolidação em torno ao poder de novas riquezas, que em Viena já haviam começado a se formar graças aos grandes benefícios econômicos das guerras combatidas pela Áustria desde a Revolução.

Foi dito, também, que

> nessa época surge a riqueza das grandes casas bancárias: Fies, Arnstein, Eskeles, Geymuller, Steiner, entre outras. Aqueles que lucram com a guerra e a política inflacionista gastam generosamente o dinheiro recém-adquirido. Em Viena surge o entretenimento mais nobre e caro da Europa, o Salão Apolo, salões de baile ricamente ornamentados.[24]
>
> A abundância de dinheiro na capital é de tal magnitude que até causa efeitos sobre a proverbial austeridade da imperatriz, famosa por sua parcimônia. Maria Ludovica manda decorar aposentos exóticos em Hofburg [palácio imperial de Viena]. O imperador se mostra no mínimo surpreso e, desejando que a exceção não se torne regra, decreta medidas de economia para a família.[25]

A adolescência de Leopoldina transcorre nessa época. Em suas cartas do período brasileiro vamos ouvi-la pedir emprestado com assiduidade grandes quantias de dinheiro. A prosperidade que alguns súditos do império austríaco gozaram durante a infância de Leopoldina graças às guerras, os armistícios e as pazes teve um preço. E, de novo, foi o realista Metternich encarregado de determiná-lo, naturalmente, em acordo com Napoleão — sem o qual nada se podia decidir naquele momento na Europa continental.

O imperador dos franceses, desejoso de consolidar sua dinastia de novo cunho, havia começado a pensar que era uma sorte que Josefina de Beauharnais não lhe houvesse dado filhos. Por mais que, no início, isso houvesse feito seu orgulho de europeu do sul sofrer um pouco, posto que ela havia tido dois com o primeiro marido, o visconde de Beauharnais, entre os quais Eugênio, pai de Amélia de Leuchtenberg. De modo que ele decidiu matar dois coelhos de uma só cajadada: divorciar-se de Josefina e casar-se com uma filha do imperador da Áustria.

IV
Cunhada do "Diabo"
(1810)

Quando Napoleão decidiu, por fim, pedir o divórcio a Josefina de Beauharnais com o argumento de que, aos quarenta e seis anos, ela já não podia lhe dar o herdeiro que ele necessitava para consolidar seu trono, a até então imperatriz dos franceses protagonizou um breve episódio de surpresa, tingido de ciúmes; mas, depois de aceitar uma indenização muitas vezes milionária, saiu elegantemente de cena.

A arquiduquesa Maria Luísa ainda não havia sido informada de que Metternich estava realizando uma negociação com a França para que fosse ela, como primogênita do imperador da Áustria, a ocupar o lugar de Josefina no leito de Napoleão.

Independentemente das diferenças genealógicas que existiam entre as duas partes, o que se tentava era uma aliança de grande valor estratégico para a Áustria. O casamento impediria que Bonaparte se aliasse com a Rússia, adversária histórica dos Habsburgo de Viena. Por outro lado, Metternich pretendia utilizar o tempo que durasse esse casamento para rearmar os exércitos austríacos; de modo que o enlace já nascia hipotecado. É provável que Maria Luísa nunca tenha chegado a conhecer exatamente as verdadeiras motivações políticas de sua união com *l'Empereur*.

No final de janeiro de 1810, ela escreveu à filha da condessa de Colloredo, sua preceptora, para lhe dizer que esperava que a tratativa não chegasse a bom porto. De maneira irônica, igual à que no futuro sua irmã Leopoldina utilizaria para comentar situações que não lhe agradavam, mas que fugiam a seu controle, Maria Luísa dizia, ainda, que se no fim o acordo fosse selado ela seria a única a não se alegrar com esse casamento. Quando o ministro dos Negócios Estrangeiros da Áustria anunciou oficialmente a notícia à arquiduquesa, ela foi se queixar com o pai, que lhe respondeu que a decisão havia sido tomada por seus ministros sem que ele soubesse.

Do ponto de vista formal, Francisco I talvez estivesse dizendo a verdade, pelo menos na primeira parte dessa frase, e lhe custasse reconhecer perante a filha que mais estimava que seu poder dependia do que Metternich lhe aconselhasse. De qualquer forma, a arquiduquesa acreditou, também formalmente, pois aceitou representar o mesmo papel que uma longa série de arquiduquesas da casa de Habsburgo vinha representando desde finais do século XIII. Ou seja, obedecer, sem oposição manifesta, à ordem de se unir em matrimônio com objetivos exclusivos de servir a sua dinastia.

É obvio que esse projeto de Metternich de casar a primogênita de Francisco I com Napoleão fez aumentar o desprezo que Luísa e suas irmãs já sentiam pelo "conde". Devido a sua vida privada, durante sua embaixada em Paris ele nunca havia gozado de bom crédito entre elas, já que ali o representante diplomático da Áustria havia tido uma notória relação amorosa com uma mulher casada, algo muito habitual nos ambientes aristocráticos parisienses da época, mas muito mal visto na corte de Viena.

Para piorar, ela era uma aventureira. Na realidade, Laura Junot, esposa de um dos generais mais próximos do imperador, agraciada com o título de duquesa de Abrantes, era uma francesa muito culta para a época, como demonstram suas extensas memórias, onde, a propósito, aparecem descrições — nem sempre verazes, mas com frequência divertidas — sobre a futura sogra de Leopoldina, Carlota Joaquina, a quem Laura havia conhecido em Portugal quando seu marido havia sido embaixador de Napoleão. É provável que as arquiduquesas da Áustria, cuja árvore genealógica, pelo ramo dos Lorena, tinha mais de mil anos de antiguidade documentada, se incomodassem por uma delas ter que se casar com um *parvenu* nascido em uma ilha habitada por mais cabras que homens.

Havia seis séculos que os casamentos das mulheres dessa dinastia sempre eram arranjados por interesses políticos, às vezes com homens que nem sequer chegariam a estimar ao longo da vida. Mas sempre se tratara de príncipes saídos das mais importantes linhagens europeias.

Na realidade, as origens de Napoleão eram muito mais antigas do que se costuma pensar, pois os *Buonaparte* da Córsega descendiam de uma boa família toscana documentada em Pisa no século XII, sendo o nome de Napoleão um dos característicos dessa linhagem. Dizem que, quando comunicaram à avó materna de Leopoldina a notícia do projeto de casamento de sua neta mais velha com o corso, Maria Carolina exclamou: "É só o que me falta, tornar-me agora avó do diabo".[26]

Como mulher culta que era, a destronada rainha de Nápoles não só havia refletido sobre o assunto do casamento, como também havia deixado registrada sua opinião a respeito em uma carta que uma vez havia enviado a sua filha primogênita, a falecida mãe de Leopoldina: "Tenho certeza de que para a verdadeira felicidade de nossos filhos, é preciso afastá-los do mundo [...] Acho que devemos tratar nossas princesas severamente e sem nenhum contato com homens, de modo que não possam fazer comparações, considerando, portanto, amáveis e unindo-se àqueles que Deus lhes terá reservado".[27] Por fim, segundo o arquiduque Rainer, irmão de Francisco I, Luísa aceitou "paciente e sensatamente sua própria sorte".[28] A mais desconsolada parece que foi a imperatriz Maria Ludovica, pois isso significou o fracasso do projeto matrimonial de casar seu irmão com sua enteada.

Dado que não teve mais remédio que aceitar a decisão de Metternich, Maria Ludovica começou a trabalhar para usar sua influência sobre o marido, de maneira a evitar, na medida do possível, uma colaboração intensa demais com a França. E, sem dúvida, aumentou sua dose de rancor pelo ministro dos Negócios Estrangeiros que ela vinha instilando nas demais arquiduquesas fazia tempo. No epistolário de Leopoldina, esse homem de fria inteligência começou a ser chamado, a partir de então, de "querido conde de Metternich", com evidente sarcasmo, claro, pois já fazia anos que havia subido à posição de príncipe do império.

Segundo um biógrafo da futura imperatriz do Brasil, seu temperamento "pode explodir algumas vezes contra o amoralismo com que o grande condutor dessa política atuou em certos casos".[29] Mais drástica que sua irmã Luísa e "convencida sinceramente da função que devia representar como princesa, Leopoldina explode, em algumas cartas, contra a frieza do guia político de seu pai". Mas, assim como sua irmã mais velha, "nunca põe em dúvida a legitimidade dos princípios segundo os quais se decidiam os casamentos nas casas reinantes".[30]

Dada a volubilidade de caráter de Leopoldina na adolescência, é possível imaginar que ela tenha comparecido com uma expressão compungida à cerimônia matrimonial de sua irmã, que aconteceu na segunda semana de março de 1810 na igreja do palácio imperial de Viena. Mas ela também se mostraria divertida pela possível ironia de sua família de escolher como homem para acompanhar Luísa até o altar, em representação do imperador dos franceses, o arquiduque Carlos — o tio, comandante das tropas imperiais que haviam vencido o então general Napoleão na célebre batalha de Aspern, um dos poucos oficiais na ativa que podiam se gabar de ter ganhado um combate armado contra o francês até esse momento.

Não se sabe se foi em vingança a isso ou porque queriam prestar honras à alta categoria de Maria Luísa, essa arquiduquesa foi recebida em território francês seguindo estritamente o mesmo protocolo que havia sido oferecido a sua tia-avó Maria Antonieta quarenta anos antes.³¹ Além da repercussão emocional que a partida de Luísa causou no ânimo de Leopoldina (suas cartas a essa irmã imediatamente depois do casamento com Napoleão são um constante lamento de quanto sentia sua falta), isso também teve um efeito muito importante em sua educação, já que a "posição de preceptora superior de Leopoldina foi ocupada, depois do casamento de Maria Luísa, pela condessa Uldarike von Lazansky",³² uma severa nobre de quarenta e cinco anos cuja escolha parece ter recaído inteiramente sobre a imperatriz Maria Ludovica.

Certa historiografia difundiu a ideia de que as arquiduquesas da geração de Leopoldina receberam uma educação "burguesa", apoiando-se para isso no fato inegável de que foi ministrada no seio de uma dinastia cujos membros compartilhavam grande parte do tempo juntos, como então faziam quase todas as famílias da alta burguesia.

Na realidade, entre o final do século XVIII e o início do XIX a educação realmente "burguesa" implicava formas e métodos diferentes dos aplicados a essas arquiduquesas. Em *Emílio, ou da educação,* de Jean-Jacques Rousseau, obra por antonomásia que trata do tema da formação dessa classe social, a educação da mulher mal é abordada. Tanto que a noiva do protagonista dessa obra é educada para cumprir as tarefas tradicionais da mulher. Isso quer dizer ser uma boa esposa, o que implica obedecer ao marido, bem como também uma boa mãe. Algo parecido haviam afirmado outros autores (homens) do Iluminismo.

A verdade é que na educação das arquiduquesas havia alguns desses elementos, encontrados nos *Tratados de conduta* difundidos no século XVIII para a educação das mulheres burguesas. Mas eles já faziam parte da educação de toda princesa cristã desde que a intelectual francesa de origem italiana Cristina de Pisano escrevera, no século XV, uma obra destinada à educação de mulheres de estirpe régia. Por outro lado, não eram poucas as famílias burguesas que mandavam suas filhas a internatos, que lhes ensinavam certas disciplinas. Ao passo que as mais ricas, que deixavam suas filhas a cargo de preceptoras e tutores, não faziam mais que tentar imitar modelos aristocráticos.

Tudo isso com o objetivo de fazer delas o tipo de mulher descrita por uma das autoras de romances femininos desse período, Jane Austen, em sua conhecida obra *Orgulho e preconceito*, segundo a qual uma jovem devia ter "amplo conhecimento de música, canto, desenho, dança e línguas modernas", assim como algo especial "em seu ar e em sua maneira de andar, no tom de voz, na forma de se relacionar com as pessoas e em sua expressão".

Certamente um programa de estudos que a imperatriz Maria Ludovica teria endossado, com um acréscimo substancial: tudo isso visto pelo prisma dos dogmas da religião católica e as tradições da Casa da Áustria. Como escreveu um biógrafo de Leopoldina, o que mais se destaca de sua educação é "outro traço, sem o qual não se entenderá o comportamento com o qual ela se submete — quase como um sacrifício — em sua vida conjugal, é a religião. Sua formação religiosa teve uma profundidade e uma intensidade que raramente se encontrava nos altos estratos sociais daquele tempo".[33]

A esse respeito, ele conta que "de seus exercícios dessa época se conservam, no arquivo de Viena, os de caligrafia, e talvez seja interessante citar algumas frases que a princesa escreveu com sua mãozinha de principiante: 'Não oprimas o pobre, sê caritativo'. 'Não esqueças, homem, que tua posição no mundo está determinada pela sabedoria do Eterno, que conhece teu coração, que descobre a vaidade de todas as tuas aspirações, e muitas vezes, por misericórdia deixa de atender a tuas preces. Não lamentes, pois, as providências de Deus, mas reforma teus costumes'".[34] Embora seja indubitável que essas frases não parecem ser fruto da mente de uma menina que havia acabado de completar treze anos, e que na época Leopoldina já não tinha "mãozinha de principiante", considerando sua vida futura elas podiam perfeitamente representar sua mentalidade.

O exercício de caligrafia era, desde tempos remotíssimos, um meio de transmitir conteúdos mais profundos às crianças e jovens, mas dificilmente se encontrariam essas frases nas pautas educacionais das filhas de um financista ou de um comerciante que houvessem enriquecido com as recentes guerras napoleônicas.

É possível que a partir da ida de Maria Luísa à França tenha se intensificado na formação de Leopoldina outro elemento que estava muito presente na vida das arquiduquesas. A importância que "se dava [...] ao exercício físico, especialmente às caminhadas",[35] das quais se sabe que a condessa Lazansky era uma acompanhante assídua. É provável que, completados os treze anos, a arquiduquesa Leopoldina começasse a se preparar para entrar na Ordem da Cruz Estrelada, cuja concessão "era vista como a passagem da menina à mulher adulta".[36]

Talvez no terceiro dia do mês de maio de 1810, após ter participado de um retiro espiritual, Leopoldina tenha sido admitida nessa importante ordem nobiliárquico-religiosa feminina, cuja dignidade de mestre recaía, geralmente, sobre a consorte do imperador.

A Cruz Estrelada foi fundada no século XVII por uma princesa italiana da Casa de Gonzaga, depois de um incêndio em uma ala do palácio imperial de inverno em Viena, do qual havia se salvado um fragmento da considerada Santa Cruz, ao passo que a caixa que o continha havia se queimado completamente.

Tratava-se, é claro, de uma fraternidade feminina muito elitista, posto que exigia que as candidatas tivessem dezesseis quartéis de nobreza, se solteiras; no caso de mulheres casadas, exigiam-se requisitos similares do marido. Antes do fim do mês de maio de 1810 Leopoldina descreveu a Luísa, com riqueza de detalhes, uma festa surpresa muito original que "a querida mamãe" fez "para o bondoso papai", nos jardins de Laxenburgo.

> Fomos primeiro ao castelo, onde trocamos de roupa. Maria e eu éramos as ninfas. Francisco, o gênio da Áustria, desempenhando

seu papel que era um prazer. Conduzia o querido papai ao templo de onde saía Carolina representando o Amor.

Francisco a abraçava e ela levava o querido papai ao templo, em cujo centro se encontrava o busto dele. Maria e eu ficamos ao lado do busto com grinaldas nas mãos e as mostramos a ele. Mamãe estava sentada em uma cadeira representando Vênus e o irmão Francisco perto da mesa do sacerdote como pontífice.[37]

O ato, cheio de reminiscências clássicas, acabou depois que as arquiduquesas Leopoldina e Maria recitaram uma poesia em homenagem ao pai, com a maestria de duas consumadas pequenas atrizes. De fato, "os Habsburgo cultivavam já no século XVII uma predileção pelas representações teatrais, nas quais atuavam como cantoras e cantores, atrizes e atores, bailarinas e bailarinos. A participação em representações teatrais de ópera e dança era parte do plano estabelecido de educação, e, com isso, dos afazeres cotidianos dos filhos do imperador. O objetivo pedagógico, além da diversão em geral, era que as crianças se acostumassem a ter ouvintes, exercitassem a arte da fala e aprendessem a superar a timidez".[38]

※

Chegado o verão de 1810, Leopoldina acompanhou sua madrasta à cidade balneária de Karlsbad, onde Maria Ludovica fez uma cura termal. Ali ambas tiveram a oportunidade de conhecer o escritor Wolfang von Goethe, que recitou perante a imperatriz um poema composto para a ocasião. Afirma-se que ele era o literato alemão preferido de Maria Ludovica.

Nascido na cidade livre imperial de Frankfurt, e, portanto, súdito dos Habsburgo, o mais célebre poeta alemão de então havia iniciado sua carreira cultivando um exasperado romantismo, sendo sua obra mais representativa desse período *Os sofrimentos do jovem Werther*, cujo protagonista é um jovem de temperamento sensível e apaixonado, encantado por uma mulher que no fim se casa com outro, motivo pelo qual ele acaba cometendo suicídio.

Parece improvável que Maria Ludovica tenha permitido que Leopoldina, de caráter muito apaixonado — como ela gostava de descrever a si mesma em suas cartas a Luísa —, lesse aos catorze anos um romance que na época havia provocado cerca de dois mil suicídios na Europa entre seus jovens leitores. E não só porque esse gênero literário estava excluído dos livros que faziam parte da educação que a imperatriz havia planejado para ela com a colaboração da condessa Lazansky.

O movimento ideológico e artístico conhecido como Romantismo, do qual Goethe havia abjurado, não podia ser contemplado com bons olhos pela imperatriz, já que um de seus princípios basilares era a busca constante da liberdade, e esse havia sido um dos dogmas da Revolução Francesa.

O Goethe amado pela imperatriz era o surgido depois do transcendental *Viagem à Itália* do poeta, que havia mudado sua concepção do mundo, já que não só havia renegado o Romantismo, mas também se identificara tanto com o espírito greco-latino que podemos dizer que sofrera a revelação do Classicismo. Um movimento ideológico e artístico que se encaixava muito melhor na cultura clássica de raiz católico-romana da imperatriz, evidenciada na "festa surpresa" que ela havia organizado havia pouco tempo para seu marido, em Laxenburgo, na qual os arquiduques e arquiduquesas haviam representado os papéis de pontífice, ninfas e Amor, e Maria Ludovica a Vênus, deusa romana da beleza.

Uma mulher como a imperatriz, que havia sido dolorosa testemunha da perda da prestigiosa posição de seu pai na Lombardia depois das invasões dos revolucionários franceses, endossaria, quase com certeza, uma das frases mais célebres de Goethe desse segundo período: "Prefiro a injustiça à desordem". Frase, aliás, que acarretou a esse poeta ressalvas por parte de importantes artistas contemporâneos, como o músico e compositor Ludwig van Beethoven, muito vinculado à família de Leopoldina, como veremos. É provável que a imperatriz Maria Ludovica também não houvesse gostado muito, se é que o chegou a ler, do romance que o artista de Frankfurt havia publicado no ano anterior, As afinidades eletivas, já que nele questionava as bases do casamento tradicional; algo que, curiosamente, Leopoldina faria muito anos depois no Brasil.

Seja pelas razões que for, durante a permanência da imperatriz e de Leopoldina em Karlsbad, no verão de 1810, Goethe "era quase diariamente convidado por Maria Ludovica para ler sua obra". Em vista do que foi dito, supomos que se trata da obra poética. Do que não resta dúvida é de que esse artista, que se tornara tão amante da tradição e da ordem acima da justiça, ficou "encantado com a imperatriz, não só por sua aparência, mas também por sua inteligência".

De fato, com o típico deslumbramento que vivem alguns escritores pela realeza quando a conhecem, mesmo muito talentosos, ele contaria que "ela fala dos assuntos mais diversos, sobre a condição humana, países, cidades, regiões, livros e outras coisas, e expressa sua própria opinião sobre esses temas. São opiniões próprias, contudo em nada estranhas, pelo contrário, coerentes e perfeitamente de acordo com seus pontos de vista". Apesar de "a madrasta de Leopoldina ter lhe inculcado o amor pela literatura alemã, e por Goethe em particular"[39], é bastante provável que a jovem arquiduquesa não gostasse muito do comportamento excessivamente cortesão desse poeta.

A arte da lisonja, mesmo que baseada em uma verdade, nunca seria de seu agrado, assim como ocorria com Luísa. Tanto que naquele período em que Goethe se deslumbrava pelo simples fato de que uma imperatriz da Áustria soubesse raciocinar e argumentar como qualquer outra mulher inteligente e culta, a imperatriz dos franceses chegou a dizer a uma confidente que não lhe agradava em absoluto que a elogiassem "na cara", acima de tudo quando o elogio não era verdadeiro, "como quando me dizem que sou bonita".

São vários os exemplos epistolares do ceticismo de Leopoldina a respeito do comportamento de pessoas de hierarquia inferior à sua que se mostravam excessivamente respeitosas para com os mais altos membros da família imperial.

Algum tempo depois de sua volta de Karlsbad, Leopoldina escreveria a sua irmã Luísa para saber se era verdade o que lhe havia dito seu professor de piano: "apertando fortemente meu dedo mínimo, e quando faço uma cara triste, ele responde: 'Assim fazia eu com a imperatriz da França!'. É verdade?"[40], perguntou-lhe aparentemente muito inquisitiva.

V

Lições de história

(1811-1814)

Durante uma viagem a Presburgo que Leopoldina fez com seus pais no verão de 1811, alguns dos cortesãos que os acompanhavam ficaram surpresos com a curiosidade e o interesse que a flora e os minerais da região despertavam nessa pequena arquiduquesa. Era algo então considerado mais próprio de um jovem adolescente, e não de uma menina de catorze anos. Não em vão, durante a visita que havia feito à cidade de Praga, no ano anterior, Leopoldina sentira que podia passar horas sem comer, estudando as amostras que se encontravam no "Gabinete de Minerais" da Faculdade de Medicina dessa cidade.

Desde que a condessa Lazansky havia se tornado sua preceptora principal, a arquiduquesa costumava realizar com ela excursões exploratórias pelos arredores das cidades e povoados próximos a Viena aos sábados e domingos. Nos demais dias da semana seu regime de estudos era muito severo e obedecia a horários muito estritos.

Como seus irmãos, ela se levantava às 7h30, e depois de se assear — coisa que levava cerca de uma hora — ia à missa. Após um breve café da manhã, às nove da manhã começavam as aulas. Quanto aos conteúdos, desde a chegada de Lazansky "a instrução de Leopoldina abarcava [...] as matérias do ensino médio de nossos dias, dando preferência às ciências naturais, principalmente a botânica, a mineralogia e a física [...] aulas de religião, literatura, história, desenho, matemática, línguas [...]".⁴¹

O nome dos professores que ela cita nas cartas a Luísa mostra que, apesar de ser uma adolescente, a maior parte de seus mestres provinha dos quadros mais qualificados de suas respectivas especialidades da época, encontrando-se entre eles juristas e teólogos destacados. Era o caso do professor de história, Johann Wilhelm Riddler, da Universidade de Viena, mais tarde chefe da biblioteca da instituição. Filho de mãe protestante, pelo que parece a arquiduquesa lhe tinha uma estima especial. Fazia alguns meses que Leopoldina havia começado a fazer aulas de desenho, ministradas por Georg Felbenberger, que chegava às nove da manhã todos os dias para dar sua aula, a primeira depois do café. No outono de 1811 ela estava aprendendo a desenhar perspectivas, "o que é muito difícil".

Como esses primeiros trabalhos não foram conservados, não podemos saber se apresentavam o mesmo defeito que lhe censurava sua irmã na hora de redigir as cartas enviadas desse ano. Estavam não só cheias de erros de ortografia e sintaxe, como também eram pouco apresentáveis. Tanto que, em resposta a uma delas, a imperatriz dos franceses disse que ela teria vergonha de mostrá-las a terceiros e dizer que haviam sido escritas por uma pessoa de catorze anos.⁴² Outro defeito de Leopoldina destacado por Luísa nesse período era sua tendência à preguiça para enfrentar os rigorosos e organizados horários das aulas.

De qualquer forma, Leopoldina não parecia ficar muito à vontade com o professor de piano, Leopold Kozeluch, apesar de que para ela, como para toda a sua família, a música era muito importante. Mas é provável que nessa época ela tivesse gostos mais conservadores, ou seja, "clássicos" — ou melhor, neoclássicos. Não fora em vão que sua falecida mãe havia sido uma grande fã das sinfonias do grande mestre do Neoclassicismo, Joseph Haydn, que, em agradecimento, havia lhe dedicado uma *Missa* (*Theresienmesse* ou *Missa para Teresa*).

De fato, naqueles dias, uma divertida Leopoldina contou a Luísa que durante um concerto que sua madrasta Maria Ludovica havia organizado para comemorar o aniversário de quarenta e quatro nos do imperador, ela tinha "gostado muito" das árias de ópera que haviam sido cantadas. Mas o concerto para piano de Beethoven que tinham tocado a seguir lhe parecera chato, "tanto que adormeci".[43] Isso talvez tenha surpreendido seu tio paterno, o arquiduque Rodolfo, estudante de piano e composição desse grande gênio da música desde 1803.

Em 1809, o irmão mais novo do imperador e dois grandes aristocratas austríacos, o príncipe Kinsky e o príncipe Lobkowitz, haviam concedido a esse compositor uma pensão de quatro mil marcos para que ele pudesse se dedicar a sua obra sem ter que sofrer problemas financeiros, com a única condição de que não abandonasse Viena, já que Beethoven, assolado pelas dívidas, havia cogitado seriamente aceitar a oferta de trabalhar na corte dos reis da Holanda, Jerônimo Bonaparte, irmão de Napoleão, e Hortênsia de Beauharnais, tia de sangue da segunda imperatriz do Brasil. Em agradecimento ao tio de Leopoldina, Beethoven lhe dedicaria catorze composições, entre elas o famoso "Trio arquiduque".

❧

Quando Napoleão tomou a decisão de infligir novas hostilidades à Rússia, que Metternich não tentou impedir, Maria Luísa acompanhou seu marido uma parte do caminho até o *front*, parando em Dresden para poder reencontrar sua família, que não via havia dois anos. Assim, Leopoldina teve oportunidade de abraçar sua "querida irmã". Posteriormente, voltou a Laxenburgo, onde escreveu a Luísa para dizer que podia "imaginar e sentir [...] como deve doer a separação do imperador".

Mas, depois, não se aprofundou muito nessas questões afetivas e passou a lhe contar que no dia anterior havia sofrido uma cólica muito forte devido a uma indisposição estomacal, que ela atribuíra, em parte, à má qualidade ou à falta de higiene na preparação dos alimentos que havia ingerido em Laxenburgo. Pois, "desde que o amado papai não está aqui [...] todos os pratos têm gosto de remédio velho e estão misturados com pelos que pinicam na minha garganta horrivelmente".[44] Era uma experiência direta dos comportamentos cortesãos que talvez a tenha levado a não gostar muito da adulação aos mais poderosos.

Fosse como fosse, Leopoldina esperou com "ansiedade" que chegasse o mês de julho para poder tornar a encontrar Luísa em Praga. Foi ali que a imperatriz dos franceses "abriu o coração" com ela e lhe contou quanto lhe custava estar longe de Napoleão. Embora ainda não entendesse o que significava depender afetivamente de um marido, Leopoldina se comportou como uma irmã muito compreensiva, dada sua idade e a situação, e ao voltar a Laxenburgo escreveu-lhe várias cartas afetuosas a fim de consolá-la. "Sonho quase todos os dias contigo e com os dias felizes que passamos juntas em Praga", dizia em uma delas. Segundo as más línguas da corte francesa, o tratamento que Napoleão dispensava a sua esposa, mais que de marido, era de pai em relação a uma filha. Mas isso parecia não incomodar Luísa, ao contrário. Educada na devoção pela figura paterna, nos dois anos que estava com *l'Empereur* havia desenvolvido um sentimento de admiração por ele similar ao que tinha pelo pai.

※

No começo do verão de 1812, a delicada saúde da imperatriz da Áustria a levaria a fazer um tratamento de banhos em Toplice, localidade situada na atual Eslováquia, cercada de uma paisagem de montanhas e lagos onde os condes de Auersperg haviam mandado construir, em meados do século anterior, uma pitoresca estação termal. Leopoldina acompanhou sua "querida mamãe" e ali tornou a encontrar Goethe, que, segundo relatos, havia se transformado em um assíduo acompanhante da imperatriz. "Durante quatro semanas ele a viu quase diariamente, tendo sido convidado a sua mesa ou como leitor."

"Enquanto isso, Leopoldina, entusiasmada com os arredores, fazia passeios com a condessa Lazansky ou brincava com outras mocinhas."[45] É meio duvidoso que essa arquiduquesa pouco amante da lisonja gostasse da excessiva cortesania com que o poeta tratava sua madrasta.

Segundo conta a condessa von Armin, amiga de Beethoven, que em julho desse ano havia organizado "um encontro entre o compositor e Goethe [...] um dia, quando os dois passeavam pela alameda do balneário, de repente apareceu diante deles a imperatriz com suas enteadas. Goethe, ao vê-las, afastou-se para o lado e tirou o chapéu. No entanto, o compositor colocou o seu ainda mais fundo e seguiu seu caminho sem diminuir o passo. Já a certa distância, o músico parou para esperar Goethe e lhe dizer o que pensava de seu comportamento de 'lacaio'. Verdade ou não, o incidente encantou a sociedade vienense, que o julgou verdadeiro durante um tempo".[46]

No início do outono de 1812 era já evidente que a campanha de Napoleão na Rússia havia sido um fracasso. Tanto que em outubro ele deu início a sua famosa retirada, que se revelaria um novo erro, pois encontraria um adversário ainda mais forte. O famoso "general inverno", como diria um militar russo.

De modo que certa noite, no final de dezembro de 1812, pouco antes da meia-noite, o corso entrou nos aposentos parisienses de sua mulher e lhe contou que milhares de soldados de seu exécito haviam morrido congelados naquelas terras russas. Compadecida pelo marido e ao mesmo tempo preocupada com sua própria posição, a imperatriz dos franceses começou a pedir a seu pai, cada vez com mais insistência, que ajudasse o marido. Porém, não contou a Leopoldina a situação quando lhe mandou parabéns pelo décimo sexto aniversário da arquiduquesa, que anos mais tarde escreveria cartas a seu pai para solicitar ajuda parecida para seu marido no Brasil, com o mesmo resultado surdo.

Alheia às preocupações de sua irmã (pelo menos segundo as cartas que conhecemos), Leopoldina lhe respondeu dando-lhe "muito obrigada pelas saudações carinhosas por meu aniversário. Tu és como eu; odeio os longos elogios e gosto mil vezes mais das pessoas que não os fazem". Enquanto isso, prosseguia com os estudos de pintura, e havia avançado bastante. Depois de ter desenhado uma cabeça de Cícero, estava trabalhando em uma de Antínoo, o belo, ambíguo amigo do imperador Adriano, segundo o modelo de uma estátua que desde pouco tempo se encontrava no Louvre, o palácio parisiense onde residia Maria Luísa, fruto de um dos tantos espólios de Napoleão. De fato, Leopoldina lamentava que essa estátua houvesse sido "muito danificada no transporte".

Nos dias seguintes ela se sentiu "muito desesperada", posto que tinha que ensaiar um balé para o aniversário "do querido irmão Fernando, e só faço essa penitência por amor a ele, porque não gosto muito de dançar". Mas suas aulas de música haviam progredido tanto que na época ela já era capaz de tocar ao piano "um balé muito bonito, com dois violinos, viola e violoncelo composto por Kozeluch".[47]

Na época, Maria Luísa vivia momentos de verdadeiro desespero. No final de março ela foi nomeada regente do império, para que seu marido pudesse enfrentar seus inimigos no campo de batalha, em situação bastante similar à que sua irmã viveria dez anos depois no Brasil. Mas nesse momento Leopoldina continuava, aparentemente, na mesma ignorância em relação à gravidade do que acontecia na França. E continuava enviando suas cartas a Paris para contar a Luísa que durante uma excursão que havia realizado com seus irmãos nesse verão havia notado, com desagrado, que "Francisco tremia em todas as passagens perigosas. Ele é um grande medroso e, além do mais, não suporta velocidade".

Durante o passeio ela recordara "as horas felizes que havíamos vivido contigo e que infelizmente já são passado".[48]

No dia de Santa Ana (6 de agosto) Leopoldina foi com toda a família a Viena para ver os fogos de artifício, "que foram bem bonitos". Estava ansiosa para ver "os tiros de canhão, que me agradaram mais que tudo, pois fizeram um barulhão daqueles". E tornou a constatar que seu irmão Francisco era um acovardado, a ponto de durante o estrondo se agarrar ao vestido de Leopoldina, e "por pouco não o arrancou de meu corpo".

Só em meados de outubro foi que a arquiduquesa deu sinais de compreender por que outros canhões estavam preparados na periferia da cidade de Leipzig, onde Napoleão esperava travar sua batalha decisiva contra seus inimigos, aliados de seu sogro.

Quando Leopoldina soube do resultado, escreveu ao pai: "Vós bem podeis imaginar, querido papai, que alegria nos deram as gloriosas notícias da vitória, que a querida mamãe teve a bondade de nos contar imediatamente; não paro de agradecer a Deus por ter ido tudo bem. Para comemorar a feliz notícia, a querida mamãe nos levou ao teatro, onde representaram *O acampamento austríaco* (*Die österreichische Kaserne*). A peça em si não tem muito valor, mas os cenários e as canções apresentadas são muito bonitos; o povo não se cansou de expressar sua alegria batendo palmas".

※

Na segunda semana de novembro de 1813, o derrotado Napoleão chegou a Paris, com os inimigos em seus calcanhares. Maria Luísa se encontrava na estranha situação de ser imperatriz de um reino prestes a ser invadido pelos exércitos aliados de seu pai. Metternich chegou a propor a possibilidade de uma regência da imperatriz, até que "o rei de Roma", o filho que Napoleão havia tido com Luísa, atingisse a maioridade. Mas essa proposta não foi aceita, a começar pelo próprio Napoleão, que decidiu continuar lutando. No final de janeiro de 1814 ele se despediu de sua mulher e de seu filho, que choravam. Nunca mais tornaria a vê-los. O sofrimento de Maria Luísa havia chegado ao máximo de sua capacidade. Em 2 de abril, depois da capitulação de seu marido, Maria Luísa lhe escreveu: "Acho que a paz me devolverá toda a serenidade. É necessário que tu a ofereças logo a nós".

Napoleão pediu a sua mulher que escrevesse ao pai para solicitar proteção para si mesma e seu filho. Seu estado de ânimo devia ser terrível, pois havia não muito tempo dissera: "Prefiro que meu filho seja enforcado a vê-lo em Viena, educado como um príncipe austríaco". Coisa que de fato ocorreria, e o garoto se tornaria o sobrinho preferido de Leopoldina.

Cumprindo o último ato de obediência a seu marido, embora de forma um tanto ambígua, Maria Luísa escreveu a seu pai: "O estado das coisas é tão triste e terrível para nós que eu e meu filho buscamos refúgio sob vossa proteção. Portanto, é em vossas mãos, querido papai, que eu ponho minha salvação". Em 6 de abril de 1814 Napoleão abdicou. Dez dias depois, Luísa se encontrou com seu pai em Rambouillet. No dia 20 desse mesmo mês Napoleão embarcou rumo à ilha de Elba, em frente à costa da Toscana, lugar que seus inimigos haviam lhe concedido como "reino".

A caminho da Áustria, Maria Luísa comentou com uma de suas acompanhantes que só buscava "a paz que se encontra no túmulo". Em 21 de maio, encontrou sua madrasta perto de Viena, e dias depois, seus irmãos, no palácio de Schönbrunn.

"A alegria pela volta de sua irmã fez que Leopoldina se sentisse mais motivada a fazer excursões de estudo em companhia da imperatriz e da condessa Lazansky. Observavam a paisagem e a agricultura, visitavam palácios, fábricas e até minas [...] Também frequentavam museus históricos, jardins botânicos, exposições de armas, coleções numismáticas, bibliotecas, galerias."⁴⁹

Foi em uma dessas excursões que Leopoldina viu pela primeira vez dois galhos de café maduro, nas estufas do conde Harrach, em cujo palácio a mãe de Joseph Haydn havia sido cozinheira e o pai mecânico de veículos.

"Depois das excursões, tanto ela quanto seus irmãos eram obrigados a fazer redações, descrevendo tudo que haviam visto. A redação do ano da volta de sua irmã, uma das duas que se conservam, demonstra a boa capacidade de observação e descrição da futura primeira imperatriz do Brasil."⁵⁰ Uma destreza que ainda não estava muito desenvolvida para compreender "os meandros do coração" de sua querida irmã. É provável que a mudança de atitude de Luísa em relação a Napoleão, que ela havia começado a experimentar quando ele passou a perder poder, tenha contribuído para uma decisão tomada por Francisco I no início do verão de 1814. Durante essa estação o imperador austríaco concedeu a essa filha umas férias em um balneário francês e lhe designou como acompanhante, possivelmente a conselho de Metternich, um nobre de sua maior confiança, o general Von Neipperg.

No final de setembro, depois de haver empreendido a volta à Áustria, quando seu séquito estava na Suíça, Maria Luísa começou uma relação afetiva com o conde de Neipperg, que duraria até a morte dele. "O fato permaneceria desconhecido, pelo menos oficialmente, por sua família durante longos anos."⁵¹

VI

Três príncipes para uma arquiduquesa

(1814-1816)

*N*a segunda semana de setembro de 1814 Leopoldina sentiu "a grande infelicidade" de perder "a melhor das avós", a rainha Maria Carolina de Nápoles. Essa morte a afetou tanto que ela teve que se retirar do réquiem celebrado em sua memória "porque o ar estava muito viciado". Durante o funeral ela tinha vivido "uma situação extremamente triste", ao ser testemunha da desolação do infante Leopoldo, filho mais novo da falecida, "que tivera que ser arrastado até a igreja, onde soluçava de maneira terrível".[52]

No fim daquele mês, a futura imperatriz do Brasil se queixava a sua irmã Luísa da superficialidade da vida que por esses dias levava na corte. A queda de Napoleão havia levado a Viena mais de vinte representações diplomáticas de outras tantas nacionalidades e a arquiduquesa não podia faltar a nenhuma das recepções oficiais oferecidas no palácio de inverno da cidade. Era algo que "de maneira alguma pode me agradar, pois as pessoas ficam em pé desde as dez da manhã até as sete da noite, constantemente vestidas de gala, e passam os dias em elogios e ociosidades".[53]

Os plenipotenciários das nações europeias estavam reunidos na capital do império austríaco para dar ao mundo uma nova ordem.

Por iniciativa de Metternich, as potências vencedoras de Napoleão (Áustria, Inglaterra, Rússia e Prússia) iam decidir o destino do mundo para os trinta e quatro anos seguintes. As pequenas potências tentariam pegar as migalhas que caíssem da mesa dos poderosos.

No que todas estavam de acordo era em não ouvir falar de Napoleão. Sentiam por ele um ódio tão irracional que até a presença de sua esposa lhes era muito incômoda. Desse modo, por ordens de Metternich, Maria Luísa devia permanecer em Schönbrunn e não ir ao palácio de Viena, onde aconteceriam as reuniões. O Congresso, que receberia o nome dessa cidade, foi aberto oficialmente no primeiro dia de outubro de 1814. A imperatriz Maria Ludovica era a grande anfitriã do evento encarregado de traçar o novo mapa da Europa. Entre os espíritos mais agudos e refinados do Antigo Regime que ali se encontravam não podia faltar o príncipe de Talleyrand, procedente de uma das famílias mais antigas da França e até pouco tempo ministro dos Negócios Estrangeiros do império napoleônico. Jacques-Louis David, o pintor testemunha dos momentos finais de Maria Antonieta, havia incluído o príncipe na mencionada pintura da coroação de Bonaparte. Agora, trabalhava para os Bourbon da França, recém-restaurados. Tão hábil em virar a casaca quanto em fazer lisonjas refinadas, o príncipe chegou a dizer à imperatriz austríaca que ela possuía a graça de uma francesa. Máximo elogio da boca de um francês, mas possivelmente não muito do agrado de Maria Ludovica.

Essas palavras seriam muito comentadas, de qualquer maneira, por algumas mulheres da sociedade vienense, esposas e filhas de burgueses de bancos, das finanças e dos negócios, enriquecidos com as recentes guerras. Senhoras que, sem ousar competir com a imperatriz, haviam transformado os salões de seus novos palácios e mansões em local de reunião alternativo, onde os diplomatas do Congresso, depois das reuniões oficiais, podiam fazer intrigas, fechar reservadamente algum acordo comercial e relaxar dançando o último ritmo em moda na cidade. De fato, foi durante esses dias que "pela primeira vez se ouve na periferia da capital de Viena o novo ritmo da valsa vienense. As festas de salão são dominadas por damas aventureiras: a casa de Fanny Arnstein tem fama de ser o ponto de encontro de prussianos e austríacos e é regularmente vigiada pela polícia".[54]

Frau Arnstein tinha uma concorrente verdadeiramente poderosa, a esposa do ministro dos Negócios Estrangeiros do império, neta do príncipe de Kaunitz, antigo chanceler imperial. Em seu momento, ela havia aberto as adequadas portas da capital a um jovem ambicioso, e continuava colaborando intensamente com seu marido em benefício de sua brilhante carreira política. Pois, "além dos atos oficiais, Metternich organizava para as elites políticas reunidas em Viena bailes na corte, bailes de máscaras, concertos, peças de teatro e saraus, que não só serviam para diversão, mas também ofereciam possibilidades de dar prosseguimento às negociações oficiais de um modo, por assim dizer, oficioso".[55]

Sem dúvida, uma das notícias mais comentadas nesse salão foi a fuga de Napoleão da ilha de Elba. O corso, a caminho de Paris, pediu a Francisco I que lhe enviasse Luísa de volta. Atemorizada, a arquiduquesa, que permanecia em Schönbrunn, disse ao pai que só queria ir a Parma, cujo ducado Metternich acabava de lhe arranjar, a título vitalício, nas sessões oficiais do Congresso, apesar da oposição dos Bourbon da Espanha, que o haviam possuído antes. A nova duquesa também pediu ao pai que não tirasse Neipperg de seu lado, porque o considerava útil para a futura gestão de sua Casa na Itália e porque confiava nele.

Napoleão foi definitivamente vencido em Waterloo em 18 de junho de 1815. E não só Luísa pôde respirar mais tranquila; a imperatriz Maria Ludovica, que havia feito da derrota do corso uma causa pessoal, pôde cuidar de sua saúde com mais tranquilidade. Foi durante uma visita à cidade balneária de Baden, à qual havia sido novamente acompanhada por Leopoldina, que a futura imperatriz do Brasil teve contato com alguns de seus futuros súditos, que lhe causaram uma boa impressão. Tanto que, ao voltar a Schönbrunn, ela contou ao pai por carta que Luísa "deu-nos a alegria de mandar buscar uma família de negros que vive em frente a ela e pertence aos serviçais do emissário português [...] nasceram no Brasil".

Leopoldina achou que as filhas dessa família eram "muito gentis e graciosas [...] conversei muito bem com elas [...] falam também a língua materna delas, que é estranha".[56]

Durante uma das reuniões oficiosas do Congresso de Viena, os representantes diplomáticos de Portugal se aproximaram do representante francês, o príncipe de Talleyrand, em busca de conselhos para enfrentar a arrogância dos ingleses, que faziam e desfaziam na política do reino português enquanto a família real permanecia no Brasil. Essa ave fênix da política francesa "aconselhou a eles que sugerissem a seu soberano [...] elevar seus vastíssimos territórios sul-americanos à categoria de monarquia". Dom João, príncipe do Brasil, que ainda exercia a regência por sua mãe, a rainha dona Maria I, aceitou de bom grado a ideia, que coincidia com seus propósitos. Foi assim que em 16 de dezembro de 1815 surgiu o Reino Unido de Portugal, Brasil e Algarves.

※

Prestes a completar dezenove anos, uma idade na qual muitas princesas já estavam casadas, Leopoldina havia demonstrado estar à altura da situação durante o Congresso de Viena.

Uma vez, Luísa lhe perguntou se ela se sentia capaz de enfrentar todas as ocupações protocolares derivadas da presença de tantas delegações diplomáticas internacionais em Viena, e Leopoldina respondeu:

"Sim, tenho coragem, pois seria inútil ter medo". Apesar de fazer aquilo exclusivamente por dever e com pouco prazer pessoal, o trabalho de se relacionar com pessoas muito diferentes das que até esse momento havia frequentado contribuiu para que ela amadurecesse — algo que se percebe muito bem em suas cartas, nas quais começa a manifestar ideias políticas, curiosamente não muito afins com os interesses tradicionais austríacos. Assim, por exemplo, afirmou que se sentia feliz ao descobrir que os príncipes alemães, em parte protestantes, falavam essa língua, e não o francês, deixando evidente um sentimento pangermânico que não podia agradar ao católico e afrancesado Metternich.

Por sua vez, sem que ela soubesse, o factótum de seu pai havia começado a procurar marido para ela. O primeiro escolhido foi um tio materno da arquiduquesa; aquele infante napolitano que por ocasião da morte da rainha Maria Carolina tivera que ser "arrastado" até a igreja para presenciar os funerais da mãe.

Como filho mais novo dos dezessete que os monarcas napolitanos haviam gerado, Leopoldo de Bourbon, príncipe de Salerno, não tinha nenhuma probabilidade de herdar a coroa. Além disso, era muito gordo (segundo Leopoldina, pesava cento e cinquenta quilos), falava muito alto, mexendo agitadamente as mãos, e tinha uns modos que ela considerava vulgares e grosseiros. Certamente não se tratava de um bom partido.

No início de março de 1816 Leopoldina soube que "dom Leopoldo" não a havia aceitado e que em seu lugar havia escolhido sua irmã Maria (Clementina). Apesar de ser a mais próxima de Leopoldina em termos de idade, e de terem sido criadas juntas — ou, talvez, por esse mesmo motivo —, entre essas duas arquiduquesas parece que existia uma forte tensão, nem sempre positiva, e a mais velha se mostrava quase sempre crítica com a menor. A compreensível desilusão que o orgulho de Leopoldina deve ter sentido pela rejeição ficaria refletida em um comentário que ela fez a Luísa depois de saber da notícia: "O que achas do casamento de Maria com tio Leopoldo? Tu sabes o que eu penso; eu lhes desejo felicidade de coração e estou contente porque ele não me quis".[57]

Mas o ressentimento por essa rejeição deve ter durado algum tempo, ou, no mínimo, estimulado um de seus defeitos mais notórios, pois, um mês depois de ter feito o comentário anterior a Luísa, ela teve que lhe prometer "não dizer nunca mais a Maria nada irônico sobre o tio [Leopoldo]".[58]

※

Enquanto realizava uma cansativa viagem pelo norte da Itália com seu marido, a imperatriz Maria Ludovica caiu gravemente doente. Ela sempre havia tido saúde delicada, mas, dada sua incessante atividade contra Napoleão, quase todos os seus familiares haviam chegado a pensar que estava dotada do que se costuma chamar "uma fraca saúde de ferro". Maria Ludovica, porém, faleceu no domingo de Ramos do ano de 1816, aos vinte e oito anos, em Verona. Essa perda afetou muito Leopoldina, e durante quase dois meses a morte da madrasta continuaria sendo um dos temas predominantes de suas cartas a Luísa. Mas também a estimularia a querer melhorar, motivada pelo afeto e a dedicação — não isenta de severidade — que aquela mulher lhe havia dedicado quando vivia. De fato, pouco depois do falecimento de Maria Ludovica, Leopoldina pediu a Luísa que, a partir de então, lhe revelasse francamente tudo de que não gostava nela, como antes havia feito sua madrasta.

Em Parma, onde já estava instalada como duquesa soberana, para grande agrado de uma boa parte de seus súditos italianos, Luísa lhe aconselhou que ficasse longe da vaidade, mas não tanto a ponto de cair no erro de não dar importância a sua aparência, pois "quando somos casadas, porque devemos isso ao marido, e quando não, porque é um bem [...] infelizmente, neste mundo a primeira impressão é sempre dada pela aparência externa".[59]

Passados dois meses da morte de Maria Ludovica, a diplomacia dinástica voltou a ser ativada na busca de um candidato para a mão de Leopoldina. Ela escreveu a Luísa: "Nada sei sobre um casamento, apesar de ter mandado que meus espiões secretos investigassem. Tremo por estar nas mãos de Metternich, que não deixará a chance escapar".[60]

Poucos dias depois ela teve algumas novidades por meio de quem menos esperava. Como contou à duquesa de Parma, "as perspectivas quanto a minha situação (matrimonial) são favoráveis, porque o querido papai disse há pouco: 'Não creio que Leopoldina esteja aqui no próximo inverno', mas, por amor a Deus, não reveles que te confiei isso, pois o querido papai não quer que ninguém o saiba".[61] Para descobrir algo mais concreto, Leopoldina tornou a pôr em ação seus "espiões secretos", e assim conseguiu saber que existia a possibilidade de que a casassem com o primogênito do rei da Saxônia, o príncipe apelidado de "o belo Fritz", por sua boa aparência. Mas não seria esse o único candidato.

Por meio da condessa Nanny de Kuenburg, mulher pertencente a uma antiga família da nobreza imperial que fazia parte de sua criadagem, Leopoldina soube pouco depois que dom João VI, novo rei de Portugal após a recente morte de sua mãe, havia pedido sua mão para seu filho e herdeiro, o príncipe dom Pedro.

Leopoldina sabia bem de quem se tratava, pois a mãe desse possível marido, a espanhola Carlota Joaquina, era prima-irmã do pai de Leopoldina, bem como o havia sido de sua mãe. A fama de que essa infanta de Espanha gozava na corte de Viena não era muito boa, mas é provável que nesse momento a arquiduquesa não soubesse disso com precisão, pois aquilo que havia deteriorado a reputação da nova rainha de Portugal na corte de Viena fora um episódio ocorrido em 1805, quando Leopoldina era uma menina de oito anos. Na ocasião, dona Carlota, aproveitando que o príncipe dom João não estava bem de saúde, havia espalhado o boato de que seu marido sofria de uma doença mental, como a mãe, dona Maria I, a Louca. E, com o apoio de um grupo de jovens fidalgos portugueses, havia feito um complô contra seu próprio esposo para tomar as rédeas do poder. Desde então, o relacionamento entre marido e mulher fora piorando cada vez mais, e pouco depois da fracassada intriga, começou-se a falar que Carlota era infiel a dom João. Rumores que também haviam chegado a Viena, mas que Leopoldina ainda desconhecia.

Curiosamente, nos dias em que surgiu a possibilidade desse casamento luso-brasileiro, a arquiduquesa deixaria registrado em uma carta a Luísa o que pensava sobre a infidelidade conjugal. Isso ocorreu depois de ela assistir a uma representação teatral em Baden na qual "o cavaleiro salteador queria levar a mulher de outro a se casar com ele da maneira mais imoral".[62] Diferente de muitas mulheres da elite aristocrática europeia de então, que compartilhavam uma visão um tanto relaxada acerca dessas questões — característica da época das guerras revolucionárias e do império napoleônico —, Leopoldina tinha severos critérios morais nesse assunto.

Dois dias depois de ter escrito essa carta, aconteceu no palácio de Schönbrunn o casamento de Maria Clementina com o príncipe de Salerno. Foi um dia que Leopoldina jamais esqueceria, porque, acabada a cerimônia, seu pai lhe falou abertamente do que até então haviam sido apenas rumores e suposições.

Segundo ela, o imperador a deixou escolher entre a possibilidade de se casar com o herdeiro do rei da Saxônia ou com dom Pedro de Bragança. Antes de escolher, porém, ele lhe havia dito que, se fosse o primeiro, ela teria que esperar dois anos, e, ainda assim, faria parte de um grupo de princesas alemãs dentre as quais o noivo escolheria sua futura mulher. Terminado seu discurso, o imperador lhe dera dois dias para decidir.

"Em poucas palavras, o querido papai falou de uma maneira que, com um pouco de inteligência [se poderia deduzir que] queria [que eu escolhesse] o último", escreveu Leopoldina a Luísa algum tempo depois. "Então, fiz como ele desejava." E ela "escolheu" se casar com dom Pedro. Durante o Congresso de Viena, Leopoldina "achara" que ela não gostara muito do príncipe herdeiro da Saxônia. Com o passar do tempo, "o belo Fritz" acabaria se casando com a arquiduquesa Maria Carolina, sem dúvida mais bonita que sua irmã Leopoldina.

❦

No início de agosto de 1816, Maria Luísa de Parma engravidou do general Neipperg. Leopoldina, enquanto isso, sentia-se muito feliz por seu futuro matrimonial ter se resolvido, o que a levaria a escrever a essa irmã que "graças a Deus não espero mais ser a mineralogista da corte", um eufemismo para expressar que não ficaria solteirona.

Estava feliz também por seu destino ser como "o de todas as mulheres", esperando que seu futuro esposo se comportasse de forma mais sensata que o príncipe de Salerno, a quem havia encontrado pouco tempo antes, com pouco prazer, pois "dom Leopoldo [...] seguindo a moda italiana", havia lhe contado piadas picantes com tanto entusiasmo que, enquanto falava, não parara de lhe dar "palmadinhas nos ombros, coisa que me parece imensamente carente de elegância".[63]

Quinze dias depois, Leopoldina voltou a soltar a língua para comentar com Luísa as vicissitudes na corte do "casal napolitano": "Entre a nova tia e o tio ainda reina certa formalidade que não me agrada; além disso, houve uma cena de ciúme que me contaram, pois não quero ver nada, e [Maria?] não diz nada".[64] Essa foi a primeira das possíveis referências a uma questão que manteve Leopoldina interessada nos meses seguintes: a falta de contato físico entre os novos esposos, pela possível rejeição (*escrúpulos*, diria Leopoldina) por parte da esposa.

"Maria está muito bem, mas mais fechada que antes; em compensação, dom Leopoldo fala como um papagaio e diz muitos disparates; ontem discuti com ele porque sempre me provoca, coisa que não permito a ninguém, exceto a ti, se quiseres".[65]

Era uma provocação que certamente estimularia sua tendência ao sarcasmo. De fato, depois de uma caçada que ocorreu naqueles dias, Leopoldina contaria a Luísa, aparentemente muito divertida, que "o ilustre casal caçou com tanta paixão que Maria disparou seiscentos tiros e o tio mais de mil durante três dias; ambos estão com o rosto marrom e vermelho de chumbo e pólvora".[66]

VII

As joias do Brasil

(1816-1817)

*N*o início de outubro de 1816, o imperador Francisco I da Áustria aceitou conceder a mão de sua filha Leopoldina ao príncipe herdeiro do Reino Unido de Portugal, Brasil e Algarves. Quatro dias depois, uma eufórica arquiduquesa comunicou a notícia a sua irmã Maria Luísa, dizendo que se tratava de uma "grande decisão", dando a entender que a última palavra havia sido sua. E acrescentou: "O Brasil é um país magnífico e ameno, uma terra abençoada que tem habitantes probos e honrados. Além disso, toda a família [real portuguesa] é elogiada, dizem que é cheia de bom senso e nobres qualidades. Por outro lado, a Europa agora se tornou insuportável, e em dois anos voltarei a habitá-la".

Embora ela não houvesse lido *Os sofrimentos do jovem Werhter*, de Goethe, bíblia do romantismo para muitos jovens da geração anterior, pouca dúvida resta de que Leopoldina estava dotada de uma "imaginação romântica".[67] E que, com certeza, estava "influenciada por uma imagem dos brasileiros como bons selvagens, ainda não corrompidos pela civilização, de acordo com o pensamento de Rousseau".[68]

Das palavras a sua irmã Luísa se deduz, por outro lado, que Leopoldina ainda não estava muito a par das intrigas que sua futura sogra, Carlota Joaquina, havia tramado no passado contra o marido; e menos ainda de suas supostas infidelidades conjugais. Quanto ao tempo que ela supunha que devia permanecer no Brasil, ignorava que se tratava só de um desejo, pois já fazia anos que a diplomacia inglesa estava empenhada em tentar convencer dom João a voltar à metrópole, mas estava longe de conseguir. Esse peculiar Bragança nunca havia sido tão feliz como na cidade do Rio de Janeiro e não tinha intenções de trocá-la por Lisboa, que estava em humilhante poder dos britânicos.

É provável que a duquesa de Parma tenha ficado meio preocupada com a forma como sua irmã, "um tanto ingênua, crédula, de entusiasmo fácil", segundo seu biógrafo mais importante, havia recebido aquela notícia,[69] e antes mesmo de receber essa carta ela pediu a Leopoldina para "não imaginar o futuro lindo demais. Nós (arquiduquesas), que não podemos escolher, não devemos olhar as qualidades do corpo nem do espírito. Quando as encontramos, é sorte (não se deve acreditar em tudo que dizem as pessoas). Quando não as encontramos, também podemos ser felizes. A consciência de ter cumprido o dever, múltiplas e variadas ocupações, a educação dos próprios filhos dão certo sossego à alma, ânimo sereno, que é a única felicidade verdadeira no mundo".[70]

A suposta ingenuidade de Leopoldina em relação ao futuro que a esperava no Brasil distante, embora equilibrada por um toque de realismo tradicional de gênero ("sou daquele sexo que precisa condescender"), também tinha relação com um assunto que durante esses dias corria pela corte de Viena. E isso pela boca de certas pessoas "que gostam de afiar a língua ferina em teu nome" — de Luísa —, segundo contaria Leopoldina a sua irmã. "Então, viro fogo e chama de tanta ira, pois tem certeza de que, se eu não tivesse por ti tanto afeto, não te diria".[71]

Essas são palavras probatórias de que os boatos sobre a gravidez de Maria Luísa haviam chegado à capital do império e de que uma muito leal Leopoldina havia saído em defesa da irmã. Sem dar a entender que acreditava nesse rumor e sem chegar a fazer acusações precisas, ela insinuaria a Luísa quem poderia ter contribuído para que o rumor se espalhasse:

"Dom Leopoldo e sua ilustre esposa só correm atrás de diversões, e eu gostaria que pensassem também em distrair o bondoso papai, que, por outro lado, tem muito a fazer e precisa de descanso".[72]

Talvez Leopoldina não estivesse longe da verdade, porque durante o Congresso de Viena esse infante, como bom filho de um Bourbon napolitano, estreitamente ligado a seus primos espanhóis, havia sido um dos mais férreos defensores de que Parma voltasse às mãos de sua família, e não ficara nada satisfeito por ter sido entregue a Luísa. Quanto às palavras de Leopoldina sobre o imperador da Áustria, ele não parecia estar muito cansado, como havia escrito sua quinta filha, posto que havia decidido se casar pela quarta vez.

Menos de seis meses depois da morte da "querida mamãe" de Leopoldina, Francisco I anunciou seu casamento com a princesa Carolina Augusta da Baviera, que tinha mais ou menos a mesma idade que essa arquiduquesa, mas que já havia sido casada. A bem da verdade, o casamento dessa princesa católica (pelo rito católico e luterano) com o príncipe herdeiro de Württemberg, de religião protestante, formalizado oito anos antes, havia sido uma espécie de "casamento branco", realizado para evitar outro mais prejudicial, arranjado à força pelo então todo-poderoso Napoleão, que gostava de fazer política casando os príncipes alemães a seu bel-prazer.

Mas essa união de conveniência havia sido dissolvida, primeiro por um consistório luterano havia dois anos, e no início de 1816 pelo papa Pio VII. Isso mostra até que ponto "o sagrado vínculo do matrimônio", uma das crenças básicas de Leopoldina no futuro, havia sido relativizado pela política. Depois dessa dissolução conjugal, Carolina Augusta havia atraído a atenção do grão-duque da Toscana, irmão do imperador, mas Metternich considerara que essa princesa, filha do soberano de um pequeno mas estratégico Estado alemão, podia ser mais útil à Áustria se casasse com Francisco I.

Carolina Augusta foi discretamente consultada para saber qual dos dois partidos preferia, e, com o resultado, o grão-duque se retirou ainda mais discretamente de cena.

E isso mostra até que ponto era decisiva a intervenção do todo--poderoso ministro dos Negócios Estrangeiros da Áustria nas questões conjugais da família imperial. Intervenção que ele realizava, a propósito, com grande sagacidade, posto que sempre dava a possibilidade às mulheres envolvidas de "decidir" seu destino. Na realidade, teria sido necessário que elas tivessem uma vontade "heroica" para se opor aos planos de Metternich e sair vitoriosas da batalha. No caso das arquiduquesas, esse magnífico casamenteiro por questões de Estado encontrava o terreno adubado pela ideia cultivada desde séculos por essas mulheres de que estavam a serviço de sua dinastia nessa matéria.

Os contemporâneos descreveram Carolina Augusta como "uma mulher simples, ilustrada, simpática, inteligente e bondosa". Diferente das três esposas anteriores do pai de Leopoldina, essa era desprovida de qualquer beleza física.

A julgar pelas cartas que a futura imperatriz do Brasil escreveu a Luísa antes desse casamento, parece que também não se sentia atraída pelo que conhecia da personalidade de sua nova madrasta. Na época, estava mais interessada em refletir e escrever sobre o tipo de esposa que ela queria ser para seu futuro marido. Isto é, condescendente, mas sem renunciar a certas ambições, se a Providência assim determinasse. Por isso, dizia à duquesa de Parma: "Não espero desempenhar um papel tão grande como tu, minha boa irmã, e assim poderei viver sossegada e satisfeita. E caso, ao contrário, seja outro meu destino, quero aplicar toda a minha força de ânimo para fazer a felicidade das criaturas que tiver que governar".[73]

Percebe-se por essa carta que Leopoldina era menos ingênua do que faziam supor algumas palavras escritas sem refletir muito em outras missivas a Luísa. Ou talvez o sermão que sua irmã lhe havia feito pouco tempo antes houvesse sido efetivo, pois agora ela não imaginava "as coisas tão bonitas como me contam. Mas, por outro lado, tenho certeza de que, apesar de todo homem ter seus defeitos, ele [dom Pedro] também possui qualidades boas e excelentes [...] E mesmo se quando não as encontramos, convencida estou, como tu, minha queridíssima, de que as pessoas podem ser muito felizes cumprindo severamente seus deveres".[74]

No início de novembro de 1816 o imperador deixou Viena para ir ao encontro da nova imperatriz. Leopoldina não o acompanhou; assim estabelecia o protocolo. Mas, ao escrever a sua irmã, nesse mesmo dia, ela mal mencionou o fato e preferiu dedicar sua pluma a seu sobrinho Franz. Era o antigo "rei de Roma", filho de Napoleão e Luísa, por quem ela sentia um grande carinho e de quem havia se erigido uma espécie de "protetora" diante das pequenas maldades que o príncipe de Salerno lhe infligia em vingança pelo fato de ser filho de Bonaparte. Um comportamento que Leopoldina considerava desprezível.

"Teu filho está muito bem e animado", contou nessa mesma manhã a Luísa, "mas acostumou-se um pouco a mentir, e eu o repreendi, visto que sei, por minha própria infância, que consequências abomináveis esse hábito feio acarreta."

É provável que as mentiras de Leopoldina fossem aquelas que uma pessoa diz quando considera verdadeiros seus próprios julgamentos precipitados, coisa que lhe acarretaria sérios desgostos no Brasil.

No dia seguinte à recepção de Carolina Augusta pela família imperial, aconteceu na catedral de Viena a cerimônia religiosa do quarto casamento do imperador Francisco I da Áustria. Leopoldina, em vez de concentrar sua atenção em sua segunda madrasta (o rosto da nova imperatriz tinha marcas muito evidentes de uma velha varíola que sua nova enteada, com sua tendência ao detalhismo, poderia ter notado), ficou estudando o aspecto dos delegados portugueses, que estavam ali para pedir oficialmente sua mão e se encontravam entre os convidados do casamento. Ela se concentrou especialmente no marquês de Marialva, embaixador extraordinário de Portugal e chefe da delegação, que "a distraiu muito [...] pois ela não conseguia tirar os olhos dele".

"Sua fisionomia não é muito agradável", contaria pouco depois a Luísa, "mas tem muito bom senso e cultura", sem explicar onde havia conseguido essas informações, dado que ele ainda não lhe havia sido apresentado.[75]

A partir desse momento, Pedro de Meneses Coutinho, sexto marquês de Marialva, tornar-se-ia uma das pessoas em quem a arquiduquesa mais confiaria fora de seu círculo familiar durante o resto de sua vida.

Enquanto a influência da nova madrasta de Leopoldina na corte começava a se fazer sentir nos hábitos gastronômicos de seus enteados, porque "as crianças passaram a receber alimentação em menor quantidade e mais saudável"[76] que a que recebiam nos tempos de sua falecida madrasta, Leopoldina, influenciada pela presença dos delegados portugueses, continuava refletindo e escrevendo a sua irmã mais velha sobre seu futuro marido. Ela tinha clareza acerca de que "o dever vem antes da diversão e do amor", explicou a Luísa. "De qualquer forma, a situação que enfrentarei é extremamente desejável, e a escolha que fizeram é muito preciosa para mim". Com essas palavras ela reconhecia, de maneira expressa, que havia tido pouca liberdade para eleger seu marido. Talvez por isso "ainda há alguns momentos de tentação", comentaria com sua irmã. Expressão de difícil interpretação, especialmente porque, a seguir, acrescentou: "Nada posso lhe revelar por carta". De qualquer forma, quando a visse, ia querer conversar profundamente com ela para lhe "contar tudo que sei e como penso".

É possível que a presença dos delegados portugueses em Viena, que haviam chegado acompanhados por um enorme séquito de servidores de todas as categorias, houvesse contribuído para propagar na corte algumas maledicências sobre a futura família por afinidade de Leopoldina que ela ignorava até esse momento.

De qualquer forma, está claro que ela já não desconhecia quais seriam seus principais deveres. Pois, como contaria a Luísa, "a querida mamãe me expôs as intimidades das relações conjugais do *status* que em breve assumirei. Transpirei horrivelmente por causa disso, mas permaneci firme e a acompanhei com prazer, porque sem alegrias e sofrimentos não há nada nesta vida".[77]

Segundo uma recente interpretação psicanalítica desse episódio, essa reação física se produziu nela "diante do que considerava uma imoralidade de cunho sexual".[78] Talvez o que mais perturbou Leopoldina foi que a exposição "das intimidades das relações conjugais do *status* que em breve assumirei" proviesse de uma pessoa a quem havia conhecido poucos dias antes e por quem parece que não sentia empatia. A arquiduquesa tinha um grande pudor, especialmente com pessoas que não eram de sua absoluta confiança.

Alguns dias depois, coube-lhe escutar os conselhos "do melhor pai". Eram "realizar todos os desejos do marido, inclusive os menores", procurando, ainda, obter a confiança do rei dom João VI e tentando evitar a rainha Carlota Joaquina.[79] Parece evidente que Leopoldina já havia sido informada sobre alguns aspectos da personalidade de sua futura sogra. Por gentil concessão de seu futuro sogro, a arquiduquesa poderia levar consigo ao Brasil um reduzido mas seleto número de austríacas que antes já haviam estado a seu serviço, mas que depois do casamento de Leopoldina receberiam ofícios de mais elevada posição.

A condessa de Kuenburg seria camareira-mor, e as condessas de Sarentino e Lodron, damas da corte. Ao saber que sua querida preceptora, a condessa de Lazansky, não a acompanharia ao Brasil, Leopoldina comentou com Luísa que por esse motivo ela teria preferido prescindir de servidores austríacos e contar só com os portugueses. Se esse comentário foi expresso alguma vez em voz alta por ela, isso não lhe facilitaria as coisas com os austríacos quando estivesse no Rio.

Desde a última conversa com seu pai, Leopoldina tivera tempo para refletir sobre o que ele havia dito acerca de Carlota Joaquina, a ponto de que era a única coisa que lhe causava "medo" em seu futuro brasileiro. Apesar de que "diz o querido papai [...] que o rei [...] a controla, afastando-a o máximo possível dos filhos".[80]

Três dias depois de comunicar esses temores a Luísa deu-se a assinatura do contrato matrimonial. Fazia parte de uma antiga tradição dos reinos da península ibérica deixar por escrito, nas chamadas *Capitulações matrimoniais,* os privilégios e garantias de que gozava uma princesa antes de contrair núpcias dinásticas. Por mais ingênua que fosse uma mulher, a leitura desse documento, de caráter político, jurídico e econômico, permitia-lhe tomar consciência de que seu casamento não era como o das demais mulheres, mesmo que pertencessem à mais alta nobreza. Por meio dele Leopoldina compreenderia que "o papel que compete às princesas é servir de peças no grande jogo de xadrez da política internacional. Estão a serviço de uma política mundial, e certas de que o destino é obedecer a um ideal superior, à causa monárquica".[81]

Segundo o mais importante biógrafo de Leopoldina, para as arquiduquesas da Casa da Áustria, a maior "felicidade consiste em [...] desempenhar o papel de esposas submissas e mães devotadas [...] Essa convicção, assimilada desde a infância, reveste-as de uma predisposição à conformidade política superior que deve ser desempenhada pela dinastia mais importante" da época, uma vez acabado o *intermezzo* napoleônico.[82] A isso devemos acrescentar a bagagem espiritual, já que Leopoldina tinha certeza de que a Providência dirigia de uma maneira especial a sorte das princesas (católicas).

A confiança dessa arquiduquesa na vontade de Deus ficava evidente até no sangue-frio com que ela enfrentava a perspectiva de uma longa viagem por mar e a travessia do Atlântico, coisa que na época aterrorizava muitas pessoas. De fato, o percurso atlântico nem sequer a preocupava: "Acho que isso está predestinado", confiou Leopoldina a uma de suas tias maternas, Amélia de Orleans, nascida princesa das Duas Sicílias.

Leopoldina via o desígnio da Providência até no casamento com um príncipe que habitava o Brasil, devido à "singular propensão" que sempre havia sentido pelo continente americano e pelo fato de que, quando era menina, havia dito muitas vezes que queria ir para "lá".

A respeito de uma das obrigações estabelecidas nas *Capitulações matrimoniais*, ao chegar o Natal de 1816 Leopoldina voltou a se interessar pelo comportamento de sua irmã Maria, que recentemente lhe havia escrito de sua nova residência napolitana, o palácio de Caserta, para lhe contar seus sofrimentos conjugais. É provável que a arquiduquesa Maria Clementina continuasse se negando a manter relações sexuais com seu marido, ou que sentisse desagrado ao fazê--lo. E que Leopoldina pensasse em tudo isso relacionando-o com o que sua madrasta havia lhe contado acerca de seus "deveres conjugais", dos quais ela com certeza não pretendia se esquivar. Isso era parte fundamental de toda aliança dinástica (e de todo casamento católico). De qualquer forma, segundo ela contou a Luísa, Leopoldina afirmava que Maria "como uma freira [...] não pode viver sempre, e eu a repreendi fraternalmente" (*sic*).

"Como eu a amo muito, não quero que ela seja infeliz em consequência de suas ideias exaltadas. No fim, e infelizmente, o grande mundo não constitui um ideal de virtudes. Ela assim acreditava, e, estando enganada, escreve-me que não gosta de estar ali de jeito nenhum, mas, sendo seu destino viver em Nápoles, precisa se encher de coragem e se tornar imperturbável."[83] Essas palavras, com muito poucas diferenças, Leopoldina aplicaria a si mesma alguns anos depois, no Brasil. Mas, nesse momento, não levavam em conta o aspecto físico e os modos do esposo napolitano que coubera à "escrupulosa" Maria Clementina.

※

Em 17 de fevereiro de 1817 ocorreu a "entrada triunfal" do marquês de Marialva em Viena, primeira etapa dos esponsais de Leopoldina. E era um paradoxo que a principal interessada vivesse "uma das horas mais angustiantes", segundo confiou a Luísa.

"Tu não podes imaginar quantas ideias e sentimentos passam por minha cabeça, dividida entre a alegria por minha tão feliz aliança e a dor da separação de tudo que me é querido."[84] Porém, depois de o marquês de Marialva pedir formalmente sua mão para dom Pedro, ela respirou aliviada. Mas, de tão nervosa que estava, "fui obrigada a ler metade de meu discurso, apesar de sabê-lo magnificamente de cor".[85]

Os cortesãos vienenses, em grande parte pertencentes a antigas e ricas linhagens da nobreza austríaca, boêmia, húngara e italiana, ficaram impressionados com os presentes que os delegados portugueses entregaram a Leopoldina e a seus parentes em nome dos Bragança, na maioria valiosas pedras preciosas engastadas que as arquiduquesas e suas irmãs ostentariam durante os dias seguintes ao comparecer às representações teatrais.

A camareira-mor da arquiduquesa chegou a comentar, segundo Marialva, "que jamais se havia visto ali, ou imaginado, tamanha riqueza".[86] Entre os vários presentes enviados pela família de seu noivo que a arquiduquesa recebeu havia um retrato de dom Pedro "em forma de medalhão cercado de raros brilhantes".

No momento de recebê-lo, ela comentou com Marialva que as feições do noivo coincidiam "com a ideia que ela fazia das virtudes morais possuídas pelo augusto original delas".[87] Foi uma ostentação de lisonja diplomática, mas com uma base verdadeira, como se veria mais tarde.

Pouco antes do casamento de Leopoldina, a condessa de Lazansky foi nomeada camareira-mor da imperatriz Carolina Augusta. É possível que antes a condessa tenha rejeitado elegantemente a oferta de acompanhar sua antiga aluna ao Brasil. Algo que, segundo Leopoldina, era o desejo da maior parte das nobres da corte. Porém, essa mulher inteligente e honesta, que a havia guiado moralmente com grande discrição desde a adolescência, lhe prestaria um último e importante serviço, que "sua" arquiduquesa não esqueceria facilmente.

VIII

"Um homem lindíssimo"

(1817)

Os "raros brilhantes" engastados na moldura do retrato de dom Pedro que o marquês de Marialva havia entregado a Leopoldina ao pedir sua mão provocaram na arquiduquesa uma forte e durável fascinação. Ela diria a Luísa, poucos dias depois, que eram todos "do tamanho do solitário do chapéu de palha da Toscana do querido papai".

Essa atração foi superada em muito pela que causou nela o rosto de seu noivo mostrado por esse retrato. Ela o achou "extraordinariamente belo"; tinha "uns olhos magníficos e um belo nariz". Até gostou de "seus lábios", embora fossem "mais grossos que os meus".[88] Talvez dando a suas palavras certo toque de ironia, dias depois de ter louvado a beleza de seu futuro marido Leopoldina contou a Luísa que passava o dia inteiro olhando seu retrato, sem se cansar; que Pedro quase a "enlouquecia" e o achava "tão belo quanto Adônis".[89] Para que se tenha uma ideia, Leopoldina pedia à duquesa de Parma que imaginasse "uma grande testa grega ensombrada por uma cabeleira castanha e cacheada, dois fascinantes olhos negros e um nariz nobremente aquilino". Os "lábios grossos" lhe pareciam "uma boca sorridente" e abertamente se declarava "apaixonada" pelo príncipe, imaginando o que aconteceria com ela quando o visse todos os dias.

Se levarmos todas essas palavras a sério (a ironia de Leopoldina podia ser às vezes tão sutil que seria necessário escutar a entonação que dava às palavras para ter total certeza), poderíamos dizer que ela parecia estar na fase da paixão que um escritor francês, que anos depois escreveria um famoso romance ambientado no ducado de Maria Luísa (*A cartuxa de Parma*, de Stendhal), chamaria de *cristalização*. Só que esse autor se referia a algo que ocorria quando a pessoa apaixonada já havia conhecido pessoalmente o objeto de seu amor.

Por diversos comentários que Maria Luísa e Leopoldina fariam sobre si mesmas em seu epistolário é inquestionável que sabiam que não eram bonitas e talvez por isso mesmo dessem importância à beleza física. Uma das possíveis razões por Luísa ter se apaixonado por Napoleão havia sido o fato de que ele, apesar de sua baixa estatura, era um homem atraente, possuidor de traços clássicos muito finos, como bem mostram seus retratos e estátuas.

Mas, diferente da duquesa de Parma, mais reservada para expressar que algo lhe causava um prazer estético, a futura imperatriz do Brasil, que considerava a si mesma uma mulher apaixonada, não hesitava em falar enfaticamente. O mesmo acontecia em sentido contrário, como bem demonstram suas frases sarcásticas nas quais comparava o príncipe de Salerno com um papagaio. De fato, várias vezes ela escreveria, talvez, sem sombra de ironia, que era capaz de sentir "com mais força que os outros". Evidentemente, isso também se aplicava ao efeito que lhe causava a beleza física de seu noivo, desde que tomemos suas palavras ao pé da letra, claro.

A força incomum da maneira de sentir de Leopoldina ficou evidente algum tempo depois do pedido de sua mão, em consequência de uma ordem dada por Metternich. O ministro dos Negócios Estrangeiros da Áustria a havia proibido de se encontrar com Luísa na Itália quando Leopoldina fosse para lá, para ali pegar o navio que a levaria ao Brasil. Possivelmente esse veto pretendia evitar indiscrições do séquito de Leopoldina por conta da gravidez da duquesa de Parma. Ao saber que seu pai havia aceitado essa proibição, ela escreveu a Luísa que "o fel me subiu ao estômago e me encontro em um estado bem miserável" e "amarela como um limão".

Com a tenacidade que ela atribuía a suas origens "alemãs", Leopoldina não se daria por vencida. Dado que ia "ao Brasil, que fica tão longe [...] e até mesmo um bárbaro devia achar isso natural [despedir-se antes de uma irmã], ninguém poderia nos impedir de ir "*tête-à-tête* de carruagem até Florença", disse ela a Luísa. "E, nesse caso, quero ver quem terá coragem de deter a princesa do Brasil, pois não escapará de uma discussão violenta."[90]

Mas esse "fel" que havia subido ao estômago de Leopoldina acabaria descendo antes da festa que Marialva ofereceu em Viena para celebrar a proclamação de João VI — uma comemoração que Leopoldina achou "esplêndida; nunca vi pompa e elegância como aquelas; tudo brilhava de ouro e prata, e só se viam, graças a Deus, rostos alegres". Mas, "para meu maior constrangimento, ele [Marialva] dançou comigo a primeira polonesa, e nós dois sozinhos, pois nenhum outro casal nos acompanhou".[91] Durante a festa, a esposa do embaixador da Espanha em Viena, anfitriã do evento por conta da origem espanhola da rainha Carlota Joaquina, em um aparte informou Leopoldina sobre as características de suas futuras cunhadas portuguesas. De forma reveladora, a arquiduquesa evitou que esses comentários fossem ouvidos pelas damas austríacas que a acompanhariam ao Brasil.

Duas semanas depois, Leopoldina voltou a experimentar os efeitos que lhe causava a oposição de Metternich a que ela se encontrasse com Luísa na Itália, pois ainda não havia conseguido que a revogassem.

"Preciso ser consolada por conta da grande dor que sinto por não poder ir Parma e ver todas as magníficas obras que tua bondade e sensatez realizaram", escreveu ela a sua irmã. "Não me resta mais que chorar e odiar a palavra 'política', que me tortura; nunca a amei, mas agora não posso ouvi-la sem tremer."[92]

E essa dor aumentou ao saber que o "conde" de Metternich a acompanharia à Itália como "comissário de entrega". "Tu podes entender como estou feliz por isso", ironizou Leopoldina por carta.⁹³

Para sua sorte, a cada dia ela se sentia mais apaixonada por seu futuro marido.

"Eu garanto", insistia, "meu muito amado dom Pedro é um homem lindíssimo e desde já me alegro muito pelos futuros dons de Deus, pois certamente serão tão encantadores quanto ele [...] no que de mim dependa, farei todo o possível para gostar mais de meu querido Pedro, e estou trabalhando com todas as minhas forças para me instruir, pois ele, segundo dizem, é muito bom e gentil; já entro em êxtase quando falo dele."⁹⁴

Um dia depois de Leopoldina escrever essa carta, a duquesa de Parma deu à luz uma menina, a quem em breve Luísa outorgaria o título de *contessa di Montenuovo*, italianização do sobrenome de seu pai, o conde de Neipperg. No abundante epistolário de Leopoldina com essa irmã há apenas dois indícios que fazem pensar que ela estava a par desse fato. Assim sendo, deve ter lhe provocado certa perplexidade em um primeiro momento, amplamente superada pelo profundo e incondicional amor que sentia por essa irmã. Mas Leopoldina sempre continuaria tendo critérios morais muito severos em relação à fidelidade conjugal.

A respeito da moralidade da primeira imperatriz do Brasil, cabe apontar que pouco tempo antes de contrair matrimônio, sua preceptora principal redigiu em francês umas pautas e máximas de comportamento conhecidas sob o nome de *Mes résolutions*. Um documento que muitos anos depois um historiador brasileiro descobriria nos arquivos de um castelo francês, pertencente aos descendentes da arquiduquesa, e que é importante para conhecer o caráter da pessoa para quem foi elaborado, embora ela só se limitasse, posteriormente, a fazer algumas anotações pertinentes na margem.

À primeira vista, essas *résolutions* "não se distanciam muito dos livros de espiritualidade utilizados até hoje nos exercícios espirituais [...] Quem se der ao trabalho de cotejá-lo com a *Imitação de Cristo* [...] considerado o mais útil para a formação espiritual, ou a *Introdução à vida devota: São Francisco de Sales*, poderá com paciência encontrar os estereótipos daquelas resoluções que não passam de saudáveis princípios de uma vida honesta".[95]

Devido ao pronome possessivo utilizado no título, por muito tempo se pensou que eram obra de punho e letra de sua destinatária. Mas pelo que disse ela mesma em uma das cartas desse período, deduz-se claramente que essas resoluções foram escritas por sua preceptora. De fato, a frase com que começa o documento: *"Lembrai-vos que tendes um Deus para glorificar, Jesus para imitar e vossa alma para salvar"*, inspirada em uma passagem do Evangelho de São Mateus, combina melhor com o espírito rigoroso de uma erudita em matéria de religião de cinquenta anos que com o caráter de uma alegre, brincalhona e "leviana" [outra crítica de Luísa] jovem de vinte.

Porém, à medida que se leem suas páginas, quando já se conhecem as cartas de Leopoldina desde a juventude, chega-se à conclusão de que foram escritas por alguém que, além de possuir um sólido e rigoroso conhecimento da doutrina católica, também conhecia muito bem os pontos fracos e defeitos do caráter da primeira imperatriz do Brasil. Muitas das questões tratadas coincidem com as que essa bastante lúcida e fundamentalmente honesta jovem recriminava várias vezes em si mesma nas missivas dirigidas a Luisa. Algumas dessas resoluções chegam inclusive a entrar no âmbito da intimidade (mediante eufemismos, evidentemente), demonstrando que isso não era um tabu em sua educação, dado que o que pretendia era guiá-la pelo caminho da doutrina *saudável e direita*. Em várias cartas a sua irmã preferida Leopoldina diz ser muito preguiçosa. Mas só alguém que a conhecia muito de perto e tinha uma grande autoridade moral sobre ela, fruto de uma vida coerente com aquilo que exigia, podia ser capaz de escrever que sua discípula devia evitar "o excesso de sensualidade durante o descanso".

Estabelecidas como um severo guia espiritual, essas resoluções têm, inclusive, uma finalidade muito prática, pois foram escritas para tentar organizar todos os dias, meses e anos da vida de sua destinatária, com o objetivo de que começassem a ser aplicadas a partir da data de seu casamento com o herdeiro da coroa do Reino Unido de Portugal, Brasil e Algarves. Conhecendo as circunstâncias dos casamentos da arquiduquesa Maria Luísa com Napoleão e da arquiduquesa Maria Clementina com o príncipe de Salerno, podemos supor que nenhum dos dois teve uma preparação moral tão detalhada quanto o de Leopoldina com Pedro de Bragança. Com base nisso, é provável que esse cuidado especial para com Leopoldina se devesse à seriedade com que ela encarava o matrimônio.

Seja como for, segundo o conteúdo dessas páginas, Leopoldina, "a partir do dia 13 de maio, o dia de meu casamento, em diante", propunha-se a: "Reprimir minha veemência, ser boa com minha criadagem com a finalidade de me acostumar à brandura e à condescendência [...] Evitar todo pensamento menos casto, pois desse dia em diante pertenço a meu marido [...] Trabalhar com zelo para meu aperfeiçoamento [...] Aplicar todos os meus esforços para dizer sempre a verdade"[...] "proibir-me algum prato da refeição", "manter silêncio durante algum tempo", falar "nas conversas [...] com muita prudência" e nunca "demais em minha posição".

Recomendações que parecem ser feitas sob medida para essa arquiduquesa amante da boa comida, muito falante com as pessoas de quem gostava e às vezes meio indiscreta.

※

De uma maneira talvez reveladora, nos dias seguintes ao nascimento da filha secreta da duquesa de Parma, Leopoldina voltaria a elogiar a bondade dessa irmã com uma insistência suspeita; como a que se utiliza com uma pessoa querida que necessita de atenção. Isso quando, aparentemente, era Leopoldina quem precisava de consolo. Ou melhor, calma, porque "preciso que apele a toda a minha virtude para não prometer" vingança eterna (a seu pai e a Metternich), que a continuavam proibindo de encontrar sua irmã na Itália.

"Só porque procuro imitar-te em generosidade e bondade quero perdoar, mas absolvê-los não posso tão depressa, e com isso tu tens que te contentar, caso aconteça", escreveria Leopoldina à segunda interessada.

Enquanto isso, preferia pensar em seu noivo: "Não tenho outro desejo que fazer a felicidade do príncipe. Que ele faça a minha, espero, e acho que, quando as pessoas se comportam como deve ser, sempre podem fazer sua felicidade. Quanto à bondade angelical, ainda falta muito, mas quero imitar-te, e então eu a terei com certeza".[96] Poucos dias depois de ter escrito isso a sua irmã, Leopoldina foi ao castelo de Laxenburgo, onde passou "um dia maravilhoso". À tarde, foi dar um passeio de carruagem com o arquiduque Rainer, um dos irmãos mais novos de seu pai, que a deixou radiante. "Mas o que completou minha felicidade", ela contaria mais tarde a Luísa, "foi poder falar *tête-à-tête* na carruagem com o bondoso tio sobre ti, minha querida, como és merecedora em todos os sentidos; como infelizmente nós sentimos isso, podemos falar só em sigilo, para não sermos interrompidos por uma língua invejosa."[97]

Embora alguns historiadores considerem que Luísa pode ter escondido de Leopoldina o fato de estar grávida para não ferir seus princípios morais, o comentário anterior permite pensar que talvez ela estivesse bem a par da situação de sua irmã. Assim sendo, isso explicaria sua ira nos dias anteriores. Não tanto, ou não só pelo fato de que não a deixavam se encontrar com ela antes de partir para o Brasil, mas porque a impediam de estar perto dela em um momento em que Luísa a necessitava a respeito de uma questão à qual Leopoldina dava uma grande importância.

❦

Por fim, em 13 de maio de 1817 chegou o grande dia de Leopoldina, pois nessa data aconteceu, na Igreja de Santo Agostinho de Viena, sua união arranjada com o príncipe dom Pedro, que foi representado pelo arquiduque Carlos Luís, irmão do imperador. Segundo o relato de uma pessoa que esteve presente ao casamento, a baronesa de Montet,

> a corte brilhava de fausto, diamantes e uniformes. Durante toda a cerimônia o imperador bocejou sem parar e a noiva dava a impressão de grande serenidade.
> Leopoldina do Brasil não podia ser chamada de bonita. Era de baixa estatura, tinha um rosto pálido e os cabelos louros desbotados. Graça e postura não eram seu forte, porque sempre sentiu aversão pelo corselete [...] é verdade que tinha olhos azuis muito bonitos, mas uma expressão séria, pouco gentil, estampava-se em seu rosto.[98]

É uma descrição pouco complacente em termos de estética, mas provavelmente verdadeira, e que coincide, em parte, com o que foi dito pela protagonista do evento em relação à possível causa de sua expressão "pouco gentil":

"A cerimônia de ontem me cansou demais porque usei um vestido terrivelmente pesado e adorno na cabeça", contaria Leopoldina a sua irmã no dia seguinte, "mas Deus me deu força espiritual suficiente para suportar com firmeza todo aquele ato sagrado comovente".[99] Na última semana de maio Leopoldina caiu doente, coisa que ela atribuiu novamente à intensidade de seus sentimentos: "Tudo agia poderosamente em meu espírito e corpo, e ficarei muito satisfeita durante a viagem depois de ter suportado tudo isso".

Apesar de no fim ter obtido permissão para encontrar sua irmã na Itália, Leopoldina não ficou totalmente satisfeita, pois continuavam impedindo que visitassem Veneza juntas. De fato, ela se lamentou com Luísa:

"Por que sempre me veem com essa história de gastos? Garanto, se eu tivesse dinheiro, não teria que suportar todo esse servilismo e essas tagarelices que revoltam qualquer coração sensível".

Nessa carta ela fez também uma possível referência ao *tête-à-tête* que havia tido com o irmão de seu pai em Laxenburgo: "O tio Rainer me deu uma carta para ti, minha querida, além de instruções verbais. Podes ter certeza de que abrirei meu coração contigo, pois eu te amo muito e nenhum sacrifício por ti é pesado para mim". Essas palavras mostram que, embora Leopoldina nem sempre fosse capaz de controlar sua língua, podia ser extremamente cautelosa e até críptica para escrever sobre assuntos delicados que afetavam pessoas muito próximas de seu coração. E que, segundo se intui do que foi dito a Luísa, ela estaria disposta a deixar de lado suas severas pautas morais, apesar do modo "como nós infelizmente sentimos isso", se sua postura disponível, aberta e compreensiva pudesse servir de consolo para sua irmã mais querida.

❦

Em 1º de junho de 1817 o marquês de Marialva ofereceu uma suntuosa recepção no Augarten de Viena para celebrar o casamento da arquiduquesa com dom Pedro. Os preparativos haviam sido realizados durante todo o inverno anterior, e o luxo ostentado (e o respectivo gasto) foi tal que até os membros mais glamorosos da sociedade aristocrática vienense, acostumados a sorrir dos faustos dos novos ricos da capital, ficaram espantados.

No dia seguinte, Leopoldina e seu séquito deixariam Viena rumo à Itália.

IX

Intermezzo italiano

(1817)

Um dia depois de sua partida de Viena, a já princesa real do Brasil escreveu ao pai para lhe apresentar seus respeitos e dizer que se sentia muito à vontade com a condessa de Kuenburg. Vários anos depois, aquela que seria camareira-mor de Leopoldina por um breve período no Brasil também escreveria suas memórias. Nelas faria uma série de observações cortesãs sobre Leopoldina, embora não desprovidas de certa ironia, talvez fruto de certos mal-entendidos que ocorreram entre essas duas mulheres. Diria ela:

> A arquiduquesa foi muito boa comigo [...] Ela manifestava tanta estima, tanta confiança, que eu poderia ter acreditado que durariam mais se houvessem chegado pouco a pouco; mas, dessa maneira, não vi mais que a necessidade de conversar de uma jovem esposa que pela primeira vez escapa das mãos daqueles que se haviam imposto a ela e a incomodado.

Nas cartas a seus familiares, Kuenburg se mostraria mais "francamente alemã" no julgamento da filha de seu imperador, manifestando-se surpresa pela despreocupação com que essa jovem "falava a torto e a direito sem reflexão", e do modo como se deixava "prevenir facilmente a favor ou contra uma pessoa".[100]

Segundo a condessa, Leopoldina tinha "muita inteligência natural, alguns conhecimentos reais, muitos superficiais, uma memória prodigiosa que lhe dava a aparência de um saber profundo. Mostrava-se orgulhosa de amar a leitura, mas era incapaz de escutar três páginas seguidas".[101] (O que dá a entender que a arquiduquesa se servia de leitores, pelo menos no período referido, como quase sempre haviam feito as mulheres das camadas superiores). Enquanto prosseguia seu caminho rumo ao sul, Leopoldina estava achando a "Itália que todos elogiam, detestável", pois lhe parecia muito "plana" e fazia "um calor de morrer de sede".[102]

Em Pádua, ela se encontrou por fim com "nossa boa Luísa, que me esperava no jardim [...] não parece estar mal, só um pouco melancólica". Leopoldina fez todo o possível para alegrá-la e não a deixou sozinha um instante, contou ao pai. Tratava a irmã mais velha como se houvesse estado doente recentemente, ou como se houvesse sofrido um grande percalço. Juntas visitaram as principais igrejas daquela cidade. Apesar de que, com o calor que sentia, Leopoldina não queria "mais que ficar deitada no sofá [...] Gosto de Pádua cada vez menos, pois não consigo dormir de tanto calor".[103]

Graças à obstinação de Leopoldina, ela havia conseguido que lhe permitissem visitar Veneza com Luísa. As duas arquiduquesas foram para a cidade lacustre, cuja originalidade "deslumbrou" a mais nova, a ponto de ficar passeando "doze horas seguidas", visitando templos, palácios e monumentos. No final, estava tão exausta que mal podia se mexer, e foi obrigada a escrever ao pai para que pedisse desculpas em seu nome à "querida mamãe" e lhe dissesse que responderia à sua carta só no dia seguinte, porque estava "morta de cansaço".[104]

Concluída a extenuante visita veneziana, Leopoldina acompanhou sua irmã até Ferrara, onde se despediu dela. Ter que deixar "o bem mais querido que tenho" a fez "derreter de dor".[105] Com bastante probabilidade, só então se incorporou ao séquito da princesa real o príncipe de Metternich; depois, juntos partiriam rumo a Florença. Na cidade onde seu pai havia nascido e sido educado, Leopoldina se alojou no imponente *palazzo* Pitti, construído durante o Renascimento por uma família de ricos mercadores e posteriormente adquirido pelos Médici.

Nesse majestoso edifício cercado de jardins maravilhosos, com fontes que eram verdadeiras obras de arte, alojava-se o grão-duque da Toscana, irmão do imperador da Áustria e uma vez pretendente à mão da segunda madrasta de Leopoldina. Ao chegar, a princesa real do Brasil foi informada de que em seu novo país havia estourado a chamada Revolução Pernambucana. E que, por conta disso, a frota que devia levá-la ainda não havia chegado ao porto de Livorno. Esse contratempo a deixou "irritada" e "desconsolada". As más notícias "quase me causaram um ataque de nervos", escreveu ela a Luísa.

"Imagina minha situação. Acabo de abandonar o que me é mais querido e vejo que o objeto amado em segundo lugar talvez seja despojado, dentro em breve, do mais belo reino, e certamente em perigo constante de novas rebeliões."[106]

"Não importa o que aconteça, vou para o Brasil", afirmou à sua tia Amélia, "pois na desdita sou mais necessária para o consolo de meu marido."[107] Ela estava disposta a ir até de navio mercante.

Como a frota continuava demorando, logo ela se sentiu "completamente furiosa de cólera". Para se acalmar e matar o tempo da espera, Leopoldina decidiu visitar Florença, cujos "palácios soberbos" e edifícios públicos ela achou uma beleza. "Só faço andar e admirar." Leopoldina se interessou particularmente pelas estátuas. As antigas a atraíram mais, mas especialmente gostou das "modernas" obras de Canova, na época um jovem escultor neoclássico no auge de sua fama, cuja *Vênus*, em polidíssimo mármore branco, encontrava-se no aposento que Leopoldina ocupava no palácio de seu tio. Ao pai ela disse que não lhe haviam dado "vossos aposentos" e que Metternich havia se alojado neles.

A arquiduquesa visitou o edifício onde se hospedava como se fosse um verdadeiro museu (ficou "onze horas na sala de quadros"). Ali, de fato, estava a coleção que os Médici foram formando desde o século XIV e que os Habsburgo haviam herdado, por serem parentes do último grão-duque pertencente àquela família de banqueiros.

Como a frota portuguesa continuava atrasada e não se sabia quando chegaria, a princesa do Brasil foi visitar Pisa. Adorou. Achou engraçada a torre inclinada. Visitou também o famoso cemitério. Leopoldina contou a Lazansky que o edifício era tão grande quanto o palácio de Schönbrunn, de modo que eram necessárias pelo menos duas horas para vê-lo.

"Os outros não me acompanharam [...] porque estavam cansados", disse ela a sua antiga preceptora.

"Todos os meus companheiros de viagem se queixam de que demoro muito e que contemplo [tudo] com muito êxtase", contou Leopoldina a Luísa, "mas eu os deixo falar, porque isso me interessa e me basta."[108] Mais tarde, já de volta a Florença, foram a seu encontro o marquês de Marialva e o barão de Vila Seca (Rodrigo Navarro de Andrade), o segundo dos dois enviados portugueses encarregados de negociar seu casamento em Viena, e a partir de então representante diplomático de Portugal perante o império.

"O primeiro me visitou, apesar de estar com os pés um pouco inchados, e me deixou mais feliz, tranquilizou e serenou minha alma, que estava quase entrando em desespero", informou a arquiduquesa a seu pai. "Sua promessa incondicional foi que me permitirá iniciar a viagem ao Brasil, mesmo sendo um pouco perigoso, assim que a frota chegar, pois depois de estar separada de vós minha maior e única ansiedade é unir-me a meu esposo, e quanto antes isso acontecer, melhor."[109]

No dia seguinte, Leopoldina recebeu "a notícia muito triste de que a frota não partirá antes de 10 de julho [faltavam vinte dias para essa data], pois metade da tripulação foi com urgência apaziguar as rebeliões de Pernambuco. Nenhuma notícia me abalou tanto, nem me deixou tão infeliz, e precisei de todas as minhas forças para não cair no mais intenso pranto quando a recebi".[110] Na realidade, parece que o atraso da chegada dos navios não tinha a ver com essa revolta, mas era "devido às adaptações que deviam ser feitas no navio *Dom João VI* para acomodar melhor a princesa e seu séquito", mas os diplomatas portugueses não estavam dispostos a admitir isso, para não prejudicar sua reputação perante ela e os austríacos.

Para tranquilizar a princesa, cujo nervosismo aumentava com o passar das horas, segundo ela contaria ao pai, Marialva começou a lhe dar "aulas de equitação", porque "a vontade de seu esposo era que logo pudesse passear a cavalo com ele no Brasil". A condessa de Kuenburg escreveu ao imperador para lhe contar que "a arquiduquesa está em constante agitação devido a esses atrasos". Segundo ela mesma, estava "melancólica". E nem sequer conseguia encontrar consolo em sua irmã Maria (Clementina), que fizera a gentileza de ir de Nápoles cumprimentá-la, apesar dos inconvenientes dos caminhos italianos.

Leopoldina chegou a se queixar (a Luísa) da atitude da princesa de Salerno, "pois se recorresse a Maria seria rejeitada com frieza; não encontro mais nela o afeto e a amizade que aprecio tanto em ti e que me fazem tão feliz. Deus sabe que, se eu pudesse agir por conta própria, ontem à noite teria partido para Sala [residência da duquesa de Parma] quando recebi tua carta. Deposito toda a minha confiança no Onipotente". Dois dias depois de se queixar da "frieza" de Maria, Leopoldina recebeu uma notícia que a fez acreditar que sua espera logo acabaria, e a transmitiu de imediato à condessa Lazansky:

"A revolução de Pernambuco acabou, e especialmente meus favoritos, os negros, distinguiram-se. Podes ver quanto eles merecem minha estima e meu amor, que devem aumentar sempre".[111] Mas sua alegria não durou muito e ela caiu de novo na melancolia quando lhe disseram que, apesar de seus brasileiros favoritos terem vencido os rebeldes, ainda não se sabia com exatidão quando chegaria a frota.

Enquanto Leopoldina esperava ansiosa a chegada dos navios ao porto de Livorno, ocorreu em Florença um estranho episódio no qual o príncipe de Metternich se viu envolvido, e do qual existem pelo menos duas interpretações.

Como o próprio príncipe contou à esposa:

> Minha pequena arquiduquesa, que, cá entre nós, é uma menina, e se eu fosse o pai bateria nela, teve nestes últimos dias uma indisposição estomacal. E por quê? Porque ofereceu ao tio, arquiduque, um banquete.
> Para tanto, mandou preparar um *Sterz* [uma espécie de polenta, elaborada com grande quantidade de manteiga frita até ficar preta]. Depois da refeição, fez um longo passeio de carruagem com um calor de 26 a 28 graus, e voltou com um pouco de febre.
> Então, segundo me contou: "Mandei pedir duas cebolas roxas e as comi. Como continuava com sede, mandei esquentar o *Sterz* e comi um bom prato. Mas como a sede não desaparecia, ingeri doze damascos. Com sede ainda, como antes, acabei tomando uma jarra de limonada. E então veio a febre".
> Quase desmaiei com a narração, e me permiti observar que, segundo minha opinião, uma taça de água misturada com um bom vinho é muito melhor em um país quente.
> "Ah, não", respondeu Leopoldina, "essa é uma norma que sigo desde que estou no mundo. Não consigo beber nada quando estou com sede. Costumo, então, forrar o estômago."

Segundo a interpretação de um historiador, o relato que Leopoldina fez a Metternich não foi mais que uma brincadeira, que com a cumplicidade de sua fiel criada, Francisca Annony, ela fez com o "comissário de entrega" da arquiduquesa.

A favor dessa hipótese podemos dizer que o imperador Francisco I costumava fazer brincadeiras com alguns dos seus cortesãos mais solenes. Porém, existe a possibilidade de que o que a princesa real contou tenha ocorrido (em parte) de verdade e que ela tenha "exagerado" ao narrar o fato a seu "comissário", para debochar dele, com a cumplicidade de sua camareira, a quem possivelmente Leopoldina teria contado a parte verdadeira desses peculiares hábitos narrados a Metternich. De fato, o ministro dos Negócios Estrangeiros da Áustria escreveu outra carta a sua esposa, lamentando "não poder felicitar o imperador pela educação que a arquiduquesa havia recebido [...] Nunca vi uma menina mais mimada e insensata". E, a seguir, disse a sua mulher que Annony era uma "verdadeira bruxa" por ter batido no médico de Leopoldina quando ele lhe aconselhara "não comer vinte vezes ao dia para não se fazer mal".[112]

Isso demonstra que a arquiduquesa realmente havia sofrido uma indigestão por conta de um excesso de alimentação, coisa que, parece, acontecia com frequência, mesmo antes de começarem seus problemas conjugais com dom Pedro, e especialmente quando seu nervosismo atacava. Seis dias depois do desarranjo estomacal da princesa, enquanto estava em Poggio Imperiale, uma localidade mais bem ventilada que Florença, Leopoldina escreveu a sua antiga preceptora para lhe contar que o atraso da partida a havia feito cair em uma "negra melancolia". O fato de que não poderia se encontrar com dom Pedro quando esperava (12 de outubro, aniversário do príncipe) fazia "sofrer cruelmente meu pobre coração, e a dor me deixa indisposta e me faz tomar remédios". Outro indício de que ela realmente estivera doente e de qual teria sido a verdadeira causa.

"O príncipe [Metternich] com sua frieza me desespera. Meu único consolo é a boa condessa Kuenburg e meus dois bons portugueses [Marialva e Vila Seca]."

Os embaixadores especiais de Portugal, na tentativa de consolar a desesperada princesa do Brasil, falaram-lhe de dom Pedro, mas, talvez, mais que o devido, pois em uma carta imediata que ela escreveu ao pai, em referência ao "caráter excelente de meu esposo", ela disse que "ele é bom, amado por seus pais e por todo o país, estuda muito, mas tem pouca instrução". A "melancolia negra" em que Leopoldina havia caído — e alguma ordem chegada de Viena — fez que o príncipe de Metternich permitisse que Maria Luísa fosse a Poggio Imperiale para visitar a irmã.

"Espero que tenhas recebido meu convite para vir a Poggio", logo lhe escreveu Leopoldina. "Viste como me antecipei a teu desejo? Houve uma dura luta por ti, porém nada é difícil [quando tenho que fazer algo] para quem amo inefavelmente [...] Morro de impaciência por abraçar o ser mais amado por meu coração [...] É insuportável como Maria é fria. Preciso ver-te, sob qualquer circunstância, eu não desisto [...] Maria não participa de nada. Só teu coração sensível me faz falta, pois também aprendi uma vez o que significa não ter sentimentos, e, graças a ti, cheguei a tê-los. Traze contigo o bom general [Neipperg], pois eu o aprecio duplamente por sua lealdade".

Segundo as memórias de Nanny de Kuenburg, durante esses dias "a arquiduquesa [...] estava de mau humor, horrivelmente impaciente, e as pessoas não a podiam acalmar a não ser que chegasse uma correspondência com novidades da América". Como a chegada de Maria Luísa também se atrasava, uma irritada Leopoldina mandou chamar o príncipe Metternich, "que nunca está muito bem", e lhe pediu explicações. "Toda vez me garantia que havia escrito a Neipperg para que vós viésseis. Reafirmou-se em tudo."

"Tens que vir de qualquer maneira", rogou ela a Luísa, "pois seria horrível da parte do príncipe Metternich se ele não estivesse dizendo a mesma coisa às duas".

Sobre o ceticismo de Leopoldina em relação ao que lhe diziam as pessoas que estavam hierarquicamente abaixo dela, e a importância que ela dava ao que considerava a verdade, podemos citar o excerto de uma carta que a condessa de Kuenburg escreveu diretamente ao imperador Francisco I. Dizia que a arquiduquesa "possui uma qualidade excelente em seu caráter, isto é, gosta de franqueza, mesmo quando a pode ferir. Ela gosta de mim por causa de minha franqueza para com ela e a qual transformei em meu primeiro dever, e quando ela quer uma opinião vem sempre me procurar".

Na primeira semana de julho de 1817 a duquesa de Parma chegou por fim a Poggio Imperiale, mas, ao que parece, sua presença não consolou a irmã como esta esperava, porque, no dia seguinte à chegada, Leopoldina disse por carta à condessa Lazansky que não fazia "nada além de pensar e sonhar com ele (dom Pedro), e por essa razão digo a mim mesma que tenho o aspecto de um filósofo muito sério, e só Marialva e Navarro têm o talento de me fazer rir por alguns momentos".

O clima de Poggio também não ajudava a deixá-la melhor. Esperava que fosse mais fresco que em Florença, que ela achava "quente de torrar. O povo não me agrada de maneira alguma. Faz um calor difícil de aguentar". Ao voltar para Florença, dez dias depois, acompanhada por Luísa, a permanente incerteza sobre a data da partida a levou a se mostrar crítica a respeito de seus anfitriões, o ramo toscano dos Habsburgo, em carta a sua antiga preceptora:

"Fomos a bailes que eram verdadeiras bacanais, pelo menos para mim. Minhas primas, que estavam em êxtase, só faziam exclamações e davam gritos de prazer. Prefiro os selvagens do Brasil, pelo menos eles têm a excelente qualidade de ser criaturas da natureza e não estão corrompidos pelo luxo e suas consequências terríveis [...] Nem sequer Luísa, que amo até a loucura, consegue me distrair. Maria, em vez de me consolar, tira-me do sério."[113]

Ela só se sentia bem em companhia dos embaixadores portugueses. Depois de um almoço com eles no Poggio, aonde voltou cerca de dez dias depois, notou que "as ideias me veem em profusão quando estou com esses dois senhores encantadores".

Por fim, no dia 26 de julho chegou a Livorno a frota portuguesa que a levaria a seu destino, notícia que de imediato Leopoldina transmitiu ao pai em uma mensagem com um toque de possível ironia:

"Apesar de não estar passando bem há alguns dias por causa do calor horrível daqui, e de estar em constante movimento, como um gato, não posso negar o prazer de vos contar que hoje às quatro da tarde chegaram ao porto de Livorno meus dois navios de guerra. Espero embarcar daqui a oito dias."[114]

À condessa Lazansky Leopoldina confessou que agora "a única amiga que tenho é a condessa Kuenburg", por quem disse sentir "verdadeira afeição". No entanto, uma de suas damas, a condessa de Lodron, parecia-lhe "alegre demais".[115] Deixando-se levar por uma veia romântica, dois dias depois ela voltou a escrever para sua antiga preceptora sobre o contraste entre a Europa e a América, dizendo que esperava encontrar no Novo Mundo mais probidade que no corrupto que estava prestes a deixar.

No fim da primeira semana de agosto, Leopoldina, acompanhada por seu séquito completo, saiu de Livorno para o porto mais importante da Toscana. No dia seguinte, escreveu ao pai: "Ontem à noite, chegando, a primeira coisa que percebi foi o mar muito tenebroso, o que fez tremer as pernas. Mas fiz um esforço e ninguém notou. A noite que reinava sobre o mar dava-lhe um aspecto muito lúgubre".[116] Dois dias depois ela embarcou no navio *Dom João VI*, onde foi "recebida de forma comovente e cordial", e achou que "meus aposentos são magníficos". Se a causa da demora realmente havia sido a adaptação do navio aos supostos gostos da nova princesa real do Brasil, os portugueses o haviam conseguido, porque a descrição detalhada que Leopoldina fez dele em uma de suas cartas faz pensar que ficou muito impressionada com o luxo imperante no lugar onde passaria seus dias e noites nos três meses seguintes.

Abreviando um pouco, podemos dizer que sua residência se compunha de uma sala branca e prateada; uma sala de jantar forrada de tecido colorido e com diversos emblemas heráldicos; e uma galeria forrada de veludo branco e azul, com vários móveis, entre eles um piano, sobre o qual havia um retrato de dom Pedro.

"Já passei uma noite toda aqui e estou bem, a não ser pelo enjoo causado pelo balanço", escreveu ela a Lazansky dois dias antes de o navio levantar âncoras.

Leopoldina prometeu-lhe "permanecer virtuosa durante toda a vida" e seguir "todas as máximas que vós me prescrevestes". Essa frase permite dar por verdadeira a hipótese de que a autoria de *Mes résolutions*, atribuída à arquiduquesa durante muito tempo, pertencia àquela condessa. Com "franqueza alemã", Leopoldina não se privou de comentar com sua antiga preceptora que depois da cerimônia de recepção no navio havia sofrido de "diarreia" a noite toda, demonstrando, assim, o grau de confiança que tinha com ela.

O *Dom João VI* partiu em 15 de agosto de 1817, com um atraso aproximado de dois meses da data estabelecida originalmente. A princesa viajava acompanhada por um séquito privado austríaco relativamente reduzido, se comparado a outros casamentos dinásticos da Casa de Habsburgo. Um navio que seguia o seu, porém, transbordava de diplomatas, burocratas, cientistas, artistas e servidores imperiais, cada um com suas respectivas ambições, boas intenções, legítimos interesses e preconceitos sobre o Brasil. Aquele distante reino americano era governado por um pródigo senhor português que havia dado ordem a seus cortesãos de entregar "muito dinheiro" à nora, que ela, generosa e talvez astutamente, logo repartiria entre os marinheiros da embarcação, "porque entre essas pessoas reinam a pobreza e uma detestável imundície".

Passados poucos dias da partida de Livorno, Leopoldina acordou "às seis da manhã, e sua primeira visão foi céu e água da mesma cor, ondas da altura de uma mesa; até as dez me senti bem", contaria ela a sua irmã Luísa.

"Mas quando minha cama foi levada para os quatro lados alternadamente, então veio um grande enjoo [...] uma forte cólica estomacal, dores de cabeça, vômitos duas vezes; pensei que ia morrer."[117]

A tempestade se prolongou durante alguns dias, e às vezes chegou a ser "tão forte que todos os marinheiros só conseguiam se arrastar e todas as velas foram recolhidas. Minha cama subia como um balão, e para não cair eu me amarrei com uma corda, mas mantive a coragem e o bom humor", contaria Leopoldina a sua irmã uma semana depois. "Os outros o perderam, pois não estão viajando por amor a um esposo."[118] Sua camareira Francisca Annony era "a que está sofrendo menos".

Ao que parece, depois de duas semanas de navegação começaram a surgir problemas entre os dois séquitos da princesa, por ciúmes de nacionalidade. De fato, em uma carta a Lazansky, a princesa comentou que "meus bravos portugueses são gente boa e sensata, porém não suportam minhas companheiras alemãs e me rondam o dia todo como se fossem espiões".[119]

X

"Uma terra abençoada"
(1817)

Depois de oitenta e cinco dias de uma viagem extenuante, que incluiu uma escala na pitoresca capital da ilha da Madeira, em 5 de novembro de 1817 Leopoldina por fim pôde divisar a costa fluminense. E, como quase todos que a viam pela primeira vez, ficou maravilhada, coisa que alguns consideram característica dos espíritos românticos.

"A entrada do porto não tem comparação [...] a primeira impressão que o paradisíaco Brasil dá a todo estrangeiro é impossível de descrever com qualquer pluma ou pincel", contaria Leopoldina mais tarde a sua irmã preferida.[120] "Basta que eu te diga: é a Suíça unida ao céu mais belo e ameno."

Era uma comparação inspirada por sua rica imaginação, visto que Leopoldina nunca havia visitado as montanhosas terras de origem da Casa de Habsburgo. Quando o navio que levava a princesa real do Brasil parou na baía da Guanabara, enquanto os sinos de todas as igrejas da cidade do Rio de Janeiro não paravam de repicar, a família real portuguesa quase inteira se aproximou da embarcação em uma galeota.

Instantes depois, um a um os Bragança se postaram na ponte para lhe dar as boas-vindas. A começar pelo rei dom João VI, obeso e de lábios caídos; inteligente e espirituoso, segundo alguns; sem dúvida com astúcias surpreendentes, bem disfarçadas por trás de sua grande timidez. Era seguido de dona Carlota Joaquina, desde a morte de Maria I por fim rainha, mesmo que fosse do Reino Unido de Portugal, Brasil e Algarves; ela preferiria ser senhora, no mínimo, da Espanha. Todo o seu gênio emoldurado por feições varonis, olhos rasgados pretos e autoritários, um metro e quarenta e sete centímetros de estatura (claudicantes, pois era meio manca).

Ao lado deles se encontrava a infanta Maria Teresa, filha mais velha do casal, predileta do pai, culta e de maneiras delicadas, viúva havia cinco anos de um infante espanhol. Estava acompanhada de suas irmãs, as infantas Isabel Maria, Maria Assunção e Ana de Jesus, todas menores de idade, nenhuma delas dotada de beleza. Ausentes com justificativa estavam as infantas Maria Isabel e Maria Francisca, que um ano antes haviam se transformado, a primeira, em rainha da Espanha, após se casar com um irmão de sua mãe, o rei Fernando VII; e a segunda, em princesa das Astúrias, depois de contrair matrimônio com um irmão, e na época herdeiro, de Fernando.

Bem perto daquelas infantas via-se o louro e belo infante dom Miguel, de quinze anos, filho preferido de dona Carlota e cuja paternidade algumas línguas malignas da corte atribuíam, sem fundamento, ao marquês de Marialva, artífice do casamento de Leopoldina com o *"lindíssimo"* príncipe dom Pedro. Que, naturalmente, ocupava um lugar de preferência naquele luxuoso cenário aquático.

✽

A família real portuguesa no exílio brasileiro foi descrita pela maioria dos historiadores com tintas muito negativas. Os cônjuges se detestavam com elegância, e às vezes sem ela; os filhos careciam da cultura de seus pais e quase sempre estavam competindo entre si, especialmente os meninos. Por ocasião da recepção de sua nova integrante, provavelmente cada um desses Bragança se esforçou para mostrar o melhor de si. Não em vão, pois Leopoldina era filha de um dos soberanos mais importantes e poderosos da Terra.

Aqueles que criticam o caráter marginal da monarquia portuguesa desse período em relação à mais prestigiosa e antiga Casa de Habsburgo costumam esquecer que de meados do século XV até o início do século XVIII a Casa Real de Portugal havia se aliado dinasticamente, em cinco ocasiões, com a Casa dos imperadores da Alemanha, e pelo lado dos Bourbon esse parentesco era muito próximo. Como estabelecia o protocolo, chegado o momento, Leopoldina desceu da embarcação para saudar o rei. Assim que se viu à sua frente, aproximou-se e se prostrou a seus pés. O rei apresentou à arquiduquesa seu filho mais velho, que lhe entregou uma caixa de ouro cheia de brilhantes incrustados.

"São frutos desta terra", conta a tradição que Pedro disse a sua esposa. Segundo a condessa de Kuenburg, Leopoldina recebeu "uma grande bolsa cheia de diamantes engastados" de diversas maneiras, dentre os quais se destacava "uma ave-do-paraíso de diamantes cuja cauda forma uma pluma, e tem na boca uma pequena coroa [...] impressionante".[121]

Como era de se esperar, o olhar dos membros de ambos os séquitos, o português e o austríaco, estava voltado para seus respectivos noivos; ou melhor, para o olhar do noivo. Conta a camareira-mor da arquiduquesa que, no momento das apresentações na baía da Guanabara, dom Pedro "estava sentado em frente a nossa princesa, com os olhos baixos, levantando-os furtivamente para ela, que de vez em quando fazia o mesmo".

O costume de enviar retratos às cortes para mostrar as características físicas de príncipes e princesas casadouras antes de fechar uma negociação matrimonial tinha uma tradição de séculos em toda a Europa. Em Portugal, podemos dizer que havia atingido o cume artístico no século XV, quando um duque de Borgonha, antepassado direto de Leopoldina e Pedro, havia enviado a Lisboa nada menos que o pintor

Jan van Eyck para que fizesse o retrato "o mais fiel possível" de uma infanta portuguesa, filha de dom João I, antigo Mestre de Avis, com quem pretendia se casar. E se assim fez esse duque foi, em parte, porque a grande beleza da mulher do retrato correspondia ao original.

Sabemos que Leopoldina havia se encantado com o noivo português depois de ver seu retrato em Viena. Mas não há registros de que Pedro tenha visto um retrato de Leopoldina antes de se encontrar com ela. Aquele que seria o representante diplomático austríaco no Rio durante um breve período, o conde de Eltz, encarregado antes de levar ao Brasil uma imagem da princesa pintada por Kraft, no final havia chegado no séquito dela. Sabe-se que durante a negociação de seu casamento Pedro foi deixado de fora. Enrolado como estava em uma história de amor apaixonado com uma atriz, é provável que também não estivesse interessado em conhecer as características da mulher com que pretendiam casá-lo.

De qualquer maneira, as pinturas que retratam a princesa do Brasil nesse período são, na maior parte dos casos, muito *cortesãs*, ou seja, muito mais favoráveis que o original. Exceto por uma gravura de Jean-Baptiste Debret, na qual Leopoldina, já qualificada como princesa real do Reino Unido de Portugal, Brasil e Algarves, aparece de perfil ostentando umas bochechas roliças e a boca muito carnuda que quase todas as descrições não cortesãs lhe atribuem; mas não aparece seu nariz grande, que nesse retrato é pequeno e arrebitado; é possível que, como com frequência acontece às pessoas em relação a seus próprios defeitos físicos, Leopoldina se achasse mais feia e volumosa do que realmente era.

De maneira reveladora, a condessa de Kuenburg escreveu que "nesse dia" Leopoldina "estava realmente bem".[122] Algum tempo depois, o arquiduque Luís, tio da princesa, diria a Maria Luísa que "ali todo o mundo a considera bonita".[123] Um cortesão português com fama de sincero afirmaria, depois de um breve tempo da chegada da princesa, que ela "agradou extremamente a todos: muito discreta, aberta, e com capacidade de comunicação [...] muito fértil na conversa e de muito agudas respostas: mestre na arte de agradar e se fazer estimar".[124] Lindas palavras, nas quais, como se pode notar, não aparece nenhuma referência a sua aparência física.

Segundo a opinião do biógrafo que mais estudou a vida de Leopoldina, "não houve nada de anormal quando o príncipe dom Pedro a saudou pela primeira vez, não sendo a esposa uma decepção [...] quanto à aparência, muito pelo contrário".

Poucas obras sobre ela citam, porém, que, segundo uma testemunha ocular, durante a cerimônia Leopoldina usava um "finíssimo véu".[125]

※

Leopoldina passou sua primeira noite brasileira no navio que a havia levado ali da Europa, desembarcando só no dia seguinte, 6 de novembro, acompanhada pelo som de bandas que tocavam a todo volume em outros barcos e na costa. Nesse momento Pedro pegou a mão de sua esposa e a ajudou a subir na carruagem real, completamente forrada de veludo vermelho, onde estavam sentados dom João e dona Carlota. Sobre o fundo se destacaria o vestido de seda branca e ouro portado pela princesa e brilhariam os inúmeros diamantes que a adornavam. Segundo outra descrição, Leopoldina tornou a usar o "finíssimo véu de seda branca que caía da cabeça sobre o rosto, realçava sua beleza, e não impedia que se divisasse seu semblante".[126]

Os despachos da maior parte dos diplomatas que comentaram a cerimônia de recepção destacam o luxo dela. O representante da Prússia, grande inimiga do império dos Habsburgo, escreveu que "só" gerou alegria nos "negros", pois, devido à cerimônia, nesse dia ficaram livres de um trabalho penoso. Ao entrar na cidade do Rio, que então contava uns 110 mil habitantes (dizem que o número havia duplicado desde a chegada da corte), o séquito régio dirigiu-se à capela real, onde, depois de o casal principesco ser apresentado ao bispo da cidade pelo infante dom Miguel, o compositor Marcos Portugal começou a dirigir um *Te Deum*.

O som da música, um dos poucos gostos em comum que resistiria a todas as tempestades sentimentais e políticas da vida conjugal de Leopoldina e Pedro, espalhou-se sobre os membros da família real e começou a fazer efeito sobre cada um à sua maneira. Acabada a cerimônia religiosa, todos foram para o palácio da cidade, para saudar o povo nas sacadas e, posteriormente, participar de um banquete de Estado.

Concluído esse ato, os Bragança se dirigiram à antiga São Cristóvão, situada a uns quatro quilômetros e meio do centro da capital, em cuja Quinta da Boa Vista residia o rei com seus filhos homens durante grande parte do ano. Sua Majestade conduziu a princesa até seus novos aposentos, seis quartos situados no segundo andar do edifício.

Em algumas cartas a seus familiares a princesa os descreveria com precisão, possível indício de que a impressionaram. Eram uma sala de bilhar (um de seus jogos de salão preferidos), uma sala de música com três pianos; uma sala de estar com vários espelhos; o *toilette*, revestido de musselina branca e tafetá de seda rosa; o dormitório, com uma cama cuja manta, de renda de Bruxelas, havia custado, de acordo com Leopoldina, o preço de mil escravos; e, finalmente, o banheiro, cujos sanitários eram de prata.

Segundo uma fonte bastante posterior à chegada da princesa real, esses ambientes careciam dos móveis necessários para uma habitação confortável conforme os padrões europeus, pois ainda não haviam chegado de Paris (e, pelo que foi dito, tardariam a chegar). No entanto, o busto do imperador Francisco I, que o rei havia mandado buscar em Viena, estava lá. Era uma maneira elegante de agradar uma mulher casada com o herdeiro de territórios de enorme riqueza potencial, que havia chegado acompanhada de uma grande delegação da qual o rei esperava conseguir vantagens para o Brasil, de maneira a equilibrar o extorsivo peso econômico dos britânicos.

Ao ver a imagem de seu "querido papai", Leopoldina não pôde evitar derramar algumas lágrimas. O rei, então, fez um comentário sobre o "muito instruída" que era a princesa e lhe entregou um livro. Ao abri-lo, ela descobriu que reunia uma coleção de retratos de sua família austríaca. A seguir, houve uma cerimônia, que a condessa de Kuenburg qualifica em suas memórias de "curiosa", embora fizesse parte do protocolo da primeira noite de núpcias do herdeiro de muitas dinastias europeias (e era similar à que havia acontecido em Versalhes quando Maria Antonieta se casara). Mas a variante portuguesa conservava ranços de tempos medievais que em outras haviam sido eliminados.

Conta a condessa que, depois de Leopoldina ser assistida pela rainha e as infantas, "eu fui obrigada a despi-la, deitá-la na cama e esperar que o príncipe se pusesse a seu lado no leito. Então, felizmente, permitiram-me sair".[127]

A própria interessada narraria a cena a sua irmã, acrescentando que havia se despido junto com seu marido, assistido nesse tarefa pelo rei e o infante dom Miguel.[128] No dia seguinte, seu "querido esposo, que não me deixou dormir a noite toda", parecia a Leopoldina "não somente belo, mas também bom e sensato".

Longe de qualquer moralismo, as arquiduquesas da Casa de Habsburgo eram educadas na religião católica, que via no *Cântico dos cânticos* um símbolo do amor místico de Cristo pela Igreja, mas também uma celebração real do amor físico do esposo pela esposa. E se isso pode ser considerado teórico por alguns, ou até retórico, devemos recordar que desde seis séculos antes as mulheres dessa família vinham se casando com o principal objetivo de consolidar alianças dinásticas, e isso só se concretizava pela consumação do casamento e pelo conseguinte nascimento de um herdeiro.

Talvez elas não conhecessem com detalhes, antes de se casar, os "inconvenientes" que podiam provocar as relações físicas com seus respectivos maridos, mas sabiam que faziam parte fundamental de sua missão e as encaravam com naturalidade, e algumas, parece, até com senso de humor. Durante seu exílio em Elba, o deposto imperador Napoleão escreveria que, na primeira noite de casado com a arquiduquesa Maria Luísa, "fui a seu encontro e ela fez tudo rindo. Riu a noite inteira".[129]

Por outro lado, uma jovem como Leopoldina, que aos dezesseis anos se havia dedicado pessoalmente às crias de sua própria cadela e mantinha sua própria granja, não devia achar a reprodução algo fora do normal. Ela era uma mulher pudica por natureza e, como bem se depreende de suas cartas, tinha critérios morais a respeito da sexualidade mais severos que os que em geral regiam os ambientes aristocráticos de sua época; mas de jeito nenhum era beata.

Nesse sentido, podemos considerar acertada a opinião de um citado biógrafo da princesa, especialmente na parte final, quando escreveu que, "ainda considerando esse choque de hábitos diferentes, o casamento de dom Pedro com dona Leopoldina foi bem-sucedido. Apesar das deficiências de sua formação, dom Pedro não decepcionou a esposa, que chegara predisposta a amá-lo ardentemente". [130] Com bastante probabilidade, na manhã seguinte à sua primeira noite de casada Leopoldina iria, pela primeira vez, até as janelas de seu aposento, bastante satisfeita com o encontro físico com seu esposo, e dali contemplaria, também com certa satisfação, a paisagem idílica que tinha à sua frente. Que, aliás, também não estava livre de certos contrastes.

Em todos os aposentos do palácio onde Leopoldina habitaria a maior parte do tempo até o fim de sua vida havia sacadas a cujos pés cresciam imponentes salgueiros, atrás dos quais se divisava a baía da Guanabara, de onde chegavam, em novembro, "ventos leves que traziam o aroma das laranjeiras em flor". Mas não longe se acumulavam montanhas de esterco habitadas por nuvens de insetos, cujo fedor chegava também aos aposentos principescos conforme o vento. Como uma futura servidora e "amiga" de Leopoldina contaria alguns anos depois, ao abrir essas janelas, "naquele clima é um grande prazer viver nos andares altos".[131]

Na *Crônica geral*, conta-se que no dia seguinte à sua noite de núpcias, "às oito da manhã, o príncipe levou sua mulher à casa de seu guarda-roupa, onde almoçaram". E que Pedro a continuaria levando ali vários dias seguidos. De acordo com essa crônica, o príncipe se servia desse subterfúgio para se encontrar com Noémi Thierry.[132]

Segundo um relato escrito anos depois pela citada amiga de Leopoldina, essa "dançarina de teatro, filha de um artista francês", cuja beleza impressionara Pedro desde a primeira vez que a vira, havia se encarregado de proporcionar ao herdeiro uma pátina mundana da qual ele carecia, enquanto ele a engravidava.

> Dom Pedro, incapaz de dominar sua paixão, desposou-a secretamente. Ela era extremamente educada e se ocupou da educação de seu apaixonado real. Isso aconteceu nos tempos da paz geral da Europa [Congresso de Viena], quando, sem conhecimento de dom Pedro, foram feitas negociações em seu nome no sentido de obter a mão de uma arquiduquesa austríaca.
> Nada podia igualar o desespero do jovem príncipe quando soube que a arquiduquesa já estava embarcada a caminho do Rio. Ele se negou a se livrar de sua mulher, como insistia em chamá-la. Negou-se inclusive a despedi-la, apesar das ordens e ameaças de ser deserdado feitas por seu tolo pai e sua imperiosa mãe.

Dona Carlota, invocando a felicidade do próprio príncipe e a possibilidade de que fosse deserdado, conseguiu por fim que a realmente apaixonada Noémi consentisse "em abandoná-lo, com a condição de que lhe fosse permitido ir a alguma região do Brasil, pois não estava longe seu parto [...] Não lhe deram tempo de voltar atrás".[133]

As palavras da *Crônica geral* sobre o guarda-roupa alcoviteiro não parecem encontrar respaldo na carta que Leopoldina escreveu a seu pai no mesmo dia em que, segundo essa crônica, Pedro se encontrou com sua amante francesa. A arquiduquesa disse estar "muito feliz e [...] profundamente emocionada pela recepção que me ofereceram [...] Todos são anjos de bondade, especialmente meu querido Pedro, que acima de tudo é muito culto. Embora eu esteja casada com ele há apenas dois dias, Pedro merece todo o meu respeito e atenção, pois seu comportamento é admirável".

Apesar disso, a respeito dessa carta e de outras, talvez seja conveniente antecipar que, segundo um tio de Leopoldina, suas missivas podiam levar a engano quem não a conhecesse de verdade. E um indício disso poderia ser o que ela escreveu mais abaixo na carta anteriormente citada:

"Passei alguns dias bem difíceis, pois estava de mau humor desde as sete da manhã até as duas da madrugada, e além disso, meu amado esposo não me deixava dormir, até que eu lhe disse, sinceramente, que estava abatida".

À sua irmã preferida, de quem não costumava ocultar a verdade, Leopoldina disse que Pedro "não só é lindo, como também bom e compreensivo; fala muito de ti e te quer bem, assim como Sua Majestade, o rei".[134]

De acordo com a futura amiga de Leopoldina, durante um espetáculo musical oferecido no Teatro Real na noite desse 8 de novembro, "pessoas que reparam nessas coisas" notaram "que, no camarote real [...] a rainha estava constantemente chamando a atenção do príncipe para que cuidasse da esposa, e que ele obedecia com relutância e cara feia que fizeram rolar lágrimas dos olhos da arquiduquesa".[135]

Um diplomata presente ao espetáculo escreveu em um despacho que o desinteresse do príncipe se devia ao fato de novamente experimentar o chamado da paixão por Noémi Thierry. Pedro, cumprindo seus deveres de bom anfitrião, logo começou a mostrar a sua esposa aquilo que ele achava que podia lhe interessar de seu novo país. Um dia, antes de completar um mês de sua chegada ao Rio, ele a levou a visitar um povoado indígena, próximo à capital, onde seus habitantes executaram uma dança em homenagem à princesa. Ao que parece, isso não foi muito do agrado de sua mulher. Depois, ela contaria a sua irmã Luísa: "A cor da pele dos selvagens, sua compleição e suas danças são também singulares, mas não devem ser vistas por solteiros".¹³⁶

É provável que Leopoldina se referisse ao lundu, dança de origem africana que teve seu esplendor no final do século XVIII e início do XIX. Seja como for, ela achou "impossível ver algo tão indecente, fiquei suando e quase morri de vergonha".¹³⁷ Está claro que ela não diria isso ao marido, a quem ainda via através de uma lente favorável, mas começou a introduzir alguns comentários a esse respeito nas cartas enviadas a seus familiares. Como na que escreveu a seu pai no mesmo dia em que o fez a Luísa:

"Não tenho palavras para descrever minha felicidade", diria, "pois meu esposo tem bom coração e muitos talentos, e boa vontade para se instruir, pois não é sua culpa se algumas pessoas acham que devia ser diferente. Isso porque não o conhecem bem, pois quanto mais se lhe conhece melhor parece, por isso peço-vos que não acrediteis no que contam sobre ele, mas só no que eu escrevo [...] aqui é preciso paciência para tudo".¹³⁸

É possível que na última parte ela estivesse aludindo à relação de Pedro com Noémi Thierry. Segundo sua futura amiga,

> o bom senso da arquiduquesa, que havia sido informada por uma pessoa qualquer da corte sobre a história da dançarina, em breve reconciliou dom Pedro com seu dever.
> Ela se tornou sua companheira constante nos passeios e excursões pelos bosques selvagens que envolvem o Rio por todos os lados, e nos estudos que ele prosseguiu com maior ardor sob direção de sua esposa. A determinação dela de não provocar dor ou mal-estar a uma alma recentemente ferida obteve, se não o mais ardente afeto do marido, pelo menos sua total confiança e completa estima.¹³⁹

É provável que Leopoldina aplicasse em seu jovem casamento as antigas instruções que as princesas reais recebiam de suas mães antes de se casar a fim de cativar seus respectivos maridos, e, dessa maneira, tentar obter influência sobre eles. Pois essa conduta, como podemos recordar, assemelha-se ao modo de se conduzir de sua avó materna, em Nápoles, e de sua mãe, na corte de Viena, depois de casadas, segundo as descrições de algumas memorialistas. O trabalho das esposas de se tornar indispensáveis nas "coisas pequenas" aos monarcas como caminho para conseguir o mesmo nas grandes realizava-se, fundamentalmente, compartilhando a maior parte do tempo com eles.

Pouco antes de acabar a primeira semana de dezembro de 1817, Leopoldina teve a oportunidade de pôr à prova esse sangue-frio que tantas rainhas teriam recomendado a suas filhas. Sobre isso, Leopoldina contaria a seu pai: "Meu esposo esteve um dia muito doente dos nervos e me provocou um medo horrível, pois aconteceu à noite e eu era seu único socorro".[140] Parece que aquilo que os membros da família real portuguesa preferiam denominar "doença dos nervos" do príncipe, e que o conde de Eltz achava que "parecia ser epilepsia", mas de uma "forma atenuada", segundo outros, havia se manifestado pela primeira vez em dom Pedro, pelo menos publicamente, um ano antes de seu casamento, durante uma cerimônia de revista de tropas. O primeiro ataque de Pedro que Leopoldina presenciou daria base à princesa para introduzir nas cartas dirigidas a seu pai um tema que, com o tempo, se tornaria quase uma obsessão para ela: voltar para a Europa. O conde de Eltz se referiu a isso em um despacho enviado a Viena durante os dias do "medo horrível".

"Há cinco dias (1º de dezembro), o rei, falando comigo, disse que o príncipe teve um novo ataque durante a noite, fato que assustou bastante sua esposa [...] Eu tomei a liberdade de observar (a dom João) que talvez uma mudança de clima fosse boa para a saúde de Sua Alteza Real. Sua Majestade Cristianíssima havia respondido educadamente: 'Eu compreendo, mas isso não é possível'."

Leopoldina não voltaria a falar sobre o assunto com seu pai nos dias seguintes. No entanto, começou a se queixar, delicadamente: "não conheço nada da cidade porque meu esposo e o rei têm bons motivos para não querer que vá, por isso fico sempre no campo (São Cristóvão), o que também prefiro, pois aqui fico tranquila, apesar de que já me fizeram uma armadilha, da qual meu esposo e eu tivemos a sorte de escapar com a consciência limpa".[141]

Com Maria Luísa ela se mostraria mais "franca" que com seu pai: "Estou felicíssima com minha nova família, meu esposo tem um coração boníssimo, é muito talentoso, mas foi preciso paciência, virtude que nunca tive e que agora o céu me concedeu. Pedro tem uma enorme vontade de se instruir, e em pouco tempo, com inteligência, meu trabalho acerta, e constato com prazer alguns frutos de minha paciência perseverante; estou totalmente sozinha com meu esposo e não vejo ninguém, não me preocupo com nada, e essa é a melhor forma de que dê tudo certo, pois tudo que tu me dissesse é verdade".[142] Apesar do que ela havia contado a Luísa, à medida que passavam os dias a vida que Leopoldina levava com seu marido começou a incomodá-la. Tanto que, como escreveria mais tarde a essa irmã, corria o risco de se tornar "extremamente melancólica" por conta da vida afastada que lhe havia sido imposta pouco depois de sua chegada ao Rio.

"Apesar de estar feliz, o modo de vida, no qual as pessoas nunca vão ao teatro, não se frequentam em sociedade, a não ser para ver as pessoas que se vê todos os dias, para uma pessoa que está acostumada a diversões é de enlouquecer: até meu esposo suspira por isso. Ler e escrever, o calor do clima e a preguiça que é sua consequência não permitem."[143]

Para evitar cair na melancolia, Leopoldina se impôs uma série de obrigações. De manhã tinha aulas de canto, português e latim; à tarde passeava. Mas, à noite, ia dormir às oito, "porque, infelizmente, é mais fácil uma pedra dar leite que eu receber permissão de ir ao teatro". Segundo a opinião da futura amiga de Leopoldina, a situação na qual se encontrava a princesa nesse momento era a consequência lógica e direta da maneira como tanto Pedro quanto seu irmão Miguel haviam sido tratados por seus próprios pais:

"Os jovens príncipes haviam sido afastados, na medida do possível, de todo conhecimento dos negócios públicos e casos de Estado. Passavam o tempo principalmente no aposento da velha aia, que os acompanhara de Portugal, ou em uma espécie de leves partidas de caça permitidas aos príncipes do sul da Europa, ou em diversões, das quais a única respeitável era a música."[144]

Desde o início de dezembro de 1817 a camareira-mor da princesa havia expressado seu desejo de voltar a sua pátria, como, por outro lado, já havia sido decidido em Viena. Em uma carta a um familiar, a condessa de Kuenburg escreveria que nem por todo o ouro do mundo queria permanecer no Brasil, que considerava muito diferente de sua terra natal.

Segundo Leopoldina, "meu sogro não confia nela, pois está constantemente com a cara metade dele (dona Carlota), que se comporta de forma vergonhosa; não comigo; tenho todo o respeito possível por ela, mas lealdade e consideração são impossíveis. Nem sequer meu esposo os tem, embora se comporte de forma exemplar [com a mãe]".

A princesa real considerava uma deslealdade de sua servidora aliar-se à rainha, uma mulher com a qual já em Viena seu próprio pai a havia advertido para ter cuidado. Por outro lado, a habitual necessidade de Leopoldina de conversar com mulheres de ideias afins às suas encontrara havia pouco tempo uma substituta mais próxima a suas próprias origens. Tratava-se da irmã mais velha de seu marido, a chamada princesa real Maria Teresa, porque por um breve período ela havia sido princesa da Beira, uma mulher jovem que conhecia perfeitamente as regras e os subentendidos das pessoas que formavam o reduzidíssimo estrato da realeza, e com quem Leopoldina podia se abrir e sentir-se livre das indiscrições, sementes de muitas intrigas cortesãs.

XI

Educar um marido

(1817-1818)

*P*assado pouco mais de um mês de sua chegada ao Brasil, Leopoldina continuava fiel à decisão de preencher as lacunas educacionais de seu jovem esposo. Embora o príncipe herdeiro não fosse desprovido de uma inteligência natural, que se manifestava especialmente em sua grande capacidade de comunicação com os outros, principalmente de estratos inferiores, ele não havia recebido a formação intelectual de acordo com sua categoria, e suas grandes potencialidades mal haviam sido cultivadas. Ao lado de seu marido, a princesa real do Brasil podia ser considerada uma mulher muito culta.

Em Portugal, Pedro havia começado a ser instruído por um ex-jesuíta, matemático e astrônomo, o doutor Monteiro da Rocha, antigo reitor da Universidade de Coimbra. Mas as aulas haviam sido interrompidas bruscamente pela viagem da família real ao Brasil e a negativa do professor de se mudar para uma terra onde no passado havia vivido e ensinado.

De modo que a educação do herdeiro havia ficado nas mãos daquele que até esse momento havia sido exclusivamente seu professor de latim, o franciscano Antonio de Arrábida.

Esse bondoso sacerdote, porém, carecia de autoridade — e talvez também dos requisitos acadêmicos — para se impor a uma criança a quem sempre permitiam quase todas as liberdades e não cobravam quase nenhum dever. De alguma maneira, isso era exatamente o contrário do que havia acontecido com sua jovem esposa no que se refere à ascendência moral que sua "querida mamãe", a culta imperatriz Maria Ludovica de Habsburgo-Este, havia exercido sobre ela. O apreço que Leopoldina sempre sentiu por sua primeira madrasta não só demonstrava que era uma pessoa grata, como também ciente do bem que essa mulher lhe havia feito tentando domar sua personalidade, menos dócil que a de suas irmãs — outra característica da nova princesa real que a assemelhava com Pedro.

Quanto a "domar" o príncipe por vias pedagógicas, como conta a futura amiga de Leopoldina, no Brasil "houve uma tentativa [...] de dar a Pedro um tutor na pessoa do padre Boiret [...] mas suas maneiras e moralidade eram tais que dom Pedro, escandalizado e incomodado, disse francamente a seu pai que não receberia instrução de tal mestre".[145] Essa é uma possível alusão a uma suposta conduta sexual ambígua do padre.

O certo é que o pai do príncipe havia percebido que o herdeiro dos ricos e extensos territórios americanos onde sua família agora se encontrava depois da saída de Lisboa precisava de uma preparação mais profunda do que a que tinha. E, portanto, após o fracasso do preceptor francês, ele havia designado João Rademaker, um diplomata poliglota, antigo representante de Portugal em Buenos Aires, mas ele morrera — dizem que envenenado por uma escrava — quando Pedro tinha dezesseis anos. O barão de Mareschal, representante diplomático austríaco, que mais tarde teria oportunidade de conhecer o príncipe muito de perto, afirmaria, então, que ele "não havia recebido de fato educação alguma e jamais se relacionava com pessoas instruídas". Poucos dias depois de sua chegada ao Brasil Leopoldina percebera que as lacunas na formação de seu marido encontravam-se especialmente no que hoje chamaríamos de "educação das emoções". Porque dom Pedro era um "grande emotivo, vibrando mais que o comum, reagia às vezes de forma insólita diante de certos espetáculos".¹⁴⁶ Coisa que às vezes também ocorrera com Leopoldina na Áustria.

Mas, enquanto em seu caso ela havia tido a sorte de contar com duas mulheres de caráter firme, que haviam lhe ensinado a controlar seus instintos e a guiá-los pelo caminho do bem — ensinamento que ela, com boa vontade, quase nunca deixava de aplicar —, dom Pedro, segundo suas próprias palavras, havia aceitado como uma espécie de fatalismo ter um caráter que "não cede à minha razão".

De qualquer forma, entre os primeiros "frutos" do processo de instrução de Pedro que Leopoldina colheu, um teve um sabor muito desagradável. Como, na época, o português da princesa deixava a desejar e o francês de Pedro não era muito bom, segundo a *Crônica geral*, Leopoldina havia começado a tomar aulas do idioma nacional com o próprio marido para poder se comunicar melhor com ele, o que fez que sua fala se enchesse de expressões grosseiras, que faziam parte da linguagem habitual do príncipe.

Quando alguém alertou a princesa disso, ela se sentiu desgostosa e se empenhou em corrigir sua maneira de se expressar em português, idioma que ela nunca dominaria por completo na escrita. A respeito de duas matérias, porém, a princesa e seu marido compartilhavam gostos profundos. Uma delas era história, pela qual ambos se sentiam muito atraídos.

De maneira curiosa, dadas suas respectivas origens e circunstâncias, os dois sentiam uma espécie de admiração por Napoleão Bonaparte; um homem que, graças a sua inteligência brilhante e vontade titânica, havia conseguido se tornar soberano de uma grande nação. O fato de a princesa ter sido cunhada de *l'Empereur* e contar com informação de primeira mão, graças às confidências de Maria Luísa, deixava Pedro fascinado, e, sem medo de provocar escândalo na muito conservadora nobreza portuguesa — ou talvez para provocar —, não hesitaria em afirmar que considerava seu "ex-cunhado" "o maior gênio militar da história".

O outro laço que unia aos príncipes, como já antecipamos, era a paixão pela música, argumento importante de Leopoldina em várias cartas a seus familiares, quase todos melômanos. Como é bem conhecido, a música havia sido uma companheira constante da princesa. Criada em uma corte na qual seu avô havia admirado Mozart, sua mãe sentido devoção por Haydn e um tio seu fora aluno e mecenas de Beethoven, podemos dizer que ela carregava as notas do pentagrama no sangue.

E, embora no início de sua instrução musical a arquiduquesa não houvesse levado muito a sério as aulas de piano dadas pelo "pobre Kozeluch" (mas depois melhorou bastante nesse sentido), no Brasil ela se empenharia ainda mais na matéria para poder estar à altura de Pedro, mais dotado que ela. Porque, de fato, o príncipe havia nascido com um talento especial para tocar os mais variados instrumentos, especialmente os de sopro, como o trombone, a flauta e o fagote, mas também os de corda, como o violino e o violão espanhol, herança materna. Sua preparação teórica em harmonia e contraponto lhe permitiria escrever suas próprias composições, uma das quais havia sido executada nos dias seguintes à chegada de sua esposa. Além disso, tinha uma voz de baixo afinada e poderosa, que lhe permitia se apresentar com sua esposa enquanto ela o acompanhava ao piano.

Desde 1816, residia no Brasil o pianista e organista de Salzburgo Sigismund von Neukomm, que em Viena havia sido um dos discípulos mais apreciados por Joseph Hadyn, um contato materno que provavelmente Leopoldina utilizaria para que esse músico desse aulas a ela e a seu marido. De qualquer maneira, duas semanas antes de ela passar seu primeiro Natal na estação do verão, a princesa contou à duquesa de Parma que "tenho me ocupado muito com a música, pela qual meu esposo sente paixão", e que Pedro escrevia "composições muito gentis", e que "quando ele compuser algo vou te mandar, e se for de piano talvez seja em breve".

Tal como em geral ocorre na maioria dos casais de qualquer condição, um dos primeiros conflitos surgidos entre Leopoldina e Pedro foi por motivos financeiros. Três dias antes do Natal de 1817, nesse palácio de São Cristóvão que estava se transformando em uma espécie de prisão dourada para a princesa real, ela confiou ao pai que estava "muito triste porque meu marido me proibiu expressamente de mandar dinheiro daqui para minha inesquecível pátria, de maneira que me encontro na situação extremamente desagradável de não poder pagar as pensões que devo a alguns antigos criados muito queridos. À vontade de meu marido, porém, é meu santo dever obedecer".

Por isso a princesa recomendou a seu "bondoso pai [...] a minhas criadas mais queridas a vossa graça e cuidado. Porque, infelizmente, meu marido, que parte da ideia de que só se devem ajudar seus portugueses, não me permite fazer mais nada".[147]

Segundo um despacho diplomático enviado a Viena pelo representante austríaco, um dia antes do Natal as condessas de Kuenburg, Sarentino e Lodron, haviam deixado de estar a serviço direto da princesa. A rejeição aos costumes portugueses (e brasileiros) havia feito essas senhoras, austríacas até o último fio de cabelo, esquecer as antigas antipatias existentes entre nobres dessa origem e os espanhóis partidários da Casa de Bourbon, dinastia francesa instalada na Espanha no início do século XVIII, depois de vencer em uma guerra um arquiduque da Casa de Habsburgo, que durante dois séculos havia usado a prestigiosa coroa da monarquia espanhola. Motivo, talvez, pelo qual Leopoldina nunca sentiria muita simpatia pela gente da nação espanhola, como diria uma vez a sua irmã Luísa.

De qualquer forma, voltando ao Brasil, a aliança dessas três condessas com Carlota Joaquina, quintessência da Casa de Bourbon e espanhola até o último fio de cabelo, não era algo que Leopoldina estivesse disposta a desculpar. De fato, o citado despacho contava que o séquito austríaco da princesa estava "sendo substituído por criadas portuguesas".

Como possível eco do que havia ocorrido na corte com suas criadas, no primeiro dia de 1818 Leopoldina disse a seu irmão, o arquiduque Francisco, que "em todos os países do sul [é] preciso ter muito [...] sangue-frio".[148] Mas o conflito havia surgido, fundamentalmente, pela falta de tato de gente nascida nos países do norte.

A princesa também teria que ter muita fleuma para acompanhar o príncipe em uma de suas grandes paixões, a condução de carruagens a toda a velocidade, algo de que ela, ao que parece, também gostava muito, segundo havia insinuado em uma de suas cartas de juventude austríaca. Uma de suas primeiras experiências a esse respeito, no Brasil, ocorreu quando, no *cabriolet* de duas rodas do príncipe, ela acompanhou seu esposo até o chamado Jardim Botânico, orgulho de João VI e da cidade do Rio, onde teve a oportunidade de ver, pela primeira vez, o cultivo do chá, responsabilidade de uma pequena colônia de chineses que havia sido trazida de Macau.

Depois de experimentá-lo ela o achou excelente, e a plantação e a fabricação muito curiosas. A visita havia valido a pena, mas, como contaria mais tarde ao arquiduque Francisco, ela e seu marido haviam "assado" de calor. Talvez para se refrescar, depois tomaram uma pequena embarcação e rumaram para a ilha do Governador. Durante a viagem, a princesa pescaria um "peixe que parece uma tesoura".

✥

Um dia antes da festa da Epifania de 1817, o filho de Francisca Annony, fiel camareira desde a infância de Leopoldina, foi nomeado cavaleiro da prestigiosa Ordem de Cristo, que oferecia a seu titular uma receita de cerca de 12 mil-réis.

Não era muito, mas foi tudo que a princesa conseguiu de seu generoso sogro depois que ele se interessara pelo caso que ela lhe havia apresentado. Francisca era uma das servidoras da princesa que deixaria o país em breve, e Leopoldina não havia conseguido que Pedro lhe concedesse dinheiro para ajudá-la. Talvez por conta da "crise cortesã" provocada pela falta de prudência das nobres austríacas, e da cegueira de Pedro em compreender a generosidade de sua mulher para com alguns de seus compatriotas, que nenhuma responsabilidade tinham naquele conflito cortesão, dois meses depois da chegada ao Brasil o otimismo um pouco impostado da arquiduquesa foi dando lugar a um realismo mais sincero. Isso se refletiria claramente em uma carta que a princesa escreveu a Luísa quando faltavam dez dias para acabar janeiro de 1818:

"Estou feliz, porque sei, graças a Deus, o que é a verdadeira felicidade e a busco só no cumprimento estrito de minhas obrigações, no mais rigoroso exercício da virtude e em uma simples e tranquila vida no campo; às vezes sinto desgosto e tédio, por falta de distração, contudo consolo-me e os suporto, como fazem tantas pessoas. Meu maior empenho é ser simpática e agradável com minha nova família, embora isso me custe um pouco! [...] não confio a nenhuma carta esses pensamentos, que só posso contar por meio de um mensageiro confiável, ou pessoalmente, e, além do mais, não confio meus pensamentos a ninguém, de modo que quase não conheço ninguém e não consigo encontrar uma amiga como tu."[149]

Antes do final de janeiro, as servidoras alemãs de Leopoldina já haviam sido substituídas por nobres portuguesas. A condessa de Linhares, como camareira-mor, e Inês da Cunha, como dama de câmara. Também começou a fazer parte de seu séquito permanente Francisca de Castelo Branco, futura marquesa de Itaguaí, cuja fealdade, conta-se, era diretamente proporcional a sua discrição e abominação pelas intrigas cortesãs, algo que, como era de se esperar, a transformaria em uma das pessoas mais apreciadas por Leopoldina.

Na primeira semana de fevereiro Leopoldina visitou pela primeira vez a fazenda de Santa Cruz, antiga propriedade dos jesuítas onde a família real passava parte do verão. Ficava no caminho que levava a São Paulo, a umas doze léguas do Rio, um trajeto que podia ser percorrido em um dia, pois era pavimentado; o único em todo o país naquela época. A propriedade era composta de extensas planícies onde cresciam, aqui e ali, bosques de floresta tropical. De um lado do horizonte acabava no mar, mas, apesar da brisa que vinha dali, a temperatura nunca caía abaixo dos 28 graus no verão. Ainda assim, tornar-se-ia um dos lugares prediletos de Leopoldina.

Quase sempre em busca de reminiscências europeias — outra característica romântica —, em sua primeira permanência ali a princesa achou o lugar parecido com sua "querida pátria. Montanhas, matas e planícies magníficas circundam nosso pequeno, mas lindo, palácio. Todos os dias cedo, por volta das oito, vou caçar com meu marido, em barro, pântano e água, geralmente a cavalo, porque há muitas cobras venenosas", contaria a sua irmã.

Ao voltar a São Cristóvão, no final de março, a princesa já sentia que, "nos poucos meses que vivo entre outra gente e em outra terra, tive tantas experiências que me tornei um pouco desconfiada e cautelosa, tendo experimentado tantos dissabores".[150] Isso demonstra quão protegido havia sido o ambiente em que foram criadas ela e suas irmãs, apesar de terem vivido quase toda a infância em uma época de guerras constantes e mudanças políticas radicais.

Para seu consolo, ela continuava "confiando no Onipotente, que nunca abandona ninguém na dor e na aflição".

De qualquer forma, Leopoldina estava longe de ser tão ingênua como alguns cortesãos deviam pensar. Pelo menos é o que parece mostrar a carta que ela escreveu a esse tio em que mais confiava, o arquiduque Rainer, com quem havia tido em Laxenburgo um *tête-à--tête* sobre o segredo relacionado à duquesa de Parma.

A partida das damas, que acontecerá daqui a alguns dias, oferece-me a oportunidade de escrever algumas linhas sinceras. Estou feliz porque assim quero, apesar de todas as vozes intrigantes, grosserias e preconceitos que se tem que suportar aqui; só a paciência e o absoluto silêncio são comportamentos adequados, e me alegro por encontrar muitas almas nobres, gratas; mas acho impossível fazer o bem, ajudar a enobrecer o país e os habitantes, e isso é um grande sacrifício para meu coração e minha razão.
Encontrei tudo muito pior do que o senhor, querido tio, havia, bem-intencionado, profetizado quando eu ainda estava em minha pátria. Acredite-me que muitas vezes me desespero e fico melancólica, especialmente eu, em quem ninguém quer nem pode confiar. E além disso, todos têm a bondade de levar a mal a mais bem-intencionada das atitudes; tenha a bondade de me aconselhar por meio de um portador seguro.[151]

Dias depois, ao escrever a sua irmã Luísa, a princesa se animaria até a fazer uma análise da personalidade de Pedro — porque a carta seria levada à Itália pela leal Francisca Annony —, bastante lúcida e acertada, aliás, e que adquire maior valor documental pela absoluta sinceridade da redatora.

> Certa de que esta carta não chegará a outras mãos senão às tuas, minha querida [...] com toda a franqueza ele diz tudo que pensa, e isso às vezes com certa brutalidade.
> Acostumado a executar sempre sua vontade, todos devem se adequar a ele. Até eu sou obrigada a aceitar algumas respostas ácidas. Mas vendo que algo me feriu, ele chora comigo.
> Apesar de toda a sua violência e de seu modo particular de pensar, tenho certeza de que me ama ternamente, apesar do retraimento resultante de numerosos acontecimentos infelizes em sua família [...] Todo o seu pensamento me é conhecido.

Ele se comporta impecavelmente com seus pais, o que é muito difícil naquela situação infeliz na qual um está contra o outro.¹⁵²

Ao se referir particularmente à relação peculiar de Pedro com sua mãe, que, segundo algumas fontes, ainda lhe dava humilhantes bofetadas em público (como ele, mais tarde, tentaria fazer com sua primogênita), Leopoldina disse a Luísa que ela a respeitaria "sempre [...] como mãe de meu esposo", mas que "seu comportamento é vergonhoso, e, infelizmente, já se veem as tristes consequências em suas filhas menores, que têm uma péssima educação, e com dez anos já sabem tudo como as pessoas casadas".¹⁵³

Curiosamente, nessa carta Leopoldina também contou à irmã que lhe era "extraordinariamente" difícil estar todos os dias ao lado "de certa espécie de gente que estava na moda na época do rei Henrique III na França [...] o que é muito feio".

É provável que ela se referisse a certos cortesãos de conduta sexual ambígua ou muito amaneirados, visto que o breve reinado desse filho de Catarina de Médici a que a arquiduquesa fazia referência havia se caracterizado pela presença na corte francesa de um grande e influente grupo de jovens homens que se sentiam fisicamente atraídos por outros homens, os célebres *mignons*. Alguns historiadores, porém, pensam que essa referência de Leopoldina poderia estar relacionada ao guarda-roupa do príncipe, e que o "feio" seria o papel de alcoviteiro que este exercia a serviço de seu amo. Como já foi apontado anteriormente, segundo uma fonte próxima, esse servidor havia supostamente se ocupado de arranjar os encontros românticos de Pedro com a dançarina francesa.

Fosse como fosse, Leopoldina escreveu a seu pai, na mesma data, para contar que na corte havia duas personagens por quem tinha ojeriza, e que "uma delas, graças a Deus, será despachada". Para conseguir o afastamento dessa pessoa, explicava Leopoldina ao imperador da Áustria, ela havia agido como ele lhe aconselhara, ou seja, não falando nem a favor nem contra esse servidor e confiando sempre na bondade de seu sogro.[154]

Segundo a *Crônica portuguesa*, porém, a arquiduquesa falou com o rei para lhe pedir que fizesse o guarda-roupa de seu marido sair do Rio. Julgando razoável a exigência da nora, o monarca deu a esse cortesão um ofício em Lisboa. O afastamento desse fidelíssimo servidor do príncipe da corte por discreta — ou não — ação de Leopoldina não ficaria isento de custo para ela. Só que a resposta viria mais adiante. Por ora, esse episódio fez só que a princesa se sentisse "indisposta", já que, como muitas pessoas, Leopoldina tinha tendência a somatizar certos problemas.

O doutor Kammerlacher, médico austríaco que em Florença havia levado uns tabefes de Francisca Annony por receitar remédios a sua jovem senhora quando esta tivera uma indigestão, prescreveu-lhe dessa vez um vomitório. Como esse remédio lhe fez muito bem, a princesa, talvez com intenção de elogiar seu médico, comparou-o em voz alta com "os médicos daqui (que) são uns bárbaros".

❧

Antes da partida definitiva do Brasil de seus servidores austríacos, a princesa apareceu montada a cavalo na residência onde eles moravam e, sem apear, mandou dizer que não fossem se despedir dela em São Cristóvão porque a separação lhe doía muito, e a seguir afastou-se a galope "com a energia de um hussardo".

Talvez para espantar a melancolia que a assolava, nesse dia ela não voltou de imediato ao palácio; decidiu seguir caminho até um lugar que ainda não havia visitado. No dia seguinte à partida de seus servidores, Leopoldina contou a Luísa que "há poucos dias fiz um passeio a cavalo de oito horas na Tijuca, um vale com uma cascata magnífica, à sombra de mimosas e palmeiras".[155] Ela voltaria a falar dessa queda-d'água a sua tia Maria Amélia de Orleans duas semanas depois, descrevendo a cascata: "Única devido a sua altura. Cai de oitocentos pés de altura até um pequeno rio que se prolonga até o mar, e onde a paisagem é feita para encantar; porém, a mim faz recordar minha terra natal".

Contam que, no Brasil, "Leopoldina encontrou na natureza uma maneira de evitar as pessoas [...] Contudo, o retiro na natureza como fim não consegue cumprir sua função de remédio, pois o correspondente recolhimento em si mesma tem como consequência os sintomas que Leopoldina chama tão adequadamente de 'melancolia', e que por fim acabam em desequilíbrio e resignação".[156]

No final de maio, Francisca Annony, "pedaço de minha vida" [de Leopoldina] deixava para sempre as terras brasileiras a bordo do navio *São Sebastião*.

"Partiu a bondosa Annony, que recomendo a vossa bondade", escreveu a princesa ao pai. "É o que posso fazer para ajudá-la a ter uma velhice despreocupada, agradável, depois de tantos serviços prestados com fidelidade. Esse pensamento era uma alegria verdadeira para mim, e vê-lo destruído me dói amargamente."[157] Apesar de seus esforços, Leopoldina não conseguiu que Pedro pusesse a mão no bolso para recompensar aquela mulher que havia servido com absoluta lealdade e cuidado da arquiduquesa desde sua mais tenra infância.

Não parece estranho, portanto, que a melancolia em que havia caído levasse Leopoldina, duas semanas depois dessa partida, a escrever ao marquês de Marialva, na época embaixador de Portugal em Paris, para pedir que lhe enviasse uma longa lista de livros que havia encomendado em Livorno antes de partir para o Brasil, mas que ainda não haviam chegado. Possivelmente os estava reclamando só agora porque Leopoldina devia estar começando a sentir falta da leitura. Seu pedido demonstra que, sob certo aspecto, ela não se diferenciava da maior parte das mulheres da época, da pequena burguesia até a realeza, que se sentiam presas em casamentos de conveniência e se refugiavam na leitura para sublimar a frustração.

A esse tema o já citado Stendhal dedicaria, alguns anos depois, um de seus melhores romances, O *vermelho e o negro*, que também aborda o tema do amor romântico e das diferentes maneiras em que se manifesta o desejo amoroso dos homens e das mulheres.

Na verdade, a arquiduquesa não pedia ao diplomata que havia negociado seu casamento que lhe enviasse esse tipo de romance romântico que tantas nobres e burguesas da época liam para sublimar suas paixões contidas, e sim clássicos latinos e textos que versavam sobre princípios de economia política, etnologia, zoologia e botânica, "com gravuras coloridas".[158]

Mas, graças a outras cartas, descobriremos que Leopoldina encomendava a Luísa um tipo particular daquele tipo de romances.

XII

Uma princesa brasileira
(1818-1819)

Enquanto Leopoldina pedia ao marquês de Marialva o envio de uma lista de livros que poucas mulheres de seu tempo estariam interessadas em folhear, e menos ainda em "ouvir três páginas seguidas" de algum deles, o príncipe dom Pedro notaria em sua mulher "certa infantilidade que às vezes irritava os mal-humorados".[159]

Porém, que uma esposa fizesse voz de criancinha e biquinho para seu esposo era considerado, até não muito tempo — e, em alguns ambientes, ainda hoje —, uma estratégia feminina diante de um marido que ostenta sua virilidade. E sem que essa atitude feminina desmereça a inteligência da mulher. Desde que atinja os fins propostos antes de se comportar de tal modo, claro. Talvez Leopoldina houvesse percebido que com um esposo cujo "caráter não cede à razão" não podia dialogar da mesma forma que o fazia com seu sogro, e tinha que apelar a outros recursos, como a entonação ou modulação da voz, que costumam fazer mais efeito em seres temperamentais e menos racionais.

De qualquer forma, os despachos diplomáticos enviados a Viena pelo encarregado de negócios austríaco no Rio, no início de julho de 1818, destacavam que Leopoldina estava se comportando com tato suficiente para que ninguém na corte pudesse falar que existia um "partido da princesa". Nesse momento, nessa corte, já havia outros três: o do rei, o da rainha e o do príncipe herdeiro. E Leopoldina nunca gostou muito de multidões.

Com a partida do conde de Eltz com os servidores austríacos da arquiduquesa, a legação do império havia ficado a cargo de um burocrata chegado ao Brasil com o séquito de Leopoldina, o barão de Neveu. Ele, para não chamar a atenção de cortesãos desconfiados, via a princesa com a discrição que a conveniência exigia. Mas isso, naturalmente, não interromperia o fluxo de informação entre a sede da diplomacia austríaca no Rio e o palácio da Boa Vista.

Sabemos que, segundo Neveu, a princesa discernia melhor que muitos frequentadores desse palácio que a verdadeira luta de poder — "desinteligências", dizia ela com delicado eufemismo — se dava entre o rei e o príncipe, e que isso era aproveitado pelos "mal-intencionados" para atiçar fogo entre pai e filho. De quebra, a princesa se dava o prazer de pôr sua sogra em um lugar insignificante no panorama político.

Leopoldina também informaria a esse diplomata, para que este o transmitisse a Francisco I da Áustria, que, se não lhe escrevia tanto como desejava, era porque existia um controle severo de sua correspondência. É muito provável que nessa época ela tenha engravidado da princesa Maria da Glória.[160] Talvez sua voz infantil e os biquinhos para Pedro fossem uma manifestação da necessidade de delicadeza de uma mulher em estado gestacional diante de um marido "que diz tudo que pensa, e isso às vezes com certa brutalidade".

Mistérios da natureza humana, naqueles dias, para satisfazer a esse pouco delicado esposo, a princesa começou a fazer "aulas de equitação".[161] Era a segunda vez que praticava desde que se casara com ele, supostamente para poder cavalgar "à amazona", ou seja, da maneira tradicional feminina, que era a preferida de Carlota Joaquina e que seu filho talvez considerasse mais adequada para uma mulher. De fato, na Áustria, Leopoldina havia tido certo receio de caçar a cavalo; achava que não era "decente" para uma mulher. Talvez se referisse à forma de montar com uma perna de cada lado do cavalo, como os homens.

Ela também aumentou o tempo dedicado aos passeios a pé e pediu a sua irmã Luísa, que nesse momento estava em Viena, que lhe mandasse livros de história e "romances edificantes", seus favoritos. Mas advertiu a duquesa de Parma: "Toma cuidado com certos bons amigos, que caluniam por todo lado, agora eu sei, infelizmente por experiência própria, pois as intrigas, a inveja e o ressentimento estão por todo lado; mas é possível sobreviver com bom senso e também às vezes graças à sensibilidade e liberdade própria das mulheres".[162]

Isso foi uma espécie de declaração de princípios a favor dos "direitos da mulher", certamente muito *sui generis*, na qual destaca a originalidade de associar "sensibilidade" com "liberdade" femininas. Algo assim talvez tenha estado na mente de sua avó materna, a rainha Maria Carolina de Nápoles, quando havia promulgado certos estatutos que davam às mulheres a liberdade de educar seus próprios filhos, anos antes da Revolução Francesa. É provável que Leopoldina, ao dizer a sua irmã que tivesse cuidado com certos "bons amigos", estivesse aludindo a suas antigas servidoras austríacas, pois a essa altura essas mulheres já deviam ter chegado a sua pátria.

No final de julho, o doutor Kammerlacher constatou que Leopoldina estava grávida, de modo que proibiu "corridas rápidas e muito frequentes a cavalo e de carruagens, às quais, apesar do sol ardente dos trópicos, Sua Alteza Imperial consente, para satisfazer o gosto de seu esposo", segundo dizia um despacho que Neveu havia enviado a Metternich na época. Aliás, despacho redigido com certo tom crítico em razão do risco que essas atividades implicavam para a vida de sua arquiduquesa, e em um momento em que se esperava com ansiedade que ela engravidasse de um sucessor à coroa.

Não se pode descartar que a princesa "consentisse" nesses perigosos passeios com o objetivo de controlar os movimentos de seu marido fora do palácio.

Quando escreveu a Luísa para lhe dar a notícia de sua gravidez, a princesa, que estava de novo na fazenda de Santa Cruz, disse de forma muito curiosa: "Aproveito esta oportunidade para te dar notícias, não obstante esteja muito mal-humorada, pois, devido à ausência de certo desconforto [a menstruação], estou condenada a passeios curtos e não posso acompanhar meu esposo, que sempre sai a cavalo para caçar. Por mais que esse transtorno me deixe contente, em outro sentido me é muito, muito desagradável. Apesar disso, seja feito o sacrifício para o bem de todos e o meu. Tu és a primeira que sabe a notícia".[163] Não obstante o "sacrifício" que significava para ela engravidar de um potencial herdeiro da coroa, Leopoldina não resistiu à tentação que exercia sobre ela a atividade cinegética, e dois dias depois da carta anterior saiu para caçar, carregando ela mesma sua pesada "espingarda portuguesa".

Apesar de a notícia de sua concepção ter um claríssimo significado político, Leopoldina levou duas semanas para comunicá-la a seu pai, um dos máximos beneficiados pela aliança dinástica entre a Áustria e o Brasil, que só se concretizaria com o nascimento de um herdeiro. Mostrando-se ou não infantil diante do marido, a principal interessada tinha plena consciência da mudança que havia ocorrido em seu próprio caráter em pouquíssimo tempo, como contou a sua irmã, destacando o preço que pagava por ter que dissimular. (E talvez até simular um comportamento que não combinava com sua natureza espontânea.)

"Meu caráter, anteriormente risonho, sofre com isso, pois estou completamente melancólica e nunca rio como antes nos alegres círculos de minha querida pátria."

⁂

Completado o segundo mês de gravidez, ainda em Santa Cruz, Leopoldina dizia já ter se acostumado "à vida no campo; ler e pintar muito são minha única distração; minha companhia meu esposo e minha cunhada, recolhimento constante, silêncio e poucas outras coisas são as leis que me impus".¹⁶⁴ Certa de que sua irmã já havia encontrado em Viena suas antigas servidoras, tornou a lhe escrever para pedir que "não acredites nem na metade do que contam se elas se queixarem de mim, pois terão que admitir, se amarem a verdade, que tenho razão quando me aborreço com elas".¹⁶⁵

A seguir, a princesa disse a Luísa algo de difícil interpretação. Que ela, a princesa, assim como seu tio, o arquiduque Rainer, seu confidente na Áustria, haviam acreditado "em bobagens que certas pessoas diziam, e embora fosse verdade, não é nada ruim, principalmente quando se dominam os próprios sentimentos".¹⁶⁶ É provável que a princesa se referisse aos rumores sobre as paixões amorosas de seu marido, que "embora fosse verdade", não era nada "ruim" em si (porque se dirigiam às mulheres não como outra "espécie de gente" que havia na corte do Rio, cujo hábito "é muito feio").

Se for essa a interpretação correta dessa frase misteriosa, Leopoldina não estaria mais que obedecendo ao antigo princípio cristão, enunciado por são Bernardo de Claraval e aplicado pelos confessores também às questões de moral sexual, de que "o pecado não está no sentimento, e sim no consentimento".

A hipótese anterior encontra apoio na conclusão a que Leopoldina chegou no final dessa carta, ao dizer que "os homens sempre serão homens, e nós, mulheres, devemos nos distinguir pela paciência, a virtude e os conselhos serenos dados no momento oportuno; eles sempre voltam e então nos apreciam mais".¹⁶⁷ Isso, para ela, evidentemente não entrava em contradição com sua declaração a favor dos "direitos femininos", desde que se utilizasse o "bom senso [...] e graças à sensibilidade e liberdade própria das mulheres".

Na medida em que essa "sensibilidade" feminina era o que permitia às mulheres compreender que "os homens sempre serão homens"; e que fazia parte da "liberdade" feminina aceitá-los como eram.

Foi nessa época que outro lúcido tio da princesa, o arquiduque Luís, em carta a Maria Luísa, disse a respeito da princesa do Brasil que "quem não a conhece e lê somente suas cartas imaginaria uma Leopoldina completamente diferente". De fato, em relação de seu amplo epistolário, afirma-se que "a maior parte de suas cartas foi escrita em um tom protocolar cuja função é justamente ocultar o sujeito da enunciação sob um enunciado formal".[168]

※

Pouco depois de deixar a fazenda de Santa Cruz, Leopoldina participou, com seu esposo, de uma cerimônia que ocorreu na Igreja de Santa Maria da Glória, pitoresco edifício construído no Rio de Janeiro no início do século XVIII, restaurado por vontade de dona Carlota Joaquina. O motivo era celebrar a notícia da gravidez da princesa, que augurava a chegada de um possível sucessor à coroa do Reino Unido de Portugal, Brasil e Algarves. A partir de então, os príncipes visitariam essa igreja com regularidade, pelo menos a cada festa da Assunção da Virgem.

Quando estava para entrar no quinto mês de gravidez, Leopoldina disse a Luísa que se sentia "cheia de alegria, da mesma maneira que meu esposo".[169] É provável que a princesa achasse que, graças a seu estado, havia conseguido que Pedro abandonasse suas aventuras extraconjugais. Segundo comentou outro tio arquiduque com a duquesa de Parma, na corte do Rio alguns desejavam que Leopoldina dominasse "completamente o príncipe, objetivo que ela parece tentar alcançar com muita prudência".[170]

É possível que esse comentário tenha sido feito por conta de um pérfido elogio cortesão que a condessa de Kuenburg teria feito em Viena aos brilhantes "dotes" de dom Pedro. De qualquer forma, esse arquiduque diria a Luísa que utilizar a palavra "dotes" era correto quando a pessoa se referia às potencialidades das crianças, mas que, nos adultos, esperava-se que já se houvessem desenvolvido.

O novo otimismo da princesa surgido no quinto mês de gravidez não duraria até o Natal de 1818. Quatro dias antes da Véspera de Natal, ela escreveu a seu pai que, como o doutor Kammerlacher, seu apreciado médico austríaco, "está voltando a Viena, peço a vós que o acolhais, porque não posso ajudá-lo a se manter aqui por motivos que ele vos explicará; ele é um excelente médico e ao mesmo tempo uma pessoa nobre e boa, e, infelizmente, aqui as pessoas boas e as cabeças talentosas são desprezadas e oprimidas".

O que havia acontecido?

Simplesmente que os cúmplices do guarda-roupa afastado da corte por intervenção discreta (ou nem tanto) da princesa haviam acabado de cobrar sua vingança, usando como pretexto que ela havia dito que os médicos portugueses eram uns "bárbaros" em comparação com o doutor Kammerlacher. Anunciou-se na corte que o médico voltaria à Áustria por motivos de saúde. Naturalmente, o barão de Neveu, assim como Leopoldina, não acreditava que essa fosse a verdadeira causa.

Três dias depois do Natal, o barão escreveu um despacho a Viena afirmando que o alemão estava efetivamente doente, mas que ele, Neveu, pessoalmente não acreditava que essa condição o houvesse levado a abandonar seu cargo. E afirmava que não lhe restava nenhuma dúvida de que isso se devia à vontade expressa de dom Pedro, e porque sua esposa, "apesar de todos os seus pesares, não ousa se opor".[171] A única coisa que Leopoldina pôde fazer foi conseguir que o rei nomeasse Kammerlacher "Médico da Minha Real Câmara", para recompensá-lo antes de sua partida. De qualquer forma, o príncipe saíra ganhando e o médico teve que ir embora.

O preço que Leopoldina teve que pagar nessa ocasião não foi muito alto, mas ela nunca deixaria de lamentar, no futuro, a partida do doutor. Mas o que um biógrafo chama de "condescendência — e não havia outro caminho para isso — encerrava obviamente o perigo para dona Leopoldina de perder cada vez mais sua liberdade particular, e de que o príncipe, não encontrando resistência, avançasse cada vez mais".[172] Perdida essa primeira batalha cortesã contra uma camarilha de servidores muito fiéis a seu marido, a princesa caiu de novo na melancolia. Em uma solidão interna que a fazia sentir a necessidade de Luísa de uma forma quase doentia, pouco tempo depois ela lhe escreveu uma carta tão pessimista quanto apaixonada:

> Tu és o ser mais amado que tem minha irrestrita confiança, pois, por outro lado, não confio em ninguém, por bons motivos. [...] Não me negues que, quanto mais conhecemos o mundo, tanto mais nos fechamos, confiando só em nós mesmos e em ninguém, ninguém. Sei o que é a separação, sinto-a profundamente, acho que ninguém a sentiu e a sente como eu. Pátria, continente, toda a minha família, deixei tudo, tudo a uma distância de cinco mil milhas; minha perspectiva é nunca mais voltar a vê-los.
> Eu poderia também dizer que estou sozinha aqui, pois vejo tantas atitudes contraditórias que não consigo dormir bem, e não sei se tenho um amigo em meu esposo e se sou realmente amada.[173]

Segundo o citado biógrafo, a arquiduquesa havia descoberto havia pouco tempo uma nova aventura amorosa de seu marido. Nesse caso, com a filha de um cortesão, que, curiosamente, era noiva do barão de Neveu. O certo é que por esses dias o barão acabou rompendo seu compromisso com ela.

Como tantas esposas desiludidas e enganadas por seus maridos, Leopoldina esperava apenas "poder me dedicar em breve a meu filho; isso me dará nova ocupação e sentimentos, pois não posso mais continuar insensível".[174]

Em busca de mais tranquilidade de espírito, a princesa foi para a fazenda de Santa Cruz, onde se dedicaria intensamente à caça de todo calibre, desde periquitos até veados.

Desde tempos imemoriais a caça havia servido como válvula de escape dos príncipes para sublimar paixões, e até muitos confessores régios viam nessa violenta atividade um freio cotidiano aos desejos da carne de seus assistidos espiritualmente. A permanência nessa fazenda parece que fez bem a Leopoldina. Pelo menos todos os relatos desse período coincidem quanto a sua verdadeira felicidade naquelas paragens.

Em um despacho diplomático que Neveu escreveu ao príncipe de Metternich na época, ele conta, porém, que "em uma reunião particular que a senhora princesa real me concedeu há poucos dias, Sua Alteza Real se dignou a testemunhar seu sentido desejo, compartilhado por seu esposo, de voltar à Europa". Além do clima do Brasil, que não lhe fazia bem, talvez ela pensasse que em Portugal seria mais difícil que o marido incorresse em certas tentações. Como alguns autores europeus românticos daquela época, ela devia pensar que os trópicos exerciam uma forte influência sobre a sensualidade de homens e mulheres. Curiosamente, o barão de Neveu faleceu quase repentinamente pouco depois de ter enviado esse despacho.

Certamente, o clima do Rio era extremo e às vezes prejudicial para a saúde física de alguns viajantes do centro e do norte da Europa, e uma parte deles era vítima fatal de doenças tropicais que seus organismos não estavam preparados para enfrentar. Mas não deixa de parecer estranho que sua morte inesperada ocorresse pouco tempo depois de esse barão romper o relacionamento com a filha de um cortesão português supostamente envolvida com o príncipe dom Pedro. Tudo isso em um ambiente em que a zelosa defesa da honra muitas vezes era feita por meios violentos, embora nem sempre públicos. Ao dar ao pai a notícia do óbito, Leopoldina se limitou a dizer que "o pobre barão de Neveu morreu há dois dias", sem se estender mais na questão. O encarregado de levar essa mensagem escrita ao imperador da Áustria não foi outro senão o "bondoso Kammerlacher, cuja partida me doeu muito porque ele é realmente um excelente médico e um homem nobre".

Nessa carta Leopoldina contava ao pai que havia dado ao médico uma pensão de mil cruzados (provavelmente o dinheiro referente a sua nomeação como "Médico Real" que ela pedira ao rei), "já que fui a causa involuntária de todos os seus desgostos em um país onde tudo é dirigido pela vileza e o ciúme, e onde um austríaco verdadeiro não pode viver." Foi um reconhecimento de que havia sido sua falta de prudência, ao elogiar esse médico em detrimento dos portugueses, que o havia feito cair em desgraça.

※

No dia 4 de abril de 1819, "às cinco da tarde", no palácio de São Cristóvão, a princesa deu à luz uma menina. O parto, assistido pelo doutor Picanço, futuro barão de Goiana, médico preferido por dom Pedro, foi longo e difícil; durou seis horas, dado que a cabeça da filha era muito grande e estava apoiada em uma perna.

"Além disso, a cadeira onde dei à luz era muito grosseira", explicaria Leopoldina à irmã. A tal ponto que, duas semanas depois, suas mãos continuavam doendo pelo atrito no esforço que havia feito ao se agarrar a ela ao parir.[175]

O encarregado interino da legação austríaca, que desde a morte de Neveu esperava seu novo chefe, informou a Viena que "me é quase impossível descrever a satisfação e a alegria particular que esse augusto monarca (dom João VI) demonstrou nesta ocasião", apesar de não se tratar do esperado filho homem. Depois de viver uma forte depressão antes do parto, Leopoldina se sentiu muito feliz com a chegada de sua filha, "pois é um sentimento peculiar todo celestial esse de ser mãe". Em especial de uma menina parecida com seu marido, exceto na cor dos olhos da recém-nascida, que eram azuis como os da mãe.[176]

Leopoldina manifestou, então, o propósito de ela mesma amamentar sua filha, algo incomum naquele tempo no caso da realeza — do mesmo modo que havia feito sua tia-avó, Maria Antonieta, provocando o escândalo na corte de Versalhes. Mas a princesa só pôde amamentar nos primeiros oito dias, pois "depois o leite secou". Para grande felicidade de Leopoldina, dom Pedro começou a se comportar com sua filhinha como "o melhor dos pais". Ao que parece, os príncipes não tinham "outra ocupação senão se revezar para carregá-la no colo".[177]

No fim de abril daquele ano, enquanto o príncipe passeava pelos jardins do palácio com a filha, chegaria ao Brasil a notícia da morte de Maria Luísa de Parma, rainha da Espanha destronada (com seu marido) por seu próprio filho, em um patético episódio conhecido como "a farsa de Bayona", coisa que muito favorecera Napoleão. Essa princesa italiana, cuja família havia possuído o ducado que agora detinha a irmã de Leopoldina, havia sido tão refinada quanto astuta. E havia criado seus filhos servindo-se da ameaça sutil e do uso da mentira como armas de manipulação; o resultado de tudo isso podia ser visto no caráter peculiar de sua primogênita, dona Carlota Joaquina.

Pouco depois chegou à corte do Rio outra notícia, muito mais dolorosa para a família real portuguesa, especialmente por suas trágicas circunstâncias. A infanta Maria Isabel de Bragança, irmã de dom Pedro e esposa do rei Fernando VII da Espanha, havia morrido em consequência de uma cesariana praticada no fim de um parto extenuante, quando os médicos achavam que ela já estava morta, fato pelo qual haviam obtido a permissão do rei — outro filho da recentemente falecida Maria Luísa de Parma — para o procedimento.

Mas, quando fizeram a profunda incisão no ventre da rainha, Maria Isabel acordou gritando desesperadamente. Ela não morrera, apenas havia entrado em transe em decorrência de um estranho ataque de epilepsia. Apesar disso, a cesariana continuou, naturalmente causando a morte da rainha, e também do ser que levava em seu ventre, um menino, em meio a um banho de sangue.

Nem sequer esse lúgubre episódio tirou de Leopoldina a felicidade de aproveitar sua filhinha, com quem passava "o dia todo [...] de joelhos, prestando atenção a seus mais insignificantes movimentos e necessidades. Ela é tão forte que consegue se sentar e levantar a cabeça sem ajuda".[178] A princesinha foi batizada "com real magnificência e universal prazer de toda esta capital" na igreja onde se venerava Nossa Senhora da Glória, cujo nome a menina recebeu, sendo os padrinhos seus avós paternos.

XIII

Os sofrimentos da jovem Leopoldina

(1819-1820)

$\mathcal{D}$ois meses e meio depois de ter dado à luz a princesa Maria da Glória, Leopoldina julgou perceber em seu corpo "todos os indícios de que estou de novo em estado interessante".[179] Isso queria dizer que havia voltado a ter relações com seu marido pelo menos um mês e meio depois do nascimento da primogênita. Esse breve período entre um parto e a concepção seguinte era algo que os padres confessores católicos não viam com bons olhos, e em alguns casos chegavam a proibir.

Dado que ao comunicar essa notícia ao pai Leopoldina expressou certo pudor, que em uma carta posterior a Luísa seria evidente — não obstante a alegria que tanto ela quanto seu marido haviam manifestado pelo nascimento de Maria da Glória —, é provável que essa segunda possível gravidez fosse especialmente fruto da necessidade política de dom Pedro de ir em busca de um herdeiro homem.

Quinze dias depois de Leopoldina perceber aqueles "indícios", Maria Luísa de Parma deu à luz outro filho do conde de Neipperg. Levando em conta que Napoleão continuava vivendo em seu exílio de Santa Helena, compreende-se a necessidade de que esse nascimento fosse mantido em segredo. De qualquer forma, Luísa escreveu à irmã em 3 de setembro de 1819 dizendo que estivera "doente". E nada nas cartas que Leopoldina mandaria durante os meses seguintes poderia levar a supor que ela sabia que Luísa havia sido mãe de novo. É provável, porém, que para tão delicado assunto ambas se comunicassem por meio de algum dos discretíssimos servidores da corte de Parma que faziam a viagem de ida e volta entre Itália e Brasil com certa regularidade.

Uma semana antes do fim de setembro chegou ao porto do Rio um personagem que no futuro teria grande influência na vida de Leopoldina, e, a sua maneira, indiretamente, na independência do Brasil. O barão Wenzel von Mareschal, novo secretário da legação austríaca.

Nascido em Luxemburgo trinta e quatro anos antes, no seio de uma família que por gerações servira os Habsburgo na diplomacia imperial, ele se identificava completamente com o espírito católico e conservador da Casa da Áustria, e especialmente com seu chefe direto, o príncipe de Metternich, artífice do Congresso de Viena e do casamento de Leopoldina. A princesa estava nesse momento em Praia Grande, um lugar de que ela gostava muito porque tinha magníficas paragens por onde caminhar entre palmeiras, laranjeiras e figueiras. Um prazer que nesse momento lhe era impossível de satisfazer, porque uma indigestão de seu marido a impedia de sair para passear. Como ela contaria à irmã, "hoje estou presa em casa com ele; faço isso porque o amo. Meu estômago está bem porque mantive aqui a simples comida austríaca, sem molhos".[180] Em outra carta, ela havia dito que não gostava da culinária portuguesa porque a achava muito apimentada.

A princesa havia deixado em São Cristóvão sua filhinha, a quem visitava dia sim, dia não, "atravessando três milhas de mar em meio à tempestade; só o amor materno pode levar a tal sacrifício".

O balanço da embarcação lhe era muito desagradável no estado em que se encontrava. Além disso, ela intuía que essa segunda gravidez não estava se desenrolando com normalidade e temia que o segundo parto fosse mais difícil que o primeiro, no qual um "cruel cirurgião" (ou seja, doutor Picanço) quase a havia "lacerado com suas lindas mãozinhas", provocando-lhe sofrimentos que haviam durado dois meses, e em alguns momentos levado-a a pensar que era melhor "se livrar da carga na selva, como os animais selvagens".

É bastante provável que depois de conhecer com mais precisão os detalhes da morte de sua cunhada Maria Isabel de Bragança, rainha da Espanha, Leopoldina se sentisse ainda mais sensível em relação a tudo que tivesse que ver com parto; um sentimento que a acompanharia até o final de seus dias, e que naquela época fazia parte da bagagem de preocupações de quase toda mulher grávida. Não era à toa que nas classes altas as senhoras costumavam fazer testamentos quando engravidavam. Pouco depois, a princesa soube que sua irmã Maria (Clementina) havia acabado de dar à luz uma menina, com grande risco para sua vida e a de sua filha (que viveria pouco tempo, como a maioria dos demais rebentos que essa arquiduquesa daria ao príncipe de Salerno). Algo que certamente não ajudava a tranquilizar Leopoldina em relação a seu estado. Mas que, ao mesmo tempo, levou-a a se mostrar, paradoxalmente, pouco sensível em relação à difícil situação que essa irmã atravessava.

De fato, antes do fim de setembro ela escreveu a Maria Luísa e disse que "Maria vai acabar enlouquecendo com seus escrúpulos. Ela devia assumi-los e lutar, pois para isso temos a força espiritual do Onipotente". É muito provável que essa arquiduquesa continuava evitando relações físicas com seu esposo. Com pouca empatia para com uma irmã que quase sempre havia despertado seu espírito crítico, Leopoldina parecia esquecer (continuar olvidando) que essa arquiduquesa não havia sido tão afortunada como ela quanto às características físicas do marido que a sorte lhe havia reservado.

Não obstante sua limitação para se colocar no lugar da irmã, naqueles mesmos dias a princesa do Brasil incluiu na lista dos livros que pediu ao marquês de Marialva que lhe enviasse de Paris *A arte de conhecer os homens pela fisionomia*. Estava na moda na época uma pseudociência chamada "fisiognomonia", considerada de grande utilidade por quem ocupava uma posição pública ou se dedicava às funções de governo, atividade pela qual em diversas ocasiões Leopoldina se diria pouco interessada.

Também solicitou ao marquês um anuário estatístico dos Estados Unidos, obra à qual aludiria em uma carta escrita dois anos depois, enquanto era redigida uma Constituição para o Brasil.

A qualidade da maior parte das obras pedidas mostra que Leopoldina era dotada de grande curiosidade intelectual.[181] De alguma maneira, esse pedido literário era coerente com o que ela havia dito a Luísa algum tempo antes: que buscava na leitura uma forma de aplacar suas preocupações, que nesse período se relacionavam especialmente com um mau presságio acerca de sua gravidez. No final de novembro de 1819 Leopoldina sofreu o que em um primeiro momento foi considerado um aborto. Nove dias depois estava suficientemente recuperada para escrever a Luísa e lhe comunicar que havia acabado de saber que "infelizmente, tu estavas doente".

"Eu não estava melhor que ti", continuava a princesa, "pois, depois de dois meses julgando estar grávida, expeli uma porção de imundície, a ponto de o parteiro daqui, que é muito bom [sic], me dizer que eu tive sorte, pois alguns meses depois aquilo teria sido perigoso."[182]

Cinco dias depois de escrever isso à pessoa em que mais confiava, mas a quem talvez menos desejava preocupar com seus problemas — embora no fim quase sempre acabasse lhe contando tudo —, Leopoldina explicou a sua tia materna, Maria Amélia de Orleans, que estava "muito fraca devido a um aborto que tive há quinze dias".[183] Segundo um despacho enviado a Viena pelo novo secretário da legação austríaca, barão de Mareschal, a princesa "atribuía" esse "aborto" a um "susto" que o príncipe lhe havia dado, quando, passeando em uma carruagem que ele conduzia a toda a velocidade, Pedro quase caíra do veículo "se a princesa não o houvesse segurado a tempo".[184]

O diplomata, a partir de então quase sempre muito bem informado sobre tudo que se relacionasse com "sua" arquiduquesa, dizia em seu despacho que "Sua Alteza Imperial supunha que as corridas forçadas de carruagem que vinha realizando até o presente momento para acompanhar seu esposo, nas quais os cavalos são impelidos ao galope pelas ruas, podiam ser prejudiciais para ela, mas esperava que essa experiência *fatal* lhes pusesse fim".

Seja o que for que tenha acontecido no útero da princesa, está claro que ela preferia correr o risco da velocidade, pois, como contaria a sua irmã Luísa, "devido a algumas experiências desagradáveis, acho muito bom e necessário acompanhar meu esposo". Segundo o barão, Leopoldina também havia lhe contado que sofrera muito durante os dias anteriores (ao suposto aborto) porque Picanço não lhe havia dado nada para aliviá-la. Por isso, desejava consultar outro especialista em obstetrícia, mas não sabia como fazer para entrar em contato com ele.

"O príncipe seu esposo não queria outro a não ser Picanço", contava o diplomata austríaco a Metternich, "porque o rei, em consequência de algumas intrigas da rainha em Lisboa, não gostava desse médico."

"É muito delicado estar o tempo todo entre pai e filho", teria dito, literalmente, Leopoldina a Mareschal. Tudo isso acontecia, segundo o barão, porque, "apesar de o rei amar cordialmente a princesa e ter por ela a maior estima, às vezes ela passa por provas penosas que são consequência da pouca harmonia existente entre o rei e o príncipe e da completa ociosidade em que a política do rei o deixa".

No final de dezembro de 1819 a princesa engravidou, dessa vez com certeza. Mas, dois meses depois, sofreu um aborto, verificado. Porém, voltou a dizer a sua irmã que estivera doente "de um tipo de falsa gravidez, que acaba em dois meses; aqui quase todas as mulheres passam por isso; esse calor adorável, que abate muito, deve ser uma das causas [...] estou precisando de uns banhos de mar".[185]

É provável que Leopoldina não quisesse preocupar a irmã com assuntos ginecológicos, especialmente em um momento em que ela mesma estava atravessando um dos períodos de mais ceticismo em relação a seu casamento.

De fato, depois de confessar a Luísa que só lhe restava ter paciência (em relação ao marido) e que havia se tornado "mansa e suave como um cordeiro" (com Pedro), ela fez uma declaração sobre o que pensava do matrimônio, em termos tão categóricos que não deixava nenhuma margem a dúvidas: "Se eu ficasse livre hoje, não me casaria, pois, embora a lua de mel seja um belo período, o sagrado estado do casamento traz consigo muitas preocupações, problemas e sacrifício".

Podemos compreender, portanto, que ela também tentasse sublimá-los dedicando-se de novo à pintura. Nesse período ela fez "o retrato de minha muito amada Maria, pintado por mim mesma", como diria a sua tia Amélia, enviando-o a ela, e ao mesmo tempo lhe pedindo indulgência "para com a horrível pintura. Vós sabeis que os olhos de uma mãe são cegos aos defeitos de seus filhos quanto à aparência".[186] Leopoldina também tentaria esquecer as situações conjugais desagradáveis com novas leituras. A maior parte dos livros de uma lista que ela enviara a Marialva nesses dias versava sobre viagens a lugares exóticos, literatura clássica, geografia humana, história e botânica.[187]

Em uma descrição espiritual que faria de si mesma a sua irmã Luísa nesses dias, ela advertia que havia deixado de ser a mulher "leviana que refletia pouco, como em minha querida pátria", e lhe dava razão sobre "a verdadeira felicidade não existe neste mundo", apontando que "aqui é preciso procurar mulheres virtuosas com um microscópio".[188]

"Sinceramente, eu gostaria de dançar de vez em quando uma valsa", mas, no Rio, "nossos bailes são as festividades nas igrejas, de sete a oito horas, muitas vezes até meia-noite, e não há devoção alguma, pois todo o mundo fala e ri". Em outra carta a essa irmã ela faria referência a nada menos que "as oitenta mil festas religiosas que martirizam minha paciência!!!!".

À falta de outra forma de diversão mais afim a seu caráter, além da pintura e da leitura, Leopoldina começaria a buscar compensação na comida, como havia feito em Florença quando se sentia frustrada pelo atraso da frota. De suas cartas desse período deduz-se que até nisso seus gostos, muito precisos, divergiam muito dos de seu marido. Se Leopoldina não gostava da culinária lusa, um dos pratos preferidos de Pedro era o "cozido à portuguesa"; comia-o em pleno verão. A arquiduquesa, porém, manter-se-ia fiel ao que ela chamava de "cozinha austríaca", incluindo nela a alemã, dado que, em uma lista de seus pratos salgados preferidos que foi conservada, encontram-se os presuntos da Vestfália, os pães doces de Hamburgo, com algumas concessões à confeitaria sul-americana, pois sabe-se que ela também gostava de uma espécie de docinhos chamados (possivelmente com duplo sentido) "línguas de Buenos Aires".

※

É provável que Leopoldina tenha engravidado de novo durante a primeira semana de maio de 1820, ou seja, pouco depois de escrever a Luísa que as mulheres tinham que ter paciência e que ela havia se tornado "um cordeiro" para Pedro. Talvez por isso voltasse a se mostrar extremamente dura em relação a Maria (Clementina) ao escrever para Luísa sobre um tema muito sensível para ela: "Dizem que Maria tem escrúpulos para cumprir os deveres de esposa [...] e que ela quer ter filhos por inspiração do Espírito Santo [...] Isso me faz rir de coração, coisa que aqui faço raríssimas vezes".[189]

A mansidão "de cordeiro" de Leopoldina, fruto de um esforço da vontade, não de seu caráter, também a levaria a ser muito crítica consigo mesma e com outra pessoa a quem ela amava muito. Pois ela contou a Luísa que Maria da Glória "infelizmente se parece completamente comigo, mas, graças a Deus, não tem o nariz e os lábios grossos".[190]

É provável que a percepção que ela tinha de seus problemas reais fosse aumentada, ou distorcida, em parte porque ela não tinha o dinheiro necessário para fins aos quais atribuía muito valor. De fato, durante esse período ela pediu ao barão de Mareschal que a ajudasse a arranjar 24 mil florins (o salário de Metternich, como embaixador da Áustria, na caríssima Paris do império napoleônico, havia sido de 90 mil florins ao ano). Leopoldina precisava dessa quantia — disse ao barão — para honrar as dívidas contraídas ao pagar antigas criadas que passavam necessidades. Também lhe pediu que guardasse segredo e que, quando lhe entregasse o dinheiro, fingisse diante de dom Pedro que vinha diretamente de Viena.

O secretário da legação austríaca possivelmente ignorou seu pedido, de modo que Leopoldina acabaria se dirigindo diretamente a Metternich, que também parece não ter considerado o assunto.

De modo que ela não teve mais remédio senão se dirigir diretamente a seu pai, apesar de isso ser "imensamente penoso para minha alma de alemã e austríaca".

"Gastos imprevistos, ordenados e pensões a famílias necessitadas e aos criados, que, infelizmente, põem toda a sua esperança em mim, obrigam-me a desembolsar a quantia de 24 mil florins. Não posso pagar essa dívida, e menos ainda meu esposo. Minha mesada não é paga, ou, quando é, meu marido a retém, e não posso tirá-la dele, pois ele mesmo a necessita [...] Mareschal é testemunha de minha muito precária situação, que, para minha mentalidade, está quase me levando ao desespero".[191]

Leopoldina tornaria a fazer o mesmo pedido a seu pai dez dias depois. Mas também não há registros de que o imperador da Áustria tenha respondido no sentido que ela esperava.

XIV

"O fantasma da liberdade"

(1820-1821)

Leopoldina não tornaria a pedir dinheiro a seu pai nos meses finais de 1820. Provavelmente porque a desordem política ocorrida em Portugal acabou afetando seriamente o Brasil e representou problemas mais urgentes para uma princesa herdeira que pagar velhas dívidas. Em meados de outubro desse ano chegou ao Rio a notícia de que na cidade do Porto havia acontecido uma revolta popular, cuja principal reivindicação era que se convocassem os Estados portugueses.

Em um primeiro momento, e com a devida cautela, a princesa deve ter aceitado a notícia com certo favoritismo, pois começou a circular na corte o rumor de que os ministros haviam tornado a pedir ao rei que voltasse para Lisboa. De fato, essa era uma das reivindicações dos sublevados do Porto. Não há dúvida, também, de que Pedro acolheu a notícia com relativa satisfação, pois ele queria voltar a Portugal. Porém, apesar de ela ter se confessado (talvez ironicamente) "infectada" pelas ideias liberais, de repente começou a temer que os atos do Porto derivassem em um movimento radical como o que havia ocorrido na França revolucionária.

Sua mãe e sua avó materna haviam vivido na carne a morte de Maria Antonieta na guilhotina, e, embora Leopoldina quase não mencionasse essa tia em suas cartas, é inquestionável que tinha uma percepção da "revolução liberal" portuguesa muito diferente da de seu marido e similar à que sua irmã Luísa havia tido em sua época de imperatriz.

Napoleão conta em suas memórias de Santa Helena que, quando essa arquiduquesa fora viver no palácio do Louvre, o que mais temia era que os franceses fizessem com ela o mesmo que haviam feito com sua tia. Embora haja registros de que a informação que Leopoldina tinha sobre o acontecido no Porto era escassa e contraditória, de qualquer maneira ela se sentiu levada a "falar sinceramente" com seu pai e a dizer que "infelizmente, o feio fantasma da ideia de liberdade dominou completamente a alma de meu esposo".

Não satisfeita com essa declaração de fé nos princípios conservadores, a princesa herdeira da coroa de Portugal explicou ao chefe máximo da Santa Aliança que "o bondoso e excelente rei (João VI) está totalmente imbuído dos antigos e bons princípios, e eu também, pois me foram inculcados na mais tenra infância e eu mesma amo extremamente a obediência à pátria, ao monarca e à religião".[192] A percepção de Leopoldina acerca do conflito político português seria enriquecida com um importante matiz quando, no final de janeiro de 1821, começaram a circular no Rio rumores de que o príncipe seria enviado a Portugal sem sua esposa, pois faltava a ela apenas um mês para dar à luz, e essa viagem era considerada perigosa para ela e o régio fruto de seu ventre. Posto que Leopoldina acreditava ter motivos para pensar que a separação de seu marido seria mais longa do que se dizia, ela decidiu pegar papel e pluma e redigir uma carta ao novo ministro plenipotenciário da Áustria, que havia chegado em substituição ao falecido barão de Neveu.

Esse é um documento muito útil para descobrir um aspecto do caráter da princesa real, graças ao estado de ânimo em que se encontrava nesse momento, segundo a acurada observação do cardeal Mazzarino, primeiro-ministro siciliano do rei Luís XIV da França, para quem não havia melhor forma de conhecer o verdadeiro caráter de um príncipe que o fazer se irritar, pois só então dizia a verdade.

> Caro barão von Stürmer; escrevo a vós em um momento de grande aflição [...] Neste momento, eu soube que meu marido deve embarcar dentro de poucos dias. Deus sabe que influência isso terá em meu estado atual. Posso vos garantir que meu desejo continua sendo sempre o mesmo, e que não dispensarei nenhum meio, inclusive a revolta, se for preciso, para acompanhar meu marido.
>
> Com amarga dor vejo que meus conterrâneos austríacos se comportam muito mal e, em vez de falar com zelo em meu favor em uma situação que se trata de minha felicidade doméstica e do sossego de minha alma, insistem em que eu seja deixada aqui.
>
> Tende certeza de que caso não consigais, por meio de vossa influência ou a do conde de Palmela, atrasar a partida de meu esposo ou que eu o acompanhe, atraireis sobre vós toda a minha ira e todo o meu ódio, pelo que havereis de pagar mais cedo ou mais tarde.

Parece claro que a princesa estava sob um desses ataques de fúria que costumava ter na infância e primeira juventude.

Apesar disso — ou talvez por isso —, como se tratava da filha do imperador da Áustria, o plenipotenciário austríaco foi falar com o então conde de Palmela, antigo representante lusitano no Congresso de Viena e nesse momento ministro dos Negócios Estrangeiros, que havia voltado pouco tempo antes de Portugal para organizar o desejado traslado do rei a Lisboa. O conde não teve escrúpulos de admitir perante Stürmer que, de fato, o que Leopoldina lhe havia dito era verdade e que a ideia havia sido nada menos que do monarca português. E concluiu dizendo: "Compreendo que isso seja penoso para a princesa, mas seria ainda mais se perdêssemos Portugal só para evitar que ela seja separada do marido". Terminado esse colóquio, o diplomata austríaco foi de imediato falar com Leopoldina para tentar convencê-la a se "sacrificar" e permitir uma separação momentânea de seu marido.

"Encontrei-a muito agitada", comunicou o ministro em um imediato despacho a Viena. "Ela me falou com efusão do destino que lhe preparavam e se queixou do abandono em que o príncipe a deixaria se consentisse em partir sem ela".[193] A princesa repetiu, então, que nenhuma força a impediria, caso se realizasse a partida do príncipe, de embarcar no bote mais miserável que encontrasse, fosse para se unir a Pedro, fosse para voltar a sua pátria por sua conta.

Segundo o diplomata, ela tinha certeza de que a esperava um destino similar ao da irmã Maria Luísa quando a haviam separado de Napoleão. Dada a intensidade de seus sentimentos, talvez também passasse pela mente de Leopoldina a sombra de sua tia Maria Antonieta no momento que havia sido separada de seu marido e de seus filhos, em circunstâncias verdadeiramente dramáticas.

Mas Palmela também não estava disposto a ceder. Ele não havia retornado de Portugal para voltar à Europa de mãos vazias porque uma arquiduquesa tinha medo do passado e, por isso, esquecia toda prudência política. De modo que "finalmente o Conselho de Estado decidiu que dom Pedro partisse para Lisboa".

Quando faltava apenas um mês para dar à luz, Leopoldina decidiu enfrentar diretamente o assunto da partida de Pedro com o próprio interessado. Não se sabe o que ela disse; de qualquer forma, em consequência disso, conta Palmela, "o príncipe se negou a partir imediatamente, não querendo se separar de sua mulher sequer por poucos meses". Pouco depois, soube-se no Rio que a cidade da Bahia havia aderido à revolução liberal portuguesa, ato que reafirmou a decisão do Conselho de Estado acerca da partida do príncipe.

Nesse mesmo dia Leopoldina tornou a escrever outra carta a Stürmer, "que era mais uma expressão de seu desespero que de seus próprios sentimentos". O barão levou pessoalmente a resposta: dados os acontecimentos na Bahia, o príncipe teria que partir. Leopoldina não pôde (ou não quis) recebê-lo. Segundo Stürmer, "a agitação em que ela se encontrava a havia deixado doente". Ela chorara o dia todo.

Dom Pedro se reuniu com Palmela e o diplomata austríaco para tentar convencê-los no mesmo sentido do desejo de sua esposa. Por fim, disse que jamais voltaria a Portugal se não fosse acompanhado de Leopoldina. Se assim lhes permitissem, comprometia-se a mandar de volta ao Brasil a criança que nascesse. Narra-se que, quando soube disso, João VI "manifestou muito mau humor em relação ao filho e à princesa". Ao perceber que todas as partes importantes estavam contra ela, Leopoldina, aparentemente de comum acordo com seu marido, decidiu dar sua última cartada, recorrendo à ajuda de uma pessoa que nesse momento atuava como seu secretário particular, o doutor Georg Anton von Schäffer.

Era um médico alemão especializado em obstetrícia, que, depois de ter prestado serviços ao tsar na Rússia e realizado expedições à China, voltara ao Brasil (onde estivera em 1817, ano em que Leopoldina o menciona em uma de suas cartas), trabalhando desde então para a princesa em substituição a um austríaco, chegado com a arquiduquesa, que havia morrido pouco depois de desembarcar no Rio. De qualquer forma, esse alemão de quarenta e dois anos, apesar de ter sido forjado em três continentes, deve ter ficado surpreso ao ler a carta que a princesa lhe enviou:

"Sob o maior sigilo, de modo que ninguém possa suspeitar, tende a bondade de fretar para mim uma embarcação que zarpe em breve para Portugal, visto que meu marido deve partir dentro de três dias e eu teria que permanecer aqui por tempo indeterminado. Devido a razões que não estou autorizada a divulgar e que não me permitem acompanhá-lo, sou obrigada a procurar minha salvação na fuga, legitimada pelo consentimento de meu esposo."[194]

A princesa precisava também que essa embarcação fosse, de preferência, um bom e seguro veleiro que pudesse acomodar confortavelmente uma família de seis pessoas. O secretário também tinha que arranjar uma ama de leite saudável e competente para o filho que nasceria no mar, "dessa forma, não será nem brasileiro nem português".

Enquanto isso, o barão Stürmer informava a Viena que "a senhora princesa continuava utilizando todos os meios para obrigar o rei a não deixar o príncipe partir antes de ela dar à luz. Ela mesma falava com os ministros, fez que o marido falasse com eles e se empenhou ao máximo para comover o rei. Certa manhã, chegou a se jogar três vezes a seus pés para lhe pedir que desistisse dessa decisão". Embora o velho Bragança estivesse acostumado havia anos aos gestos teatrais de sua esposa, deve ter lhe causado certo espanto que "aquele rebento da mais antiga e conservadora casa soberana do mundo", como a definiria um historiador, se inclinasse tantas vezes até tocar o chão para conseguir alguma coisa.

Fosse pelo motivo que fosse, o rei aceitou retardar a partida do filho para depois do parto de sua nora. Segundo o biógrafo mais importante da princesa, "de fato, dessa forma Leopoldina impediu a partida de dom Pedro para a Europa".[195] E, sem dúvida alguma, dessa maneira determinou seu próprio destino.

Dois dias depois de o rei tomar essa decisão, ocorreu, no Largo do Rossio, no Rio, um pronunciamento similar ao que havia acontecido na Bahia, em apoio aos eventos portugueses. Há indícios de que Pedro havia sido advertido. De fato, conta-se que um dos sacerdotes envolvidos na revolta foi antes ao palácio de São Cristóvão para tranquilizar a princesa, preocupado com que a notícia afetasse sua gravidez. Segundo Stürmer, o rei comentou que seu herdeiro estava envolvido com o conde de Arcos em um movimento para destroná-lo. Talvez levado por esse temor, dom João autorizou seu filho a parlamentar com os revoltosos. Dias depois, a princesa escreveu a seu pai para elogiar o comportamento de seu marido, que, segundo ela, havia se comportado de forma "exemplar", recebendo em troca só "dissabores".[196]

※

Em 6 de março de 1821 a princesa deu à luz um menino em um parto "muito difícil, porque meu filho só saiu sem ajuda até metade do corpo, por causa do braço direito que se encontrava na frente da cabeça", contou a Luísa.[197]

"O parteiro foi muito, muito hábil, ajudou rapidamente, não obstante delirei a noite toda. Agora estamos bem, meu filho e eu, apesar de que ele teve convulsões."

O nascimento do príncipe João Carlos "encheu de alegria a família real e todo o mundo", conforme Stürmer escreveria a Viena. Por fim havia nascido um menino, depois de três anos de espera. No dia seguinte ao nascimento do herdeiro foi promulgado um decreto que estabelecia a partida do rei a Portugal, enquanto dom Pedro ficaria no Brasil como regente. Isso era algo que Leopoldina ainda ignorava cinco dias depois, como se deduz de uma carta a seu pai nesse momento.

"Queriam me separar de meu marido, e isso por motivos particulares e maus. Se a pátria houvesse exigido, eu teria aceitado qualquer sacrifício. Agora, estou a salvo pela bondade de meu excelente sogro, podendo dar prosseguimento a meu dever de esposa e súdita e embarcar daqui a algumas semanas para retornar à Europa, pois faz tempo que Portugal precisava dessa medida."[198]

Uma semana depois já estava a par da verdade, muito desagradável para ela. Como diria o ministro da Áustria no Rio, "a senhora arquiduquesa enfrenta com preocupação a prorrogação de sua permanência aqui".

Preocupação que aumentou quando chegaram a seus ouvidos notícias de que "o rei vai para Portugal e vai levar meus dois filhos consigo. Isso é extraordinariamente difícil, pois fomos condenados a ficar por tempo indeterminado neste clima insuportável", contaria ela a Luísa. "Parece que a querida melancolia vai me atacar agora com força." Conduzida por esse estado de desespero, ela decidiu informar ao imperador da Áustria como via o panorama político brasileiro.

> Ninguém está mais bem informado que vós, querido papai, sobre a desagradável situação a que nos levou o espírito de liberdade;

meu esposo jurou a Constituição no Rio de Janeiro e o rei partirá em poucos dias para Portugal. Infelizmente, ficaremos separados de nossos filhos até que a Constituição portuguesa seja ratificada aqui, o que me causa um sofrimento indescritível.

É uma verdadeira miséria, pois o calor está me matando; mas, paciência. Se novos motivos políticos inesperados, como dizem por aqui, me obrigarem a calar minhas cartas por algum tempo, acreditai, queridíssimo papai, que meu coração e pensamentos estarão sempre convosco.

E, mesmo que eu seja obrigada, por minha posição atual de esposa e súdita portuguesa, a agir, meu coração sempre permanecerá fiel a meus antigos princípios e sentimentos.[199]

No dia 21 de abril de 1821 ocorreram distúrbios na Praça do Comércio, no Rio, protagonizados por um grupo de pessoas que se reunia ali, junto com os eleitores convocados pelo governo para proceder à escolha dos representantes que redigiriam a Constituição em Lisboa. Um decreto do dia seguinte concedeu a dom Pedro "o governo-geral e a inteira administração do Brasil".

Na madrugada de 25 de abril deu-se o embarque da família real portuguesa quase inteira, com exceção dos príncipes herdeiros. Nesse dia a rainha Carlota Joaquina fazia aniversário, e, segundo uma versão não documentada, ao embarcar no navio que a levaria de volta a sua amada Europa ela proferiu palavras ofensivas a respeito da terra e da gente que a haviam acolhido com generosidade e paciência durante os últimos nove anos. A partida da corte portuguesa preparou também a saída do barão von Stürmer; Mareschal foi promovido de secretário de legação a encarregado de negócios da Áustria, posição que lhe permitiria prestar bons serviços a "sua" arquiduquesa, salvo poucas exceções.

Leopoldina, por sua vez, sentia-se "desesperada", pois a roda da fortuna havia girado e ela achava que teria que ficar no Brasil por tempo indeterminado. Assim sendo, ela pensava que existia pouca esperança de que tornasse a ver sua querida irmã. Talvez por isso nesses dias ela lhe tenha feito uma confissão, de uma crueza difícil de encontrar na correspondência publicada de uma mulher de sua condição naqueles tempos, sobre o estado do relacionamento com seu marido:

"Começo a acreditar que somos muito mais felizes quando solteiros, pois agora tenho preocupações e dissabores que engulo em segredo, pois queixar-me seria ainda pior; infelizmente, vejo que não sou amada".[200] O que dois anos antes era uma possibilidade transformara-se em uma certeza. Uma dura prova para uma mulher que, com bastante probabilidade, havia menos de vinte dias engravidara novamente.

Afundada em uma "profunda melancolia" por conta de todos os desgostos que tinha, só a religião podia reconfortá-la, "e também a consciência tranquila de ter cumprido meus deveres à risca". Leopoldina não tinha nem sequer o consolo de praticar os passatempos que na corte de Viena haviam alegrado seus dias de adolescente e que tinham o poder de tirá-la de seus arroubos apaixonados e ataques de fúria. Como contaria a sua irmã, "no Brasil não se dança nunca, e meu esposo tem o belo costume de se divertir de qualquer maneira; os outros, porém, nunca podem rir e devem viver como eremitas, sempre cercados da polícia secreta, o que intimamente me repugna, mas me calo".[201]

Maria Teresa de Habsburgo, a Grande
(1717-1780)

Quando a bisavó de Leopoldina soube que sua filha Maria Antonieta se negava, por escrúpulos morais, a dirigir a palavra à amante do rei da França, teve que lhe pedir que deixasse o orgulho de lado. Para convencê-la, invocou a defesa dos interesses austríacos, pois a influência da amante régia poderia provocar sérios conflitos diplomáticos.

Château de Versailles, França

Maria Antonieta de Habsburgo-Lorena
(1755-1793)

Sentada na borda de uma carroça que os camponeses usavam para transportar palha, a tia-avó de Leopoldina parecia indiferente a tudo que a cercava. Como se os insultos que a multidão gritava enquanto a conduziam à guilhotina se dirigissem a outra pessoa. A conduta política de Leopoldina no Brasil, pouco antes da Independência, demonstraria que ela havia aprendido com os erros cometidos por Maria Antonieta.

Maria Teresa de Bourbon
(1772-1807)

Apesar de a mãe de Leopoldina saber, por experiência própria, que o destino das princesas reais quando se casavam era acabar quase sempre longe do local de nascimento, às vezes muito longe, ela sempre desejara ter muitas filhas. Por volta da última semana de abril de 1796 engravidou, pela quinta vez, daquela que se tornaria a primeira imperatriz do Brasil.

Château de Versailles, França

Napoleão Bonaparte
(1769-1821)

Uma semana depois do batizado de Leopoldina, a cidade italiana de Mântua foi conquistada pelos soldados da República Francesa. Essa vitória militar consolidou a carreira de Napoleão, que, apesar de ter nascido em uma das ilhas mais pobres do Mediterrâneo e ser filho de um simples advogado, iria se tornar imperador dos franceses e cunhado de Leopoldina.

Coleção Particular

Francisco II (I)
(1768-1835)

Dois meses antes de Leopoldina completar um ano de vida, seu pai firmou a paz com os herdeiros políticos dos assassinos de sua tia Maria Antonieta. Enquanto isso, a futura primeira imperatriz do Brasil crescia protegida das incertezas que as ambições de Napoleão geravam na Europa.

Maria Carolina de Habsburgo
(1752-1814)

Segundo um nobre britânico, a avó materna de Leopoldina havia dito que seu marido "dormia como um morto e suava como um porco". Talvez uma frase inventada com o fim de desprestigiar uma rainha consorte inteligente, que, com o passar do tempo, havia conseguido exercer grande influência nos assuntos de governo, pois tornara-se indispensável para seu marido "nas coisas pequenas".

Leopoldina de Habsburgo (1797-1826) e
Maria Clementina de Habsburgo (1798-1881)

Leopoldina herdou as características físicas típicas dos Habsburgo. Era loura, de pele muito branca, e tinha olhos azuis, de uma beleza que nunca perderia. Durante a infância se parecia muito com sua irmã Maria Clementina. Apesar de terem sido criadas juntas, Leopoldina quase sempre se mostrara muito crítica em relação à irmã.

Maria Ludovica de Habsburgo-Este
(1787-1816)

A primeira madrasta de Leopoldina foi testemunha de cenas nas quais essa menina um tanto mimada se deixava levar por breves, mas intensos, ataques de fúria. Depois de lhe aplicar certos corretivos, Maria Ludovica contou a seu marido que a enteada havia se tornado mais "sensata... mas precisa ser corrigida sempre com severidade".

Josefina de Beauharnais
(1763-1814)

Quando o imperador Napoleão decidiu pedir o divórcio a sua primeira esposa, com o argumento de que aos 46 anos ela já não poderia lhe dar o herdeiro que ele necessitava, a então imperatriz dos franceses protagonizou um breve episódio de ciúmes, mas, depois, aceitou uma indenização milionária e elegantemente saiu de cena.

Maria Luísa de Habsburgo
(1791-1847)

Conta-se que quando a avó materna de Leopoldina recebeu a notícia do iminente casamento de sua neta Maria Luísa com Napoleão, exclamou: "É só o que me falta, tornar-me agora avó do diabo".

Carlos de Habsburgo
(1771-1847)

Na cerimônia de casamento, por procuração, de sua irmã Maria Luísa com Napoleão, este foi representado pelo tio paterno de Leopoldina, um dos poucos militares que podia se orgulhar de ter ganhado uma batalha contra Bonaparte.

Leopold Kozeluch
(1753-1814)

Leopoldina não gostava de bajuladores. Uma vez, escreveu a sua irmã Maria Luísa para saber se era verdade o que lhe havia dito seu professor de piano: "apertando fortemente meu dedo mínimo, e quando faço uma cara triste, ele responde: 'Assim fazia eu com a imperatriz da França!'. É verdade?", perguntou.

Beethoven Haus, Bonn, Alemanha

Ludwig van Beethoven
(1770 -1827)

Quando vivia na Áustria, Leopoldina tinha gostos mais conservadores em matéria musical. De fato, uma vez contou a sua irmã Maria Luísa, divertida, que um concerto para piano de Beethoven que haviam tocado a entediara "tanto que adormeci".

Clemens von Metternich
(1773-1853)

O ministro de Assuntos Exteriores da Áustria era chamado por Leopoldina de "o querido conde de Metternich", com evidente sarcasmo, pois fazia anos que ele havia se tornado príncipe do império.

Coleção Particular

Francisco Carlos José Bonaparte
(1811-1832)

Depois de ser derrotado, Napoleão pediu a sua mulher que escrevesse ao imperador da Áustria para pedir proteção para seu filho, o chamado Rei de Roma. O menino seria educado em Viena como um príncipe austríaco, tornando-se sobrinho preferido de Leopoldina. Ela sempre o protegeria dos cortesãos que o odiavam por ser filho do "usurpador".

Conde von Neipperg
(1775- 1829)

Pouco depois de ter deixado Napoleão, seu marido, na França, a irmã mais velha de Leopoldina começou a se relacionar afetivamente com o conde de Neipperg, relacionamento que duraria até a morte deste. "O fato permaneceria desconhecido, pelo menos oficialmente, por sua família durante longos anos."

Leopoldo de Bourbon
(1790-1851)

O primeiro candidato à mão de Leopoldina foi seu tio materno, o príncipe de Salerno. Segundo ela, ele era muito gordo, falava muito alto, mexendo agitadamente as mãos, e tinha modos que ela considerava grosseiros.

Federico Augusto da Saxônia
(1797-1854)

Segundo Leopoldina, seu pai a deixou escolher entre a possibilidade de se casar com o herdeiro do rei da Saxônia ou com o príncipe do Brasil. Antes de escolher, porém, ele lhe disse que, se escolhesse o primeiro, teria que esperar dois anos, e, ainda assim, faria parte de um grupo de princesas alemãs dentre as quais o noivo escolheria sua futura mulher.

Castelo de Hofburg, Viena

Maria Carolina de Habsburgo (1801-1832)

Durante o Congresso sediado em Viena, depois da queda de Napoleão, Leopoldina "achava" que o príncipe herdeiro da Saxônia não havia gostado muito dela. Com o tempo, "o belo Fritz" acabaria se casando com Maria Carolina, irmã de Leopoldina, a quem a futura primeira imperatriz do Brasil considerava "um pouco infantil".

Carolina Augusta da Baviera
(1792-1873)

Durante a cerimônia na qual o imperador da Áustria se casou (pela terceira vez) com uma princesa alemã que tinha quase a mesma idade de suas filhas, as arquiduquesas, Leopoldina ficou analisando a aparência dos delegados portugueses chegados a Viena para pedir oficialmente sua mão para o príncipe do Brasil.

Pedro I do Brasil
(1798-1834)

Leopoldina, um tanto irônica, contou a sua irmã Luísa que passava o dia inteiro olhando o retrato de seu noivo, que a "enlouquecia" e lhe parecia "tão belo quanto Adônis [...] Eu garanto, meu muito amado dom Pedro é um homem lindíssimo e desde já me alegro muito pelos futuros dons de Deus, pois certamente serão tão encantadores quanto ele".

Carlota Joaquina de Bourbon
(1775-1830)

Antes de Leopoldina partir rumo ao Brasil, seu pai lhe aconselhou "realizar todos os desejos do marido, inclusive os menores" e procurar evitar a rainha Carlota Joaquina. A sogra era a única coisa que lhe causava "medo" em seu futuro brasileiro.

Dom João VI
(1767-1826)

No momento de seu casamento em Viena, Leopoldina ignorava que teria que permanecer muito tempo no Brasil, e que já havia anos que a diplomacia inglesa estava empenhada em convencer dom João VI a voltar à Europa. Ao que parece, esse peculiar Bragança nunca havia sido tão feliz como no Rio de Janeiro.

Maria Teresa de Bragança
(1793-1874)

A necessidade de conversar com mulheres cultas levou Leopoldina a fazer amizade com a irmã mais velha de seu marido, uma infanta que conhecia as entrelinhas da realeza e com quem podia se abrir e se sentir livre das indiscrições, sementes de muitas intrigas cortesãs.

Maria II de Portugal
(1819-1853)

No dia 4 de abril de 1819, no Rio de Janeiro, "às cinco da tarde", Leopoldina deu à luz a primeira princesa real nascida no Brasil. O parto foi longo e difícil; durou seis horas, dado que a cabeça da filha era muito grande e estava apoiada em uma perna. "Além disso, a cadeira onde dei à luz era muito grosseira", explicaria Leopoldina a Viena.

Dr. José Correia Picanço
(1745-1823)

Durante o parto da princesa Maria da Glória, segundo Leopoldina, "o cruel cirurgião" (Picanço) quase a havia "lacerado com suas lindas mãozinhas", provocando-lhe sofrimentos que a levaram a pensar que seria melhor "se livrar da carga na selva, como os animais selvagens".

Maria Isabel de Bragança
(1797-1818)

A cunhada de Leopoldina, rainha consorte da Espanha, morreu em consequência de uma cesariana feita no fim de um parto extenuante, quando os médicos achavam que ela já havia falecido. Leopoldina ficou muito impressionada com esse evento sangrento que a levaria a sentir grande apreensão cada vez que ia dar à luz, como a maioria das mulheres de qualquer condição social de sua época.

Igreja Nossa Senhora da Glória

Nem sequer o lúgubre episódio da morte da rainha Maria Isabel tirou de Leopoldina a felicidade de aproveitar sua filhinha, com quem passava "o dia todo [...] de joelhos, prestando atenção a seus mais insignificantes movimentos e necessidades. Ela é tão forte que consegue se sentar e levantar a cabeça sem ajuda". A princesinha foi batizada "com real magnificência e universal prazer de toda esta capital" na igreja onde se venerava Nossa Senhora da Glória, cujo nome a menina recebeu, sendo os padrinhos seus avós paternos.

Biblioteca Nacional, Lisboa

D. PEDRO DE SOUZA de HOLSTEIN
DUQUE DE PALMELLA.

Pedro de Sousa Holstein
(1781-1850)

O príncipe do Brasil se reuniu com o então conde de Palmela para lhe informar que jamais voltaria a Portugal sem a companhia de Leopoldina, prestes a dar à luz. Conta-se que, ao saber disso, o rei João VI "manifestou muito mau humor em relação ao filho e à princesa".

José Bonifácio de Andrada e Silva
(1763-1838)

Quando José Bonifácio desembarcou nas costas brasileiras, encontrou os cavalos descansados que Leopoldina lhe havia mandado para que fosse vê-la. Ansiosa como era, não aguardou sua chegada e foi ao encontro do homem no qual ela e seu marido depositavam sua salvação política (e a do Brasil).

Domitila de Castro
(1797-1867)

Dois dias depois de Leopoldina pedir a seu marido que voltasse com urgência para o Rio de Janeiro, dom Pedro, em seus aposentos na Rua do Ouvidor, na cidade de São Paulo, "em uma noite chuvosa, cortada de relâmpagos", teve seu primeiro encontro íntimo com Domitila. Nessa mesma hora, no Palácio da Boa Vista, Leopoldina decidia se levantar da cama, preocupada com as notícias de um possível ataque de forças portuguesas ao Rio.

Príncipe Pedro de Alcântara
(1825-1891)

"Em 9 de dezembro, o príncipe, que era de saúde robusta, foi batizado com toda a pompa na capela imperial [...] poucos dias depois do nascimento do herdeiro, nasceu outro filho de dom Pedro", com Domitila, batizado com o mesmo nome que seu meio-irmão, mas com o acréscimo de "Brasileiro".

XV

"Diga ao povo que fico"

(1821-1822)

Depois da partida de João VI, Leopoldina e seu marido haviam se mudado para o edifício principal do palácio real em São Cristóvão, anteriormente utilizado pelo rei, uma enorme construção que estava quase vazia de servidores portugueses, pois a maior parte havia voltado a sua pátria. Por força das circunstâncias, os hábitos do casal de príncipes acabaram se tornando mais austeros (em comparação com seus homólogos da Europa) do que já haviam sido até então.

"Às duas horas dom Pedro almoçava sozinho com a princesa, e em vinte minutos terminava a refeição." Até nos passeios de Leopoldina foi reduzido o número de acompanhantes; ela passou a fazê-los "geralmente sozinha, acompanhada por um viador, pois meu marido cuida dos negócios".

Sempre que lhe era permitido, ela ia com o príncipe inspecionar os diversos departamentos da administração, ou ver o estado de obras em execução. Mas com frequência passava mal, porque dom Pedro era muito afeito ao uso do chicote para castigar os que não cumpriam as tarefas como ele queria. A princesa teria gostado de "que fosse com mais ternura, porque meu coração é mais suave, mais doce".

O regente havia nomeado o conde de Arcos ministro dos Negócios Estrangeiros; Arcos, antes da chegada da corte ao Rio, havia desenvolvido um notável trabalho como vice-rei, em parte em benefício do Brasil, sendo por isso muito estimado pela princesa.

Quando, no final de maio de 1821, chegou à baía da Guanabara um corpo de militares expedicionários portugueses — sob o comando de Jorge de Avilez, antigo governador de Montevidéu — com as bases da Constituição promulgada em Portugal havia pouco tempo, a figura de Arcos se tornou comprometedora para o príncipe. Os recém-chegados suspeitavam que esse nobre português pretendia a separação do Brasil da metrópole. O aparecimento de Avilez no cenário fluminense também repercutiu negativamente na relação conjugal entre os príncipes. Segundo o barão de Mareschal, dom Pedro "ia todos os dias almoçar no quartel-general, e levava a princesa; eles almoçavam sozinhos com Jorge de Avilez e sua mulher, e o resto da oficialidade ficava perto da mesa".[202]

Para a princesa não era agradável ter que frequentar pessoas que se opunham a suas tradicionais ideias sobre política e religião. Além do mais, desde as primeiras visitas dos príncipes ao quartel espalhou-se o rumor de que o regente era amante da bela esposa de Avilez, uma lisboeta de alta estirpe oito anos mais velha que Pedro; algo que, segundo os rumores, teria ocorrido com a aprovação do marido.

Parece que Leopoldina não tinha só que fingir "que ignorava o novo desvario passional de Pedro, mas também precisava fingir que era amiga da mulher de Jorge de Avilez, passeando com ela de braços dados, conversando e rindo".[203] Com bastante probabilidade, foi a isso que se referiu em uma carta dirigida a seu pai por esses dias quando falou dos "muitos dissabores e preocupações [que] tenho suportado com paciência e firmeza, porque sei que estou cumprindo meus deveres".

Fosse por influência da mulher de Avilez, porque dom Pedro se sentia ainda mais ligado a Portugal que ao Brasil, ou simplesmente pelo efeito dissuasivo das armas dos expedicionários, antes do fim da primeira semana de junho seguinte o regente acabou prescindindo dos serviços de Arcos. Essa decisão seria muito lamentada por sua esposa, pois as ideias políticas desse velho nobre português estavam revestidas dessa moderação que eram mais de acordo com a educação conservadora recebida pela arquiduquesa, temperada por seu caráter aberto. A visão de Leopoldina da realidade, após a exoneração de Arcos, não podia ser mais crítica, como reflete outra carta enviada a seu pai nesses dias:

"Aqui tudo está uma verdadeira miséria, todos os dias há novas cenas de revolta; os verdadeiros brasileiros são cabeças boas e tranquilas; as tropas portuguesas estão animadas pelo pior espírito, e meu esposo, infelizmente, ama os novos princípios e não dá exemplo de firmeza como seria preciso".[204] As cortes portuguesas, porém, estavam convencidas de que a permanência de dom Pedro no Brasil era voluntária. Para forçá-lo a abandonar as terras americanas, em 30 de junho de 1821 votaram a favor de uma proposta que lhe retirava a dotação financeira de que gozava como herdeiro da coroa.

Curiosamente, a princesa, que até esse momento não havia deixado de cultivar o desejo de voltar à Europa e até havia pensado na possibilidade de fazê-lo de maneira clandestina e aventureira, no início de julho disse a sua irmã Luísa que era preciso "conservar" o Brasil, mesmo que fosse preciso pagar "sacrifícios pessoais"; eufemismo para dizer que devia ficar nesse país. "A Onipotência guia tudo para o bem dos homens, e o bem público deve preceder sempre o desejo privado, por mais fervoroso que seja", apontou.[205] Para quem não a conhecesse bem, essas palavras podiam parecer um pouco retóricas, especialmente na boca de uma arquiduquesa que poucos meses antes estivera prestes a se comportar como uma heroína de livro romântico, isto é, com muita paixão amorosa, mas pouco senso de responsabilidade política.

O biógrafo mais importante de Leopoldina afirma que "a comparação das datas dos ofícios de Mareschal (a Viena) e das cartas que Leopoldina dirigiu à irmã Maria Luísa sobre assuntos políticos leva à convicção de que o primeiro influenciou decididamente no julgamento da princesa real acerca da situação [...] e da política mais adequada a seguir para salvação da realeza e a conservação dos dois reinos, ou pelo menos de um dos dois".²⁰⁶ Ou seja, o Brasil.

Isso também é coerente com o fato de que o poder atingido nesse momento pelo então chanceler do império, o príncipe de Metternich, permitia a este executar uma política de dimensões verdadeiramente internacionais, na qual até mesmo um reino sul-americano muito afastado do Velho Continente tinha um papel importante em sua política europeia, de ideologia monárquica e conservadora. Um indício a favor dessa interpretação anterior encontra-se nas palavras que Leopoldina dirigiria a seu pai seis dias depois de falar a Luísa de "sacrifício": "nas condições atuais, entrego todas as minhas cartas a Mareschal, pois, infelizmente, estou sendo mal interpretada", disse ela ao chefe hierárquico da Santa Aliança. E acrescentou que esse mal-entendido lhe doía profundamente, posto que tinha "boas e sinceras intenções com relação ao bem do Brasil."²⁰⁷

Entre os brasileiros que a "compreendiam" encontrava-se um sacerdote. Um dos poucos nomes de religiosos que, além dos mencionados por motivos protocolares ou institucionais, aparecem no epistolário de uma mulher considerada muito religiosa. Tratava-se de frei Francisco de Sampaio, um culto pregador que João VI, impressionado por sua oratória ("a sereia do púlpito", como o chamavam), nomeara pregador da capela real.

É possível que a princesa ignorasse que esse eclético frade dispensava o uso de suas artes "parlamentares" em uma loja maçônica do Rio. Embora não se conheça a data exata do primeiro contato de Leopoldina com Sampaio para falar da futura independência (separação) do Brasil, é quase certo que ocorreria por mediação do discreto secretário particular de Leopoldina, o doutor Schäffer.

Esses movimentos de aproximação da princesa a setores moderados dos "patriotas brasileiros" seriam favorecidos, em breve, pelo fato de que, diferente de outras juntas governamentais surgidas no

Brasil, que se sentiam atraídas por Lisboa, a de São Paulo acabara reconhecendo a autoridade do príncipe regente. E isso graças à influência de outro homem, que, com toda a certeza, exerceria influência sobre a princesa: José Bonifácio de Andrada e Silva. De fato, em meados de julho, dom Pedro escreveu ao pai para lhe contar que Bonifácio era o homem "a quem se deve a tranquilidade atual da província de São Paulo".

Enquanto a relação conjugal de Leopoldina estava prestes a publicamente rolar morro abaixo, sua irmã Luísa pôde, por fim, depois de anos de ocultação, regularizar a sua com Neipperg, pois havia pouco tempo Napoleão falecera em seu exílio de Santa Helena. No início da segunda semana de agosto de 1821 a duquesa de Parma se casou, de forma morganática, com um militar que soubera conquistá-la com sua discrição e força de caráter. Aparentemente, Leopoldina nunca chegaria a saber dessa notícia.

Para festejar no Rio o primeiro aniversário da Revolução Constitucionalista do Porto, na noite de 21 de agosto de 1821 houve um grande baile oferecido pelos oficiais portugueses em permanência na cidade, evento ao qual Pedro e Leopoldina deram a honra de sua presença até as seis da madrugada. Dizem que o regente passou a maior parte do tempo fazendo a corte à mulher de Avilez, enquanto a princesa não teve mais remédio que oferecer seus melhores sorrisos. Quase um mês depois, as cortes portuguesas reunidas em Lisboa decretaram uma nova forma de administração monárquica, que, de fato, deixava o Brasil sob a dependência direta da metrópole, como antes da chegada da corte ao Rio.

Desaparecia, assim, de fato, o reino do Brasil. Além do mais, ordenava-se ao príncipe que voltasse a Portugal. Logo, "acompanhado por pessoas dotadas de luzes, virtudes e adesão ao sistema constitucional, [ele] deveria viajar por alguns países europeus regidos por Constituições liberais a fim de obter os conhecimentos necessários para, um dia, ocupar dignamente o trono português". Enquanto isso, vários personagens do círculo mais íntimo de dom Pedro instavam-no a que procedesse à separação do Brasil e se declarasse imperador. Mas ele ainda se sentia unido a sua terra natal.

No entanto, Leopoldina, para salvar o Brasil, deixando subentendida, com isso, sua forma monárquica de governo, induzida sutilmente por Mareschal havia começado a se afastar da opinião de seu esposo, cujo "caráter é extremamente exaltado", diria a princesa. "Em consequência de muitos gestos inoportunos, duros e injustos, ele tende a todas as inovações, sendo-lhe grato tudo que signifique liberdade."

Em 9 de dezembro de 1821 chegaram ao Rio de Janeiro as decisões tomadas nas cortes, que determinavam, entre outras coisas, a volta de dom Pedro à Europa. Segundo um general do séquito do regente, "o príncipe recebeu com o maior entusiasmo" o decreto. Fosse isso verdade ou simulação política, o fato é que "todos os dias estava a bordo do navio que o devia conduzir para lá, e em todo lugar manifestava os maiores desejos de que chegasse a hora". Comportamento oposto ao de sua mulher, já que, "depois da chegada das ordens de que seu marido voltasse, Leopoldina tentou, usando a tática dos patriotas, retardar a partida dele. Para isso, começava a alegar de repente seu avançado estado de gravidez e que não podia dar à luz no navio". Foi o contrário do que havia feito apenas um ano e meio antes, quando estava prestes a dar à luz. "Chorava, implorava, fingia inquietude por causa da longa viagem e solicitava que se comunicasse às cortes que a partida seria adiada em vista de seu estado."[208]

Em uma carta dirigida a seu secretário, sem data, mas que provavelmente foi escrita depois de 24 de dezembro, ela comentava que havia ficado "muito surpresa quando, ontem à noite, de repente vi meu esposo aparecer [...] está mais bem disposto em relação aos brasileiros do que eu esperava, mas não tão positivamente quanto eu desejaria. Dizem que as tropas portuguesas nos obrigarão a partir. Tudo estaria perdido, então, e é absolutamente necessário impedi-lo".[209]

Em 8 de janeiro de 1822 a princesa escreveu outra carta ao doutor Schäffer para dizer que "o príncipe está decidido, mas não tanto quanto eu desejaria. Os ministros serão trocados, e colocados em seu lugar naturais sensatos do país". O governo seria administrado de um modo análogo ao dos Estados Unidos de América do Norte. Curiosamente, um país dotado de uma Constituição liberal moderada sobre o qual ela havia pedido um anuário estatístico ao marquês de Marialva quase dois anos antes.

Quanto à frase de Leopoldina a seu secretário: "muito me custou alcançar tudo isso, só desejaria insuflar uma decisão mais firme", uma das interpretações foi que ela era quem tinha a vontade mais decidida e firme do casal nesse sentido. Não parece casual, portanto, que no dia seguinte à redação dessa carta, ou seja, 9 de janeiro, o príncipe acabasse declarando a famosa frase: "Se é para o bem de todos e felicidade geral da nação, estou pronto. Diga ao povo que fico!".

A forma como Leopoldina e seu marido responderiam aos acontecimentos imediatamente posteriores faz pensar que nesse período estavam muito compenetrados, velando um pelo interesse do outro. Algo que ficaria evidente quando o general Avilez, ao saber das palavras do príncipe, se manifestou a favor de embarcar o regente e sua família à força. A ruptura desse militar com dom Pedro implicava, naturalmente, a interrupção da suposta relação que este tinha com a esposa daquele, algo que não poderia deixar de alegrar a princesa. Leopoldina não hesitou em ir, de braços dados com seu marido, a uma apresentação de ópera celebrada na noite de 11 de janeiro, para festejar a decisão de permanecer no Brasil, apesar do perigo que isso implicava para ambos. De fato, assim que o casal de príncipes chegou ao teatro, correu o rumor de que seriam sequestrados na saída, conduzidos até a fazenda de Santa Cruz e dali embarcados rumo à Europa.

Segundo uma futura amiga de Leopoldina, o príncipe "pretendia permanecer onde estava até que acabasse a ópera, e a princesa resolveu ficar com ele. Então, ela avançou e deu a mesma impressão de segurança ao povo, que, detectando sua firmeza (que sua condição de mulher em gravidez bem avançada revestia de grande valentia), mostrou sua satisfação e soltou um grito que pareceu sacudir o edifício. A seguir, o espetáculo continuou, e quando se fecharam as cortinas a princesa foi conduzida escoltada do camarote real até a quinta de São Cristóvão em uma carruagem preparada para ela".[210]

Segundo um despacho de Mareschal, a arquiduquesa mostrou nessa ocasião "a coragem e o sangue-frio que em sua família são virtudes hereditárias" — observação que mostra que o representante austríaco ainda aprovava o comportamento dela.

Às três da madrugada, acompanhada de seus filhos e sem nenhuma dama da corte (pelo menos de acordo com uma versão), ela abandonou o palácio da Boa Vista e se dirigiu à fazenda de Santa Cruz, onde chegou cerca das três da tarde do dia seguinte, depois de passar as cinco últimas horas do trajeto sob o intenso calor do verão, coisa que afetou a delicada saúde do pequeno e doentio príncipe herdeiro. Conta Mareschal que a princesa permaneceria na antiga fazenda dos jesuítas uma semana, em "um indecente abandono", carente de qualquer tipo de assistentes da corte, pois, por medo do que poderia acontecer, a maioria havia desertado.

Um dia dessa semana, exatamente 16 de janeiro, Pedro nomeou um novo gabinete de governo, cuja personalidade mais importante era José Bonifácio, a quem foram reservadas as três pastas de maior prestígio: ministérios do Reino, Negócios Estrangeiros e Justiça. Seu irmão Martim Francisco também receberia importantes responsabilidades. Enquanto isso, em Santa Cruz, segundo testemunho de um militar do séquito dos irmãos Andrada, a princesa esperava a chegada de Bonifácio "como um bem geral".

Segundo a versão oficial, quando ele desembarcou, em 17 de janeiro, perto da fazenda onde estava Leopoldina, encontrou os cavalos descansados que ela lhe havia enviado para que fosse vê-la. Ansiosa como era, a princesa não aguardou sua chegada e foi ao encontro do homem no qual o casal principesco depositava sua salvação política (e a do Brasil). Na metade do caminho, as carruagens do brasileiro ilustrado — que havia estudado em prestigiosas universidades europeias e apurado sua cultura em várias academias científicas do Velho Continente — e da filha dos muito católicos e politicamente pouco liberais Habsburgo encontraram-se, e os dois começaram a falar de política.

De acordo com as versões de testemunhas, dizem que falaram em francês, outros em alemão. De qualquer forma, todos concordam que foi a princesa quem comunicou a Bonifácio a notícia de sua nomeação como ministro, e que, em um primeiro momento, ele não a queria aceitar. Então, ela lançou mão de todo o encanto de que podia ser capaz uma arquiduquesa da Áustria digna de seu título para convencê-lo, e por fim conseguiu, embora de forma condicionada à concessão de certas garantias por parte do príncipe.

Segundo a opinião de um historiador,

> a perfeita identificação [de Leopoldina] com seu marido [...] e a influência da cativante inteligência do velho Andrada fizeram que aquela filha da mais antiga e conservadora Casa soberana do mundo se livrasse dos modelos impostos pela formação e percebesse a relevância do papel oferecido ao jovem regente [...] Em sua mocidade, a jovem arquiduquesa havia dado demonstrações de que sabia se desprender das contingências pessoais e aprender a essência dos problemas.
> A concepção de um Estado germânico, ordenando juridicamente a nação alemã acima da construção dinástica vigente naquele

momento, parece ter tido nela uma receptividade que surpreende pelas limitações com que ela foi educada e que certamente escandalizaria o teórico da Santa Aliança.[211]

Em 19 de janeiro de 1821 Leopoldina voltou ao Rio com seus filhos. O estado de saúde do herdeiro havia piorado. Segundo a futura amiga da princesa, isso foi "consequência da conduta sem razão da ama a cujo cargo o menino foi mandado, junto com as princesas e suas damas, de São Cristóvão para Santa Cruz".[212]

Em 21 de janeiro, José Bonifácio ordenou ao desembargador do palácio que não distribuísse mais as leis chegadas de Portugal sem antes submetê-las ao príncipe regente. No dia 22, durante a cerimônia realizada para festejar o aniversário da princesa, que nesse dia completava 25 anos, um grupo de oficiais portugueses que havia aparecido no palácio para o beija-mão não foi admitido em sua presença.

Em 4 de fevereiro deu-se a morte de dom João Carlos, príncipe da Beira. No mesmo dia, Leopoldina escreveu a seu sogro e disse que o neto havia morrido depois de uma doença de dezesseis dias, ou seja, iniciada na data de saída de Santa Cruz para o Rio. O principezinho teve um funeral de grande gala, no qual foi vetado o luto, pois sua pouca idade, do ponto de vista das crenças religiosas de seus pais, garantia sua inocência. A dor que a princesa sentiu pela perda do filho, que mais tarde transmitiu a seus familiares, não a fez esquecer a urgência política e a necessidade de agir com rapidez e determinação.

Uma correspondência de 9 de fevereiro a Schäffer prova que, a essa altura, ela já tinha uma relação direta com frei Sampaio. Nessa carta ela diz ao secretário que se esse frade "deseja beijar minha mão, que venha amanhã à tarde à Quinta da Joana; trata de lhe comunicar isso com urgência". A esse respeito, foi dito que, "como redator de jornal, ele foi um dos religiosos que mais ativamente agiu no Rio de Janeiro na defesa da Independência, tendo sido bastante próximo do então ministro José Bonifácio de Andrada e Silva".[213]

No dia seguinte ao encontro da princesa com o frade, dom Pedro ordenou que o corpo expedicionário português embarcasse e rumasse para a Europa. Quase um mês depois, Leopoldina escreveu a sua irmã Luísa para dizer que "ainda não consigo me recuperar e estou totalmente inconsolável". A morte do filho a afetara tanto que, conta-se, "ela passava noites inteiras sem dormir". Mas também se mostrava muito afetada pela agitação política que via a seu redor.

"Sou extraordinariamente pessimista quanto ao futuro por causa do mau espírito que reina por toda parte. No que diz respeito a minha pessoa, estou tranquila [...] Aconteça o que acontecer, permaneceremos na América. Desde a mais tenra juventude aprendi a me conformar com tudo, por mais amargo que pareça [...] e como já tomei uma vez a resolução de ficar no Brasil, renunciando a tornar a ver caros amigos e pátria, é melhor não abrir essa ferida tão dolorosa."

Às duas da madrugada do dia 11 de março de 1822 a princesa começou a sentir as dores do parto. Às três e meia chamaram o médico. Às cinco, enquanto caminhava por uma sala do palácio para se acalmar, de braço dado com o marido, de repente segurou-se no pescoço de Pedro e sua bolsa estourou, dando à luz ali em pé, como o próprio príncipe escreveria a seu pai.[214] Às cinco e meia estava tudo acabado. Ela dera à luz outra menina, que receberia no batismo o nome de Januária. A cidade foi avisada do acontecimento com salvas de canhões.

Mas a felicidade pelo nascimento da "infanta" (como foi apresentada, à maneira ibérica) não durou muitos dias no palácio. As notícias que chegavam das províncias falavam de tentativas separatistas em Minas Gerais.

Em 25 de março, acompanhado de quatro homens de sua confiança, o príncipe deixou a capital rumo ao sul, em uma tentativa de apaziguar os descontentes. Antes de partir, Leopoldina havia sido designada sua representante, ao passo que Bonifácio devia cuidar dos assuntos de governo. Muito apreensiva, talvez devido ao parto recente, a princesa logo começou a sentir a falta de notícias do marido. Até escreveu a Bonifácio, queixando-se de não ter notícias do príncipe além das de seu tropeiro.

Não podendo aguentar mais, em 9 de abril ela escreveu diretamente a Pedro: "Se eu fosse vingativa, não escreveria, tendo muitos motivos com os quais me afligir. Já bastava a separação [...] não era preciso o desgosto de não ter notícias suas". Talvez nesse mesmo dia, ou no seguinte, Leopoldina recebeu as ansiadas notícias do príncipe, de Vila Rica, e com certeza no dia 10 ela escreveu outra carta confessando que se sentia "inconsolável por estar separada" dele e assinou definindo-se como uma mulher "que o ama ao extremo".

Pedro voltou ao Rio no dia 25 de abril. Sua chegada, e o fato de que durante sua viagem havia posto freio nas tentativas separatistas do sul, foram festejados nos três dias seguintes. Na noite do dia 27, às 21 horas, o príncipe e a princesa apareceram de surpresa no Teatro São João. Os espantados espectadores não esperavam sua chegada, e lançaram "aclamações unânimes" a favor de Pedro como defensor da liberdade.

O respaldo de Leopoldina a esse valor político, que ela uma vez havia associado à palavra "fantasma", era, sem dúvida, mais matizado que o do marido, como mostra uma carta que ela escreveu a Marialva quase duas semanas depois desse ato:

"É uma verdadeira sorte que tenha sido decidida nossa permanência no Brasil", dizia. "Segundo meu modo de ver, e pensando em política, esse é o único meio de evitar a queda total da monarquia portuguesa [...] podeis ter certeza de que nós, brasileiros, nunca seremos capazes de sofrer as extravagâncias da Pátria Mãe e que percorreremos sempre o caminho da honra e da felicidade."[215] Leopoldina teria gostado de "um compromisso entre as ideias modernas e as antigas, uma síntese como a que buscava José Bonifácio, com cujas ideias políticas ela estava de acordo".[216]

Como o principal ministro de seu marido, a princesa estava preocupada com a influência que a maçonaria exercia sobre o príncipe. Era por todos sabido que o Grande Oriente era contrário ao ministro paulista. Para evitar que a influência chegasse de onde não desejava, Bonifácio, possivelmente de acordo com a princesa, decidiu fundar uma espécie de loja maçônica chamada "Apostolado da Nobre Ordem dos Cavaleiros da Santa Cruz", de modo de satisfazer, por sua vez, os desejos de dom Pedro.[217]

XVI

"As afinidades eletivas"

(1822)

*N*o início do verão de 1822 a princesa estava "de novo em estado interessante," o que lhe era "muito inoportuno nesta época".[218] De qualquer maneira, desejava que chegasse um menino, "que me consolará, dentro do possível, pela perda de meu bem-amado primeiro filho".[219]

Enquanto isso, ela começava a se interessar pela educação de Maria da Glória. Recém-completados os três anos, a pequena princesa "já começa a falar francês, apesar dos obstáculos que põem em meu caminho", contava a Luísa. É provável que se referisse à oposição dos acólitos de seu marido a que o professor dessa matéria fosse o padre Boiret, o ex-jesuíta francês que havia sido um dos seus professores e que não gozava de boa reputação na corte, por "suas maneiras e moralidade".

As origens francesas do escolhido seriam para a princesa garantia intelectual suficiente, já que ela achava que no Brasil reinava "uma verdadeira miséria no campo da educação", como comentou com sua irmã. "Porém, já melhorou um pouco em relação ao passado, quando as pessoas com opiniões esclarecidas eram consideradas hereges."[220] Em certa medida, se as coisas nesse campo haviam mudado para melhor, embora para Leopoldina fosse difícil reconhecer, isso havia sido possível, em parte, graças à batalha contra o obscurantismo promovida pela maçonaria, instituição da qual dom Pedro passou a fazer parte na noite entre 2 e 3 de agosto, sendo proclamado grão-mestre do Grande Oriente.

Essa decisão certamente não agradaria sua esposa, educada no catolicismo tradicional, por mais que sua avó Maria Carolina houvesse flertado politicamente com alguns nobres maçons antes da Revolução Napolitana. Contudo, os temores de Leopoldina a respeito dessa influência tinham fundamento de seu ponto de vista, pois nesse momento circulavam rumores sobre um possível ataque armado ao Brasil por parte de portugueses constitucionalistas pertencentes a lojas maçônicas situadas na Pátria Mãe. Mas não se tratava só de que tivesse ideias opostas às deles; seus interesses também eram contrapostos.

Em uma carta sem data, mas que pode ser situada depois da volta de Pedro de Minas, a princesa dizia a esse monarquista moderado que era José Bonifácio que "ainda há muitas pessoas que acreditam na união do Brasil com Portugal, e que só assim podem ser felizes". Leopoldina já havia falado com seu marido sobre a necessidade de o Brasil se separar da Pátria Mãe. E parece que não sem certa "insistência".[221] Influenciada talvez por Bonifácio, Leopoldina decidiu escrever uma carta a seu pai para expor suas ideias sobre essa separação, de modo a ir preparando o terreno.

> Não obstante vós tenhais proibido meu coração e minha mente, amantes da verdade, de falar abertamente, não posso deixar de tentar minha sorte desta vez.
> De acordo com todas as notícias seguras da desleal Pátria Mãe europeia, só é possível concluir que Sua Majestade o rei está sendo mantido pelas cortes em prisão gentilmente disfarçada.
> Nossa partida para a Europa se torna impossível, visto que o nobre espírito do povo brasileiro vem se manifestando por todas as maneiras. Seria uma grande ingratidão e o mais vulgar erro político

se não mantivéssemos o empenho de permanecer e fomentar a liberdade razoável e a consciência da força e grandeza desse belo e florescente império.²²²

Apesar de em várias oportunidades a princesa ter manifestado que não se interessava por política, e até na juventude ter confessado "odiar" essa palavra, parecia estar demonstrando o contrário ao enviar essa declaração audaz, insinuando certo grau de separação do Brasil da "Pátria Mãe", e fazendo referência, pela primeira vez de forma escrita, à existência "desse belo e florescente império" brasileiro a ninguém menos que o Chefe Supremo da Santa Aliança.

Posto que continuavam em São Paulo as rixas entre os partidários dos Andrada e seus opositores — coisa que, segundo os primeiros, podia levar a uma guerra civil —, Bonifácio convenceu dom Pedro a ir a essa cidade para "apaziguá-la", como havia feito com Minas.

De acordo com uma carta posterior de Leopoldina, é possível que ela tenha manifestado o desejo de acompanhar seu marido nessa viagem, mas para que permanecesse no Rio alegaram como razão sua gravidez. Temos a impressão de que a princesa não queria que seu marido partisse sem ela, e que o príncipe, ao contrário, não queria, nessas circunstâncias, que sua esposa o acompanhasse.

Em 13 de agosto de 1822 dom Pedro firmou um decreto que dizia: "Tendo que me ausentar desta capital por uma semana para ir visitar a província de São Paulo", deixava os negócios de governo "sob a presidência da princesa real do Reino Unido, minha muito amada e apreciada esposa".

Segundo um despacho de Mareschal a Viena, Leopoldina sabia, porém, que Pedro ficaria fora do Rio quase dois meses, e isso a deixava inquieta. De qualquer forma, Pedro partiu no dia seguinte "para restabelecer a paz em São Paulo", e sua mulher teve que fazer o "maior sacrifício" desistindo de uma viagem "encantada" para cuidar dos negócios de Estado durante sua ausência, pois assim requeriam o "repouso e o bem públicos", segundo contou ela a Marialva.²²³ No mesmo dia em que escreveu ao marquês, a princesa compareceu à festa da Glória, onde escutou um sermão de frei Sampaio, que a impressionou tanto que mais tarde ela o contaria a seu marido, talvez por sugestão de Bonifácio, homem de quem ela havia se declarado "ama e amiga" nesses dias.

De fato, "dos recados dirigidos por Leopoldina a Bonifácio durante a viagem de seu marido a São Paulo, vê-se não só a colaboração com esse ministro de ideias monárquicas e liberalismo moderado, mas também a identificação dela com a ideia do Brasil relativamente independente" e sua opinião de que a "pequena Pátria Mãe" estava dominada por liberais radicais. Suas cartas desse período também mostram que não compartilhava o rígido absolutismo de Metternich. Talvez nisso existisse uma distante e sutil influência de sua irmã Luísa. De fato, uma vez a duquesa de Parma havia dito que o imperador Francisco I da Áustria tinha opiniões de uma severidade que ela não compartilhava, motivo pelo qual um primo chegaria a qualificá-la de "a presidentíssima da República de Parma".²²⁴

Dava-se, pois, o paradoxo de que essas duas mulheres, educadas no mais conservador absolutismo durante a adolescência e que durante a juventude haviam recebido a influência da imperatriz Maria Ludovica de Habsburgo-Este, defensora fervorosa do Antigo Regime, chegadas à vida de adultas e mães, ao ter que enfrentar certas responsabilidades políticas inclinavam-se mais pelas ideias "moderadas". Contudo, embora Leopoldina se dedicasse aos assuntos práticos da *res publica* com responsabilidade, notava que não tinha alguns dos requisitos básicos para essa atividade. Depois de um despacho de mais de seis horas, ela escreveu ao marido que isso a havia deixado tão cansada, "como se houvesse ido do Rio a São Paulo a cavalo".²²⁵ Leopoldina não se gabava de dotes intelectuais que não julgava possuir (alguns anos antes, a condessa de Kuenburg havia insinuado o contrário). Pelo menos não mais em 1822, a ponto de ter dito a Pedro que "Deus queira que voltasses em breve, meu gênio não é para tudo isso".

A princesa estava muito inquieta porque, desde sua partida, Pedro não lhe havia escrito. "Sendo privada de notícias suas, que é muito custoso a meu coração, acho meu dever e único meio de aliviar as minhas saudades escrever-lhe." Como três dias depois de expressar isso continuava sem receber carta de Pedro, o tom da seguinte mensagem seria bastante diferente:

"Confesso-lhe que tenho já muita pouca vontade de escrever-lhe, não sendo merecedor de tantas finezas; há oito dias que me tescio [sic], e ainda não tenho nenhuma regra sua; ordinariamente, quando se ama com ternura uma persona, sempre se acham momentos e ocasiões de provar-lhe a sua amizade e amor."[226]

Durante os mesmos dias em que apelava aos sentimentos finos de seu esposo — muito capaz de tê-los quando lhe apetecia —, Leopoldina recebeu uma delegação de mulheres baianas que lhe entregaram uma mensagem de felicitação pelo papel que estava cumprindo em favor do Brasil ao lado do marido. Por esse motivo, foram lhe oferecer seu coração, "única oblação que está ao alcance de nosso sexo [sic]". A carência de notícias de Pedro acabou antes de passar uma semana da perda de paciência de Leopoldina por esse mesmo motivo, o que a levou a lhe escrever para se desculpar: [sic] "Perdoe mil vezes que eu ralhei na minha carta [do dia 22], mas deve ser-lhe prova d'amizade de ser muito triste de ter [?] faltar notícias suas; agora estou contentíssima com suas regras [...]. ".

A seguir, comunicou-lhe que haviam chegado três navios de Lisboa com a notícia da exigência das cortes de que Pedro voltasse a Portugal. Enviando-lhe mil abraços com expressões do mais doce amor e amizade, Leopoldina concluía assinando: [sic] "Desta sua Esposa q o ama ao estremo".[227] Ironia do destino, no mesmo dia em que a princesa fazia a seu esposo uma declaração de amor que não parecia retórica, e talvez fosse motivada pelo fato de atravessar uma etapa da gravidez na qual se sentia ligada a seu marido — ou pelo menos tinha necessidade dele —, Pedro conheceu uma mulher por quem se apaixonaria perdidamente. Coisa que para Leopoldina implicaria o fracasso de sua relação conjugal com o marido, pelo menos nos termos do "sagrado vínculo do casamento" tal como ela o entendia.

Quanto à data e às circunstâncias exatas do encontro de Pedro com Domitila de Castro não há acordo entre os historiadores. Segundo palavras do próprio dom Pedro, ocorreu na noite de 28 de agosto de 1822, provavelmente quando ele visitou "a chácara dos ingleses, no bairro da Glória", onde morava o alferes Chico de Castro, irmão de Domitila, um dos assistentes do príncipe. Essa mulher era coetânea da princesa, filha de um coronel reformado que um ano antes havia sido nomeado inspetor de reparos de caminhos da cidade de São Paulo, proprietário de "uma casa encravada em pastaria, situada além do Ipiranga, na estrada de Santos".

"Descrita pelos contemporâneos como pessoa de gênio altivo e arrogante", talvez porque havia crescido muito segura de si como a mais nova de oito irmãos, desde muito jovem Domitila havia se transformado em uma beleza não muito refinada, segundo alguns, mas sem dúvida capaz de exercer uma poderosa atração sobre os homens.

É provável que para conhecer Pedro ela tenha apelado a seu irmão Francisco. "Um dos não raros exemplos de como indivíduos de caráter duvidoso conseguiram conquistar com a maior facilidade a confiança" de dom Pedro.[228] Tudo isso com a aparente finalidade de que o príncipe a ajudasse a resolver um problema judicial.

Aos quinze anos, Domitila havia sido casada com um "moço fidalgo da casa real", do qual havia se separado, conservando consigo os três filhos nascidos dessa união. Por intervenção do marido, que a havia denunciado por infidelidade, as autoridades judiciais do Rio lhe haviam exigido que os entregasse a ele. O processo vinha se arrastando, com diversas contestações, havia três anos. As crianças, de qualquer maneira, continuavam com ela, que havia se manifestado disposta a fazer qualquer coisa para mantê-las. No mesmo dia em que, supostamente, essa mãe leoa lançaria mão de toda a sua capacidade de sedução para obter um fim que não carecia de certo "sentido e sensibilidade", Leopoldina escreveu a seu marido:

"É preciso que volte com a maior brevidade, esteja persuadido que não é o Amor, Amizade que me faz desejar, mais que nunca sua pronta presença, mas sim as circunstâncias em que se acha o amado Brasil [...] entraram na Bahia seiscentos homens e duas ou três embarcações de guerra e *nossa esquadra traidora* ficou de boca aberta olhando para eles. Na cidade do Rio essa notícia causou o maior alvoroço". Para reforçar esse pedido, nesse mesmo dia a regente escreveu a Bonifácio e lhe solicitou que ele também se dirigisse a Pedro para dizer que voltasse, já que "ele poderia pensar que estou exagerando o estado das coisas por amizade, amor e ternura".

Dois dias depois de a esposa lhe solicitar que voltasse com urgência, o regente, em seus aposentos na rua do Ouvidor, na cidade de São Paulo, às 22 horas, "em uma noite chuvosa, cortada de relâmpagos", teve seu primeiro encontro íntimo com Domitila.[229] Por volta dessa mesma hora, no palácio da Boa Vista, a princesa Leopoldina decidia se levantar da cama não tanto porque seu ventre — muito volumoso apesar de estar apenas no quinto mês de gravidez — a incomodasse para dormir, mas pela preocupação que lhe causavam as notícias chegadas de Lisboa sobre a ameaça de que as tropas portuguesas atacassem o Rio antes da volta de seu marido.

A situação era tão perigosa que, sem esperar a chegada da resposta de Pedro, em 2 de setembro, às 11 da manhã, o Conselho de Estado se reuniu, sob a presidência de Leopoldina. Durante a reunião do Conselho de Estado, Bonifácio "propôs que se escrevesse ao senhor dom Pedro para que Sua Alteza proclamasse a independência (separação) do Brasil sem perda de tempo. Todos os ministros eram unânimes com relação a essa ideia. A princesa real, que estava muito entusiasmada pela causa do Brasil, sancionou com muito prazer a deliberação do Conselho".[230]

Enquanto uma carta era redigida, a princesa começou a escrever outra, também destinada a seu marido. Uma vez concluída, segundo um dos presentes, quis a regente que fosse lida por um dos conselheiros. Surpreso com a "sagacidade" das observações da princesa, mais tarde o conselheiro a comentou com Bonifácio, que teria lhe respondido: "Meu amigo, ela deveria ser ele!". Dom Pedro passou a ler essas missivas no dia 7 de setembro, por volta das quatro e meia da tarde, quando estava muito perto do riacho do Ipiranga, onde havia acabado de sofrer um forte ataque de disenteria.

Junto com essas duas, o regente recebeu mais duas: uma de João VI, que lhe aconselhava obedecer à lei portuguesa, e a segunda do cônsul-geral da Grã-Bretanha, que informava a Pedro que em Portugal se falava de deserdá-lo em favor do infante dom Miguel. Era uma medida extrema que, ao que parece, contava com o aval de ninguém menos que Metternich, o "querido conde" de Leopoldina. O "comissário de entrega" da arquiduquesa tentava, assim, opor-se ao governo "liberal" das cortes portuguesas, de acordo com um plano no qual Carlota Joaquina estaria envolvida. Essa espanhola era uma rainha consorte que sempre havia tentado obter poder e não se contentara com influenciar, forma de "poder brando" que a tradição concedia às esposas dos titulares e herdeiros da coroa. Caso contrário ao de Leopoldina, e por isso invocado na carta de Bonifácio que Pedro leria na tarde de 7 de setembro antes de ler a da princesa:

"Senhor, ninguém mais que vossa esposa deseja vossa felicidade, e ela vos diz em carta que com esta será entregue que Vossa Alteza deve ficar e fazer a felicidade do povo brasileiro, que vos deseja como seu soberano."

Da missiva que a princesa escreveu a Pedro em 2 de setembro conserva-se uma cópia. Afirma-se que o original, apesar de ser de seu punho e letra, poderia ter sido revisado (como insinuou a citada testemunha), pois a cópia está isenta dos típicos erros de ortografia e sintaxe das cartas que Leopoldina escrevia em português. De qualquer forma, quem ler o epistolário da princesa desde sua chegada ao Brasil reconhecerá que a essência da mensagem desse documento corresponde à autoria intelectual de uma mulher "conhecedora dos gestos temperamentais do esposo", que nessa missiva "atingiu-o habilmente em seu ponto vulnerável".[231]

E talvez tenha feito isso exercendo "a sensibilidade e liberdade própria das mulheres" às quais ela havia se referido em uma carta a Luísa alguns anos antes. Características femininas aludidas também pela delegação de damas baianas que ela havia recebido dias antes, ao dizer que o coração das mulheres era a "única oblação que a natureza pôs ao alcance de nosso sexo [sic]".

De qualquer forma, a regente também poria muito de seu cérebro na escrita:

> Pedro, o Brasil está como um vulcão. Até no paço há revolucionários. Até portugueses revolucionários [...] As cortes portuguesas ordenam vossa partida imediatamente; ameaçam-vos e humilham-vos. O Conselho de Estado vos aconselha a ficar. Meu coração de mulher e de esposa prevê desgraças se partirmos agora para Lisboa. Sabemos bem o que tem sofrido nosso país. O rei e a rainha de Portugal não são mais reis, não governam mais, são governados pelo despotismo das cortes que perseguem e humilham os soberanos a quem devem respeito [...]
> O Brasil será em vossas mãos um grande país. O Brasil vos quer para seu monarca. Com vosso apoio ou sem vosso apoio, ele fará sua separação. O pomo está maduro, colhei-o já, senão apodrecerá [...] Já dissestes aqui o que ireis fazer em São Paulo. Fazei, pois.[232]

Depois de ler as considerações de sua esposa, que tocariam as profundezas do orgulho masculino e dinástico de dom Pedro, não é de surpreender muito que ele tenha se voltado para seu assistente, e segundo a tradição (baseada na declaração de uma testemunha), tenha dito:

"Dize à guarda que acabo de fazer a independência completa do Brasil. Estamos separados de Portugal!"

Sem dúvida alguma, tratava-se de outro importante momento histórico, que, como já havia dito Maria Carolina de Nápoles, havia se realizado com a importante contribuição da consorte de quem o havia levado a cabo. Naquela mesma tarde Pedro voltou a São Paulo, onde permaneceu dois dias, apesar de que as notícias chegadas do Rio eram suficientemente preocupantes para justificar sua volta imediata. Quatro dias depois, como ele ainda não havia voltado à capital, Leopoldina lhe escreveu outra carta, em um tom muito diferente das anteriores:

[sic] "O estado das cosas no he nada bonito e eu ja nao estou para soffrer Marotteiras, aos quais só Vesme. co medidas enérgicas poder remediar".[233]

Nesse mesmo dia, um despacho do Conselho definiu que se mandasse chamar lorde Cochrane — um britânico que havia participado das lutas da independência das colônias espanholas a favor dos hispano-americanos —, encomendando-lhe a defesa do porto do Rio. Pedro chegou no dia seguinte à redação da carta irritada de Leopoldina. Muito feliz com a volta de seu marido, ela esqueceu o estado de ânimo negativo para com ele. O rancor não fazia parte de seus defeitos. Sua alegria e disponibilidade, segundo contam, eram evidentes a todos que tivessem acesso a ela.

Em algum momento desse dia, segundo um colaborador de Bonifácio, a princesa se dirigiu a esse ministro, e, tratando-o com a "alta benevolência com a qual ela sabia agradar os súditos que se distinguiam", entregou-lhe um laço de seda verde — cor tradicional da Casa de Bragança, que dom Pedro havia escolhido como sinal da independência —, dizendo que o havia tirado das fitas de seu travesseiro porque já haviam acabado todas as outras.[234] Dias depois, acompanhou seu marido ao Teatro São João, ostentando em seus braços o lema "Independência ou Morte". Ao entrar no camarote, todos os presentes começaram a agitar seus lenços e aplaudir os príncipes, e a seguir começaram as notas do Hino da Independência, composto por dom Pedro.

No dia 22 de setembro, "para festejar a escolha dos deputados da província do Rio de Janeiro para a Assembleia Constituinte, dom Pedro voltou ao teatro com sua esposa, onde ambos foram aclamados pela primeira vez como imperador e imperatriz".[235]

Em 12 de outubro, por volta das dez da manhã, o príncipe, que nesse dia completava 24 anos, sua esposa e a princesa Maria da Glória saíram de carruagem aberta da quinta de São Cristóvão e se dirigiram ao centro da cidade, precedidos pela nova guarda imperial e por três cavalariços: um índio, um mulato e um negro, com os quais queriam representar a unidade das raças que compunham o novo império.

Ao chegar ao então denominado Campo de Santana, a partir desse momento Praça da Aclamação, as três figuras mais importantes do novo império, do ponto de vista hierárquico, desceram e se colocaram na sacada do palacete que havia sido erigido para a aclamação de dom João VI. Dali começaram a saudar o povo, que gritava vivas. Feito o silêncio, dom Pedro aceitou o título de imperador constitucional. Seguiu-se uma salva de 101 tiros de canhão.

Por conta da chuva que caía e de sua avançada gravidez, Leopoldina embarcou pouco depois em uma carruagem que a conduziu até a antiga capela real (a partir de então imperial), enquanto seus súditos brasileiros iam lhe jogando flores das sacadas. Quando o barão de Mareschal, que até esse momento havia representado um papel importante como conselheiro de Leopoldina, soube que Pedro havia aceitado o título de imperador sem a anuência de seu sogro, não acreditou que a filha de seu senhor houvesse tido responsabilidade alguma nisso, pois, para ele, tratava-se de um ato que "feria frontalmente um princípio sagrado da Santa Aliança, o da legitimidade, no qual se baseava a ordem mundial depois do Congresso de Viena".[236]

Em um despacho que o diplomata enviou a seu chefe nesses dias, dizia: "Sei que Sua Alteza Real resistiu também dessa vez e não cedeu mais que aquilo que julgava ser necessidade absoluta. A senhora princesa não escondeu a justa e profunda aflição que por causa disso sentia".

Em correspondência posterior ao pai, Leopoldina afirmaria que "dom Pedro havia sido obrigado pelos radicais a ceder contra sua própria vontade", dada a falta de apoio das potências europeias para restabelecer a paz interna e a unidade estatal. Na verdade, um dos aspectos mais interessantes da personalidade da princesa, como ator político de sexo feminino, tem a ver com as motivações que a haviam levado a desenvolver suas próprias ideias em relação à separação do Brasil, transpassando a linha que Mareschal lhe havia determinado sutilmente enquanto lhe transmitira suas ideias para influenciá-la.

No dia seguinte ao aniversário de Pedro, em uma cerimônia religiosa que ocorreu na capela imperial diante dos novos imperadores do Brasil, o frade Francisco Sampaio fez um sermão de referências bíblicas que falava da chegada do rei Davi ao trono. Segundo esse religioso — que, de acordo com alguns historiadores, teria convencido Leopoldina a escutar a voz do "povo" e a aceitar a inevitável independência brasileira —, a riqueza, a extensão, a fecundidade do solo só podiam augurar que esse "primeiro império do Brasil" passaria a ocupar um lugar de destaque entre os mais importantes da história, "capaz de rivalizar com os maiores da Europa com o passar do tempo". A suposta alegria que Leopoldina sentia pela independência seria perturbada em 27 de outubro, quando o homem de quem havia se declarado "ama e amiga" apresentou a primeira demissão a seu ministério, por conta de suas rivalidades políticas com outros pares da vida pública, especialmente com a maçonaria.

Como dom Pedro sabia da admiração que Bonifácio professava pela imperatriz, dirigiu-se acompanhado por ela à casa que o ministro demissionário ocupava, na praça do Rossio, para tentar convencê-lo a retirar sua demissão. Voltariam juntos na manhã seguinte para tentar novamente. E pela terceira vez no dia 30 de outubro. Como nesse momento Bonifácio não estava em casa, a imperatriz ficou esperando-o enquanto o imperador ia a Botafogo. Um mês depois desse ato de cortesia da imperatriz, que quebrava o protocolo de qualquer casa reinante europeia nesse momento, Bonifácio formou um novo ministério.

XVII

Imperatriz do Brasil

(1822-1823)

𝒫odemos dizer que o primeiro ato de governo do segundo ministério de José Bonifácio foi a coroação e consagração de Pedro como imperador do Brasil, ato que ocorreu em 1º de dezembro de 1822 e no qual Leopoldina representou um papel testemunhal.

Por antiquíssima tradição portuguesa, as consortes dos reis lusos não eram coroadas nem proclamadas, e muito menos consagradas, e o novo império brasileiro herdou esse uso. Contudo, o protocolo cortesão a havia situado à frente de seu marido, revestindo-a com um longo manto de cetim verde e amarelo bordado de ouro, a fim de fazê-la se destacar das demais pessoas presentes (exceto do imperador, claro) e também de cobrir seu ventre de sete meses de gravidez, excepcionalmente volumoso.

O amarelo, ou, para ser mais exato, o or ou sol em termos heráldicos é uma das cores (na realidade, esmaltes) da Casa de Habsburgo. E segundo o secretário alemão de Leopoldina, o doutor Schäffer, já o havia escolhido como cor nacional brasileira, com o verde (sinople) de Portugal, em homenagem à arquiduquesa, por conta de sua participação no movimento separatista.[237] Naquele ato não estava presente o representante do imperador da Áustria. Com seu tato habitual, o barão de Mareschal havia alegado um problema de saúde para não comparecer. Leopoldina, por sua vez, teria ciência de que a consagração de seu marido cairia em sua família austríaca pior que a coroação, devido ao conteúdo profundamente religioso daquele ritual.

Como era possível realizar uma cerimônia que, segundo a Bíblia, remontava nada menos que aos tempos do rei Davi, se isso ia contra a vontade de um imperador cujo primeiro qualificativo havia sido, desde mil anos até muito pouco tempo antes, *sacro?*, perguntar-se-iam em Viena, surpresos com a audácia de "sua" arquiduquesa. Mas a nova imperatriz do Brasil tinha certeza de que essa consagração não ia contra a religião que ela professava. E para provar, pensaria, ali estavam as palavras que seu marido ia pronunciar solenemente ajoelhado perante os bispos. Os conhecimentos de latim da imperatriz não eram excelsos — embora melhores que os de seu marido —, mas lhe permitiam compreender perfeitamente o significado das palavras que Pedro pronunciou:

"*Ego Petrus Primus, Deo anuente, unanimeque populi voluntate, factus Brasiliae Imperator, ac etiam ejusdem defensor perpetuus, profiter ac promitto religionem catholicam romanam observare et sustinere. Promito Imperii leges observare...*"

Com essas palavras, Pedro I, pela vontade de Deus e do povo, era feito imperador do Brasil e jurava observar e manter a religião católica romana, mesmo antes de jurar que respeitaria e faria respeitar as leis do império. Leopoldina não havia conseguido convencer Viena da necessidade da separação do Brasil, considerada por Metternich um ataque às regras da Santa Aliança, mas essas poucas palavras na antiga língua do Lácio talvez fizessem que sua consciência se sentisse tranquila a esse respeito.

"Deus, Pátria, Imperador", as três principais palavras da tradição de sua família que lhe haviam inculcado desde pequena e que ela invocara em uma carta a seu pai depois da Revolução do Porto, estavam presentes no juramento de Pedro e na ordem de prioridades. É possível que ela tivesse esses mesmos pensamentos na cabeça quando, onze dias depois da coroação, sentou-se para escrever uma nova mensagem ao imperador Francisco I da Áustria, que estava havia vários meses sem lhe mandar uma carta. Foram apenas algumas linhas, mas com peso suficiente para que não ficasse dúvida sobre o que ela pensava sobre a independência do Brasil:

"O barão de Mareschal vos dará notícias de tudo, por esse motivo me calo, solicitando somente que o caso seja encarado sob outro ponto de vista e que se acredite firmemente que não se podia agir de outra forma para desviar o espírito do povo das ideias republicanas."[238]

Enquanto ela deixava testemunho escrito de um ato de lealdade ao marido que faria seu pai ficar profundamente desgostoso, para não falar de Metternich utilizando a expressão "ponto de vista", reveladora da maneira de pensar de Leopoldina, o novo imperador do Brasil pedia a Domitila que deixasse São Paulo e fosse morar no Rio. Segundo uma fonte, "em janeiro de 1823 o imperador a instalou na rua Barão de Ubá, hoje bairro do Estácio, que foi a primeira residência de Domitila no Rio",[239] na época supostamente grávida de um filho de dom Pedro que morreria pouco depois do nascimento. Segundo uma rara versão, dados os rigorosos costumes dos pais de família em relação a suas filhas, e por medo de que o inspetor de caminhos paulistas se opusesse a essa mudança, o imperador inventou a mentira de que Domitila estava grávida dele para facilitar o trâmite — escrúpulos que, sendo verdade, combinavam bem com o contraditório caráter do imperador.

Em 17 de fevereiro de 1823 a imperatriz deu à luz uma menina, Paula Mariana. Houve, então, os costumeiros festejos: salvas de canhões, fogos de artifício à noite, beija-mão dois dias depois, seguido de *Te Deum* à tarde.

Ainda ignorante da nova relação amorosa de seu marido, assim que a saúde lhe permitiu Leopoldina voltou a colaborar com ele, agora na organização do novo império, em especial no concernente à Marinha brasileira, a cargo de lorde Cochrane, que ela havia contratado para dirigi-la quando Pedro a nomeara regente antes de ir a São Paulo. Com o entusiasmo apaixonado que dom Pedro dedicava a qualquer projeto que captava seu interesse, ele costumava ir todos os dias inspecionar barcos e marinheiros. Leopoldina, que se sentia um pouco madrinha disso tudo, acompanhava-o quase sempre.

Embora na época seu inglês falado deixasse algo a desejar, especialmente na pronúncia, conta-se que ela intervinha para apaziguar as discussões que ocorriam entre os marinheiros ingleses e portugueses. E que, em uma ocasião, "ao ouvir as queixas dos oficiais portugueses de que os marinheiros ingleses haviam se embriagado na véspera, a imperatriz disse: 'Ah, é o hábito do norte, de onde vêm os bravos. Os marinheiros estão sob minha proteção, cubro-os com meu manto'". Os trabalhos de Cochrane avançaram a bom ritmo, de modo que já no primeiro dia de abril de 1823 os imperadores puderam fazer a primeira saída ao mar da esquadra brasileira, em um navio capitaneado por esse mesmo lorde, que, como bom escocês, sabia unir pragmatismo com idealismo.

Alguns dias depois, provavelmente a pedido do marido, a imperatriz voltou a escrever a seu pai com o fim explícito de "falar abertamente, quero vos contar tudo [...] e descrever o que até agora infelizmente vos apresentaram sob uma óptica equivocada, por maldade, para nos prejudicar, ou por pouco conhecimento. Desde que meu esposo tomou as rédeas do Estado, Deus sabe que não por sede de poder ou ambição, mas para satisfazer o desejo do probo povo brasileiro, que se encontrava sem regente [...] qualquer um que se encontrasse na mesma situação faria o mesmo, aceitar o título de imperador para satisfazer a todos e criar a unidade". A seguir, ela argumentava com pragmatismo as razões políticas, e especialmente econômicas, pelas quais seu pai devia considerar o assunto sob uma "óptica" menos "equivocada" do que aquela que lhe haviam "apresentado" — uma referência a interesses "comerciais" que já haviam sido considerados por ela em 1817 para "aceitar" seu casamento com dom Pedro como herdeiro de um rico e extenso reino sul-americano.

"A dimensão do Brasil é de supremo interesse para as potências europeias", escrevia agora, cinco anos depois daquelas práticas intuições, "especialmente do ponto de vista comercial, e o maior desejo das cortes aqui reunidas é fechar contratos comerciais com as possessões austríacas na Itália e estabelecer o monopólio comercial em seus portos, o que seria muito vantajoso para minha querida pátria por conta da extraordinária riqueza do Brasil em madeiras corantes e mercadorias coloniais."

Quando o imperador da Áustria lesse essas palavras pensaria que sua filha havia herdado seu realismo, que o havia feito sobreviver a todas as peripécias da *Révolution* e ao império napoleônico, e ser, com dom João VI, um dos poucos monarcas europeus que não perderam o trono por causas revolucionárias. Mas talvez ele não esperasse a ousada declaração de Leopoldina que viria a seguir. E menos ainda que ela apelasse à tradição religiosa que sua família lhe havia transmitido com sua educação para fundamentá-la:

"Agora só me resta desejar que vós, querido papai, assumais o papel de nosso verdadeiro amigo e aliado [...] se acontecesse o contrário, para nosso maior pesar, sempre permanecerei brasileira de coração, pois é o que determinam minhas obrigações como esposa e mãe."[240]

Leopoldina só receberia resposta de seu pai quinze meses depois.

Quatro dias depois de ter escrito ao pai uma carta que "sob uma óptica equivocada" poderia ser considerada um ato de rebelião às tradições de sua família e pátria, Leopoldina, que continuava muito compenetrada com a política de seu marido, pediu desculpas a sua irmã Luísa por não lhe escrever com mais frequência, "já que ajudo meu esposo em seus assuntos" políticos. Na realidade, a duquesa de Parma também havia deixado de lhe mandar cartas, obedecendo, talvez, a ordens familiares mais que a diferenças ideológicas, dada a "moderação" de suas ideias políticas.

Fosse como fosse, a nova imperatriz do Brasil se sentiu levada, como sutil censura ao silêncio epistolar de sua irmã, a dizer que "não obstante na Europa se observem os fatos equivocadamente [...] aqui há uma constituição sensata". Muito diferente da portuguesa, queria dizer. Antes de concluir a carta, tornou a demonstrar seu habitual senso prático, dizendo: "Espero que tua amizade e amor fraternal, se possível, intercedam com tua inteligência perante nosso querido pai e o príncipe Metternich, que sente afeto por ti".

E finalizava com um comentário um tanto misterioso: "É preciso ter paciência, os homens são, em todos os continentes, cópias das borboletas".[241] Seria uma de suas generalizações apressadas sobre uma questão que nada tinha a ver com seu marido? Ou acaso se referia especificamente às veleidades políticas de Pedro? Teria chegado a ela, talvez, algum rumor sobre a nova conquista de seu esposo?

※

No final de maio de 1823 Leopoldina conheceu Maria Graham, de sobrenome de solteira Dundas, filha de um almirante britânico pertencente a uma antiga família escocesa e viúva de um capitão da Marinha de seu país. Graham já havia estado no Rio em 1821, mas só foi apresentada à imperatriz nessa sua segunda viagem ao Rio, aonde havia chegado com lorde Cochrane, a quem conhecera no Chile quando esse marinheiro escocês colaborava ali com os hispano-americanos que lutavam para se tornar independentes da Espanha. Segundo foi escrito, a inglesa entrou no palácio por intermédio da então baronesa do Rio Seco, irlandesa de nascimento. Maria Graham logo escreveria em seu diário que Leopoldina a havia recebido com extraordinária gentileza e deferência, mas na carta que a imperatriz escreveu de imediato a Luísa não fez nenhum comentário sobre essa senhora.

Disse a sua irmã que havia se "transformado em uma misantropa que ama somente a leitura, pois os livros são os únicos amigos que as pessoas possuem aqui [...] tu conheces a maioria dos meandros de meu coração, sabes o que penso e sinto".[242] Três semanas depois, para afastar a melancolia, ela fez uma excursão que duraria três dias "pelos caminhos de São Paulo", percorrendo a cavalo umas 37 milhas alemãs. Durante o percurso, "um suíço" "afirmou que aquelas regiões que estão a seis mil [...] acima do nível do mar, assemelham-se muito ao cantão de Berna".

Mas o suposto efeito positivo dessa viagem encantada em busca da pureza original que um dia, pouco antes de chegar ao Brasil, ela havia atribuído a essa terra e seus habitantes, durou pouco tempo, se é que existiu. Assim disse a Luísa, no dia seguinte a sua volta ao palácio:

"Estou bastante melancólica, pois me encontro sem amigo a quem outorgar minha confiança. Todos os meus deveres me unem a meu esposo, mas, infelizmente, não lhe posso dar minha confiança. Nossa mentalidade e educação são muito diferentes [...] não tenho outro refúgio senão o cumprimento estrito de minhas obrigações, a solidão e o estudo, e se não me dão felicidade, pelo menos me sinto satisfeita e calma."[243]

Uma dessas obrigações, que para ela constituía também um prazer, era a educação de sua filha primogênita, então com quatro anos. Leopoldina estava decidida a que Maria da Glória começasse a aprender "a querida língua materna [alemão], pois, na infância, o estudo das línguas é uma brincadeira, e nos anos posteriores custa um esforço incrível". É provável que a impossibilidade de Leopoldina de dar sua confiança ao marido tivesse uma suspeita bem localizada. Prova de que Domitila se encontrava no Rio.[244]

No dia 30 de junho de 1823, voltando de uma de suas chácaras (alguns afirmam que de uma visita à amante), dom Pedro caiu do cavalo, fraturando duas costelas. Muito preocupada com o acidente, Leopoldina foi à Igreja de Nossa Senhora da Glória para rezar à Virgem e lhe pedir que seu marido se recuperasse logo. Enquanto estava convalescente no palácio, dom Pedro escreveu uma carta a Domitila — que foi conservada — na qual demonstra ter uma grande intimidade com ela, e que assinou como "o crioulo de São Cristóvão".[245] Esse é o primeiro documento que certifica o relacionamento deles no Rio nesse período.

Por sua vez, durante esses dias Leopoldina escreveu ao marquês de Marialva para lhe comunicar que seu "adorado esposo" estava muito melhor, e aproveitou a oportunidade para lhe falar como via a situação do império nesse momento. De acordo com as palavras dele, "parece que dona Leopoldina continuava confiando completamente nos Andrada e em sua política",[246] diferente de seu marido. Só que ela teria gostado "que fizessem uso de mais prudência e firmeza". Como a imperatriz lamentava ver-se privada de notícias de seu pai, tentou abrandá-lo por meio de uma nova carta, com a qual tentaria retificar uma imprudência que havia cometido três meses antes, quando pedira que se procedesse ao traslado de Mareschal a sua pátria, porque o diplomata havia se negado a dar a ela e a seu marido o tratamento que sua nova condição de imperadores implicava.

"O barão de Mareschal, que aprecio cada dia mais, vos contará tudo", escrevia agora a Francisco I. "Imploro diariamente ao Onipotente por uma resolução feliz."[247] Esse ato de sábia retificação a ajudaria a fortalecer perante Bonifácio seu papel de possível mediadora com a Áustria e a ganhar credibilidade junto a esse ministro, que via nela uma pessoa ponderada e capaz de assumir seus erros com humildade, diferente do que acontecia com dom Pedro.

Mas esse fino trabalho de flexibilidade da imperatriz voou pelos ares quando os adversários políticos dos irmãos Andrada conseguiram convencer a opinião pública de que dom Pedro era um simples "ajudante de ordens" de Bonifácio, aproveitando que a convalescença do imperador dava uma grande margem de ação ao ministro. Escreveu-se que Domitila de Castro se serviu do estado de prostração de seu volúvel e orgulhoso amante para lhe instilar a ideia de que esse ministro estava "ensombrando sua glória".

Um dia, enquanto dom Pedro ainda estava doente, chegou a Boa Vista uma carta anônima, escrita em alemão, que ele pediu a sua mulher para traduzir. Trazia acusações contra Bonifácio e seus irmãos, "atribuindo-lhes a prisão injusta de muitos de seus opositores". Também informava que em determinado dia se realizaria uma conspiração contra o mais velho dos Andrada para derrubá-lo. Segundo uma fonte próxima a Bonifácio, chegada essa data, à noite, "quando o imperador estava ainda em casa [...] ele disse a José Bonifácio que concedesse anistia a certos réus políticos de São Paulo e do Rio de Janeiro".

O ministro respondeu: "Ontem eu esperava que Vossa Majestade me falasse disso. Estou informado que é empenho de Domitila, e que essa mulher recebeu uma soma de dinheiro por isso". Sempre de acordo com a citada fonte, ao escutar essa grave acusação o imperador ficou colérico e se levantou da cama com tanta força que quebrou o aparelho que sustentava suas costelas quebradas. Bonifácio pediu ali mesmo sua demissão.[248] No dia seguinte, Maria Ribeiro de Andrada, uma mulher próxima dos cinquenta anos e educada em um meio provinciano que, graças à posição ocupada por seu poderoso irmão, havia sido nomeada camareira-mor da imperatriz, também renunciou a seu ofício.

Segundo um historiador, algum tempo antes a imperatriz teria ironizado sobre ela por não a encontrar à altura da marquesa de Aguiar, que antes havia desempenhado esse ofício.[249] O certo é que depois dessa segunda demissão dos Andrada e a passagem de José Bonifácio à oposição, a imperatriz perdeu um valioso aliado.

Enquanto dom Pedro cuidava de liquidar o homem de quem Leopoldina havia se declarado "ama e amiga" um tempo antes, ela começou a se dedicar ao estudo do inglês, idioma que até esse momento se vira quase impossibilitada de melhorar, porque, segundo dizia, "o zelo português" impedia que um inglês fosse assíduo no palácio de São Cristóvão, e menos ainda nos aposentos privados, como ela contaria a sua irmã no dia seguinte à demissão de Bonifácio.[250]

Porém, parece que o imperador não fez nenhuma objeção a que ela recebesse Maria Graham.

XVIII

Amor divino e amor profano

(1823-1824)

Apesar do aparatoso acidente sofrido pelo imperador, sua juventude e robustez fizeram que se recuperasse com rapidez. A convalescença duraria pouco mais de um mês. De modo que, um dia da segunda semana de agosto de 1823, ele e sua mulher foram à Igreja de Nossa Senhora da Glória para agradecer à Virgem pela cura.

A imperatriz doou como ex-voto o quadro de um pintor francês que mostrava Pedro protegido por um anjo da guarda armado de lança e escudo, espantando a morte. No final do mês, o imperador, cujas duas costelas quebradas já estavam mais ou menos soldadas, gerava em Domitila aquela que um dia seria a primeira duquesa de Goiás. Duas semanas depois, a imperatriz começava a organizar a educação formal da pequena princesa Maria da Glória. Para isso, em meados de outubro, respondeu a uma carta enviada por Maria Graham, na qual a britânica lhe oferecia seus serviços como preceptora da herdeira. A imperatriz lhe escreveu que tanto ela quanto seu esposo estavam felizes por aceitar sua oferta. E que dom Pedro não se opunha a que Graham, antes de iniciar essa tarefa, voltasse a seu país para comprar o material didático necessário.

No início de novembro, ou seja, um mês e alguns dias depois de Domitila conceber a futura duquesa de Goiás, Leopoldina engravidou novamente.[251] Haviam se passado cerca de dezenove meses da última gravidez da imperatriz; até esse momento, o período mais longo entre uma concepção e outra de seu relacionamento com Pedro.

Por alguns breves comentários que ela faria tempos depois a familiares seus, é provável que essa gravidez se devesse de novo à necessidade de Pedro de conseguir, o quanto antes, um herdeiro homem que ocupasse o lugar do falecido príncipe João Carlos. Era algo compreensível, de seu ponto de vista, em um momento em que a vida política do nascente império brasileiro parecia um reflexo da vida afetiva do imperador. Como mais tarde escreveria um historiador, "as sessões do Parlamento haviam se tornado tumultuadas e as paixões ameaçavam a estabilidade do novo governo".

Em relação a isso, "dom Pedro decidiu que aquela crise tinha uma solução. A dissolução".[252] Para isso, fez uso das maneiras fortes que um dia sua mulher lhe havia recomendado, mandando prender os Andrada. Três dias depois, José Bonifácio e seus irmãos eram deportados à Europa. Segundo um amigo desse ministro, a quem ele acompanharia no exílio francês, "Domitila não foi alheia ao projeto de dissolução da assembleia, ao contrário; era a representante assalariada dos chamados republicanos nessa conjura".[253]

Esse exilado afirmou, inclusive, que havia lido uma carta de punho e letra da imperatriz, enviada à França cerca de um ano depois da dissolução da Constituinte, que dizia que o "salário" de Domitila por esse "trabalho" havia subido a doze contos de réis. Uma quantia considerável se levarmos em conta que equivalia a cerca de um terço da anualidade recebida por Leopoldina no desempenho de seu ofício como imperatriz. Um autor mais recente apontou que os possíveis pagantes da amiga do imperador poderiam ser uns latifundiários e traficantes de escravos que viam em Bonifácio um inimigo, por conta de sua tendência abolicionista, que prejudicava os interesses relacionados à produção do café.[254]

O certo é que a imprudente decisão de dom Pedro de expulsar do país um homem de prestígio e capacidade como "o velho Andrada" comprometeu muito a reputação do imperador do ponto de vista político. As tensões que essa medida gerou entre os mais moderados foram de tal calibre que até a imperatriz foi afetada pelo conflito. Segundo um informe de Mareschal a Metternich, no dia em que se celebrou o aniversário da arquiduquesa, quase nenhum brasileiro apareceu para o beija-mão, e a corte ficou tão abalada que, contra seu costume, Leopoldina não foi ao teatro essa noite.

O diplomata austríaco explicava ao chanceler da Áustria que isso havia ocorrido como reação ao comportamento de dom Pedro, e que "a augusta filha de nosso amo está sendo tão respeitada quanto amada e compadecida", a ponto de que, enquanto o palácio de São Cristóvão se encontrava protegido por soldados, para enfrentar um possível ataque, Leopoldina continuava realizando seu passeio diário acompanhada apenas por um camarista e um cavalheiro. Segundo Mareschal, cinco dias depois da deserção dos brasileiros ao beija-mão, a desconfiança contra o imperador chegou a tal extremo que no seio do chamado partido monárquico cogitava-se a possibilidade de colocar a coroa imperial na cabeça da pequena princesa Maria da Glória.

Um dia da primeira semana de março de 1824, certamente com a vênia do imperador, um oficial judicial registrou o início do trâmite de separação de Domitila de seu marido, o antigo "moço fidalgo de palácio". Apesar do rigoroso controle policial que havia então, Pedro queria ter a total certeza de que Felício Pinto Coelho de Mendonça, ainda legalmente casado com Domitila, não cometesse um ato violento que pudesse prejudicar ainda mais seu prestígio como imperador. Além do mais, essa separação era necessária para poder proceder, quando fosse a hora, à legitimação do filho que Domitila levava no ventre.

Milagre do sistema judicial, a sentença favorável a ela foi dada em 48 horas. Mas a desorganização burocrática seria causa de que sua publicação se atrasasse quase até o momento em que a demandante entrou em trabalho de parto. A imperatriz, enquanto isso, voltava a se interessar pela educação de sua primogênita, escrevendo uma carta destinada a Maria Graham, que nesse momento se encontrava em Londres. Dizia:

"Com muito prazer recebi vossas duas cartas e ainda mais a certeza de que estais gozando de perfeita saúde e ocupada em escolher todos os objetos necessários para os estudos de minhas muito amadas filhas. Os gastos que necessiteis fazer com muito prazer vos pagarei quando chegardes ao Rio, e se for preciso prolongar vossa ausência por mais um ano, o imperador vos concede".

No fim de maio tornou-se pública a sentença de separação de Domitila e seu marido. Quatro dias depois, dom Pedro e Leopoldina juraram por fim a prometida Constituição. Quando o príncipe de Metternich leu o texto, qualificou-o como "uma revolução em estado crônico". Por meio de um enviado português, Francisco I da Áustria mandou a seu genro, não a sua filha, uma mensagem com a "recomendação" de que, se chegasse a aplicar tal Constituição, se empenhasse em fazer "respeitar a religião e promover os bons costumes".[255]

Um dia depois de Pedro e Leopoldina jurarem uma Constituição liberal para o império do Brasil, Domitila deu à luz uma menina, que receberia o emblemático nome de Isabel Maria Brasileira. Segundo uma versão não documentada, tempos depois, o imperador manteria, por intermédio de terceiros, um duro pulso em relação ao sacerdote encarregado de dar à recém-nascida as águas lustrais, a fim de que se eliminasse do registro paroquial sua condição de bastarda. Fosse como fosse, esse nascimento gerou nos setores críticos a dom Pedro uma forte oposição a ele. O citado colaborador de José Bonifácio que teria visto cartas de Leopoldina implicando Domitila em subornos escreveria mais tarde: "Tive em minhas mãos provas [...] em maio de 1824, de que a tropa pretendia fazer o que pôs em prática em 1831 [a deposição do imperador], e que só a veneração que todos tributavam à imperatriz Leopoldina pôde demovê-la dessa tentativa".[256]

Segundo outro amigo dos Andrada, um mês depois da vinda ao mundo da futura duquesa de Goiás "os brasileiros ofereceram a Leopoldina a coroa [...] alegando os interesses do país, os defeitos do imperador, que ela mesma tinha que sofrer". Essa mesma fonte conta que a imperatriz respondeu: "Sou cristã, dedico-me inteiramente ao meu marido, aos meus filhos, e, antes de consentir com tal ato, eu me retirarei para a Áustria".[257]

E há provas de que, duas semanas depois de ter jurado a Constituição, Leopoldina estava fazendo todo o possível para alicerçar a instituição imperial por meio de uma ativa ação de recrutamento de tropas europeias.

Para isso, servia-se de Schäffer, seu secretário alemão, que havia ido pouco tempo antes ao Velho Continente com vários fins. Por ele, ela remeteu "uma carta do imperador, de cujo conteúdo ficará muito satisfeito". E lhe disse que mandasse "mais três mil homens, todos jovens e solteiros, sem descontar o número que escrevi a outra vez".[258] O serviço de Leopoldina ao marido foi recompensado, por outro lado, com um gesto do pai, talvez influenciado por uma mensagem na qual ela o cumprimentava pelo aniversário, quatro meses antes. Dois dias depois de escrever a seu secretário, Leopoldina agradeceu a Francisco I da Áustria os "medalhões que vós tivestes a gentileza de me enviar".[259]

Segundo o biógrafo mais importante de Leopoldina, "talvez por o doutor Schäffer também lhe ser útil com suas preocupações privadas, ela trabalhava cada vez mais em seu favor, depositando em seu antigo secretário uma grande confiança, da qual ele certamente nunca abusou".[260] Esse eficiente e discreto colaborador da imperatriz se tornaria durante aquele período um dos melhores "relações--públicas" do Brasil nos Estados de língua alemã. A fim de favorecer a imigração desses países a terras brasileiras, ele publicou um livro de caráter propagandístico "no qual idealizou a vida doméstica do casal imperial", descrevendo Leopoldina como amante da literatura clássica alemã e citando Goethe como seu poeta preferido.

❦

Por volta da primeira semana de julho de 1824, por fim chegou a São Cristóvão a carta que Leopoldina estava esperando com ansiedade havia exatamente um ano e três meses: a primeira carta de punho e letra de seu pai desde então. E ela respondeu de imediato:

> Para meu pesar, é impossível descrever como vossa carta tão gentil me deixou radiante. Fiquei com a doce e reconfortante certeza de que estais satisfeito com minha atitude [...] minha única glória e orgulho consiste em cumprir estritamente todos os deveres como esposa e mãe, e me mostrar, pelo cumprimento estrito dos ensinamentos da Casa da Áustria, como seu digno membro [...]
> Penso exatamente como vós a respeito da situação do Brasil [...] meu esposo certamente não faz mais que aquilo a que as circunstâncias o obrigam no momento [...] é extremamente necessário que se leve em consideração o espírito do povo daqui, que deseja ser separado da Pátria Mãe.[261]

Embora seja forçado, e especialmente anacrônico, definir Leopoldina como uma "democrata", o certo é que muitas das pessoas com que ela se relacionou em suas tarefas públicas e que apoiou com sua influência, e de quem se serviu para seu ofício, como seus secretários, eram especialmente filhos de suas próprias obras. Além do mais, a frase dessa carta ao pai, que era "extremamente necessário que se leve em consideração o espírito do povo", leva a pensar que tanto ela quanto o imperador da Áustria haviam aprendido com os erros que levaram a rainha Maria Antonieta à guilhotina.

XIX

Do diário de uma preceptora inglesa

(1824)

Às cinco da tarde de 2 de agosto de 1824 a imperatriz entrou em trabalho de parto. Leopoldina teve que fazer um grande esforço para dar à luz, porque, como ela mesma contaria a seu pai, "o bebê estava com os ombros deslocados [...], de forma que foi muito mais difícil que os outros; mas o parteiro era bom e coragem não me faltou, e assim, tudo terminou em quatro horas. Minha filha é muito forte e gorda e se parece totalmente com meu esposo".[262]

O *Diário Fluminense* descreveu a recém-nascida como "muito robusta, muito crescida e muito linda". Mas a decepção com que essa menina foi acolhida no palácio pode ser apreciada na formalidade com que a mãe informou ao imperador da Áustria o nascimento de sua nova neta, duas semanas depois: "Considero um de meus deveres, já que estou mais forte, beijar vossa mão como padrinho, assim como as de minha querida mãe como madrinha de minha filha Francisca Carolina". Foi uma frustração que não escapou à atenção de Mareschal. Em um despacho a Viena datado quatro dias depois do nascimento, se referiu à desilusão de Pedro e também de Leopoldina, "que desejavam vivamente um filho homem e ficaram tristes de ver novamente frustrada sua esperança".

Um mês depois do nascimento dessa princesa, a inglesa Maria Graham estava diante das portas do palácio da Boa Vista com uma reduzida amostra do material didático que havia comprado em Londres, para começar a servir como preceptora da princesa Maria da Glória. Qual não seria sua surpresa quando, ao atravessar o limiar da porta, encontrou o imperador de "chinelos, sem meias [...] vagando sozinho, evidentemente de propósito, para me ver primeiro, embora antes houvesse se voltado levemente, como se não tivesse intenção de falar comigo".[263]

Requintadamente gentil e ao mesmo tempo espontâneo, como sua mãe espanhola nos melhores momentos, dom Pedro saudou a professora de sua filha com um aperto de mãos, "à inglesa", e lhe indicou onde se encontrava sua mulher.

"Encontrei a imperatriz sentada em uma antecâmara, onde ela disse que estava havia alguns minutos me esperando", conta Graham em suas memórias. "A seguir, perguntou-me se eu havia recebido em Londres sua [última] carta. Vendo que não, ela me explicou que sua finalidade era antecipar minha volta [a anterior dizia o contrário], já que, desde que o novo ministério havia assumido, o imperador havia se inclinado a dar ouvidos ao casamento de dona Maria da Glória com seu tio dom Miguel; que ela mesma não apreciava o plano, principalmente devido ao parentesco próximo entre as partes."

Na realidade, esse projeto de casamento havia sido a astuta resposta de dom Pedro às tentativas de seu irmão de tomar a coroa de Portugal. Depois de ter tramado uma fracassada revolta em Lisboa no mês de abril anterior, conhecida como "A Abrilada", com o apoio de Carlota Joaquina e de Metternich, o ambicioso infante havia sido mandado para Viena, onde então residia. Fosse por sua cumplicidade permanente com dona Carlota, fosse porque esse cunhado parecia, aos olhos de Leopoldina, possuir todos os defeitos de seu marido, mas nenhuma de suas virtudes, a imperatriz acreditava ter motivos fundamentados para temê-lo como futuro esposo de sua primogênita.

No momento da chegada de Graham ao palácio, porém, a imperatriz preferia manter suas reservas acerca das verdadeiras razões pelas quais se opunha a essa aliança. Portanto, concluiu a recepção da inglesa dizendo que o aposento onde devia se alojar ainda não estava pronto, apesar de o imperador ter dado ordens sobre o assunto, e a seguir se despediu dela manifestando sua vontade de vê-la no dia seguinte. Quando se havia oferecido como preceptora da primogênita dos imperadores, o propósito de Graham havia sido "salvar essa linda menina (Maria da Glória) das mãos das criaturas" que a cercavam, educá-la como uma dama europeia, ensinar-lhe que ela teria que governar esse grande país que era o Brasil e que o povo era menos feito para os reis que os reis para o povo.[264]

Mas, como lhe dissera a imperatriz ao recebê-la, o destino dessa princesa havia se tornado mais incerto acerca do local onde um dia reinaria. Essa mudança no programa, porém, não fez que a preceptora perdesse a ilusão de cuidar "da absoluta direção de tudo que se referisse às princesas, moral, intelectual e fisicamente", dado que, na realidade, os imperadores haviam lhe confiado a instrução de todas as suas filhas. Embora a imperatriz atravessasse um período de depressão, desde o primeiro momento da chegada de Graham a Boa Vista ela tentaria fazer que essa servidora se sentisse livre do protocolo que então imperava nos palácios reais europeus, e isso sem perder parte de seu peculiar senso de humor vienense.

De fato, quando a imperatriz foi ao encontro da inglesa, na manhã seguinte a sua chegada, "mais cedo do que eu esperava em nosso primeiro dia", ao ver a única cadeira que havia na sala, posta ali por Graham para Leopoldina, esta lhe perguntou se ela, Graham, não desejava que a imperatriz se sentasse em sua própria casa.

"Minha resposta foi, naturalmente, que ali estava sua cadeira", conta a inglesa, "mas que era meu dever permanecer em pé. Não houve forma de que se sentasse enquanto eu não providenciasse uma cadeira para mim. Narro esse traço de simplicidade como um entre cem que eu poderia citar sobre a afabilidade da mais gentil das mulheres."[265] Durante os primeiros dias de permanência no palácio, a preceptora não percebeu o verdadeiro estado de ânimo da imperatriz, pois Leopoldina, apesar da afabilidade com que sabia conquistar leais adeptos, era capaz, quando queria, de disfarçar muito bem seus sentimentos, como acertadamente Mareschal apontaria em vários despachos a Viena.

Mas ela negava ter essa capacidade. Não obstante, desde os tempos medievais, a doutrina cristã permitia às rainhas e princesas não só disfarçar, como inclusive simular — *dissimulationem et simulationem*, segundo os clássicos —, quando o fim dessas práticas fosse um bem objetivo ou se quisesse evitar um mal maior. Naturalmente, a imperatriz não usava essas artes quando se comunicava com a pessoa em que mais confiava, sua irmã Maria Luísa, a quem, uma semana depois da chegada de Graham ao palácio, contou as verdadeiras razões de seu mal-estar:

"Graças a Deus recebi uma carta de ti, minha amada, depois de ter sido privada por uma eternidade desse único consolo. Chorei de tanta alegria [...] em nenhum lugar encontro um coração tão sensível e nobre como o teu."[266]

Depois de lhe agradecer umas musselinas que Luísa lhe havia enviado da Itália e de lhe dar notícias de seu último parto, em tom mais ou menos jocoso ela pediu à irmã que não se deixasse enganar por suas brincadeiras, pois "garanto que não reconhecerias mais em mim tua velha Leopoldina. Meu caráter alegre e brincalhão se transformou em melancolia e misantropia. Posso falar com liberdade porque esta carta segue por uma via confidencial [...] não consigo encontrar ninguém em quem depositar minha plena confiança. Nem sequer em meu esposo, pois, para meu grande sofrimento, ele não me inspira mais respeito".[267]

Acostumadas as duas desde pequenas aos subentendidos para burlar a curiosidade dos cortesãos intrometidos, a duquesa de Parma não precisava de mais palavras para compreender o que essa confissão significava. Parece que a imperatriz estava perfeitamente a par do nascimento da filha bastarda de dom Pedro. De qualquer forma, Leopoldina achava que a única solução para esse estado de coisas, que ela não podia mudar, era cumprir estritamente suas obrigações, ter um comportamento impecável e prudente e uma vida reservada e calma com suas quatro filhas.

De fato, ela comentou com Luísa que achava ter encontrado em *lady* [sic] Graham uma boa educadora para Maria da Glória: "Queira Deus que *a avessa mentalidade daqui e a polícia palaciana* [grifo dela] não se oponham, afugentando essa boa mulher, pois [...] nem o direito de uma mãe de dirigir a educação dos filhos de vez em quando querem me deixar [...] Se pudesse satisfazer meu desejo, tu me terias em pouco tempo a teu lado, e assim eu estaria livre de todas as cenas e situações desagradáveis [pois] não obstante os muitos dissabores, ainda não consigo fingir nem dizer algo diferente do que aprendi a pensar".[268]

Naturalmente, a imperatriz, exceto com sua irmã, com todos os outros tentava, se não fingir, pelo menos esconder o máximo possível seus dissabores e procurava nunca se manifestar contra Pedro.

Contudo, é possível que de vez em quando a imperatriz soltasse alguma frase sibilina, que aturdiria seu marido, fosse pelo tom "infantil" com que a diria, fosse porque a capacidade sarcástica de Leopoldina não era coisa de se desdenhar. Apesar da comprovada capacidade de dissimulação da imperatriz, à medida que foram passando os dias a preceptora foi se dando conta do verdadeiro estado da relação entre os imperadores, que, de fato, passavam grande parte do dia longe um do outro.

Era um estilo de vida muito diferente do descrito pela própria Leopoldina a seus parentes pouco depois de chegar ao Brasil. E ainda mais distante da versão idílica que havia transmitido o secretário Schäffer na obra publicada esse ano na Alemanha para favorecer o recrutamento de soldados e a imigração ao Brasil. Segundo Graham, nos tempos em que ela serviu no palácio, "a imperatriz e dona Maria comiam separadamente, cada uma em seu aposento", meia hora antes do imperador, também sozinho, "ao meio-dia".

> O almoço da imperatriz era servido, prato por prato, em uma pequena mesinha, em uma espécie de quarto de passagem, mobiliado ao acaso, com as malas que ela havia trazido de Viena. Estas continham vestidos que a sociedade do Brasil não exigia, livros que ela não tinha nem oportunidade nem espaço para guardar com comodidade e instrumentos para prosseguir o estudo da filosofia natural e experimental que ela tanto apreciava.
> Depois do almoço, Sua Majestade Imperial regularmente se retirava para descansar, e era durante suas sestas que eu tinha normalmente o prazer de conversar com a imperatriz.
> No início, ela costumava me chamar a seus aposentos, mas como ali não podíamos permanecer sem alguns acompanhantes e a familiaridade com que ela me tratava excitava ciúmes violentos entre as damas, ela preferiu, depois de três ou quatro dias, que eu permanecesse depois de almoçar em meu próprio quarto até que ela pudesse me procurar.
> É possível entender, e não é extraordinário, que dona Maria Leopoldina, não tendo damas de sua nacionalidade a seu redor [...] tenha se aproveitado avidamente da possibilidade de conversar em uma linguagem mais familiar com uma pessoa que podia pelo menos tratar de assuntos de interesse europeu.[269]

Das palavras da inglesa se poderia pensar que, depois da partida de suas servidoras austríacas, Leopoldina não ficara completamente à vontade com as damas portuguesas, que, segundo a narradora, "sempre haviam lamentado a política que casara o jovem chefe da Casa de Bragança com uma estrangeira, em vez de uma tia ou prima, como havia sido costume invariável das casas reais da Espanha e Portugal".[270]

É provável, porém, que Graham não incluísse nesse grupo a marquesa de Aguiar, "culta [...] para uma portuguesa", por quem a imperatriz em várias oportunidades manifestaria apreço, mas sim as camaristas, que gozavam da cumplicidade dos protegidos de dom Pedro, especialmente Plácido Pereira de Abreu, um velho barbeiro dele que desempenhava o importante ofício de tesoureiro da casa imperial, da qual dependiam os pagamentos a Leopoldina.

Segundo Graham, esse homem e seus acólitos "não estimavam a imperatriz" e lamentavam "que o imperador não houvesse se casado com uma portuguesa ou espanhola".[271] Como a imperatriz havia previsto, a chegada de "uma segunda estrangeira" ao palácio fez aumentar os ciúmes do séquito feminino do barbeiro pelo tratamento preferencial que ela dava a Graham. Uma inveja que certamente se via aumentada pelos ares de superioridade, e até de educado desprezo, com que a inglesa contemplava os costumes desses cortesãos, em especial em relação ao modo como tratavam a pequena aluna que ela havia decidido "salvar" de suas mãos.

Incomodava muito a preceptora — ou melhor, escandalizava —, por exemplo, que a princesinha recebesse seu banho diário "em uma sala aberta, por onde passavam os escravos, homens e mulheres, e onde a guarda da imperatriz sempre se detinha".[272] Para não falar do café da manhã que davam a Maria da Glória, "uma coxa de frango frito em azeite com alho, que ela se deleitava comendo com a mão, inclusive o alho".

E também o fato de essa menina "ter sido acostumada não somente a ter pequenos negros para brincar, bater e judiar, mas para tratar do mesmo modo que a uma menina branca, filha de uma das damas".[273] Segundo conta a inglesa, "a imperatriz, querendo educá-las [a suas filhas] à moda europeia, havia encomendado pequenos jogos de ferramentas, mas eram mantidos escrupulosamente fora de uso, porque, como diziam as damas, não ficava bem que as princesas ficassem remexendo a terra suja como os negros".[274]

Parece que por conta de suas origens britânicas Graham não era a pessoa ideal para se fazer amar pelo resto dos servidores da casa da princesa, de origem portuguesa ou brasileira. Parece, também, que sua nacionalidade incomodou o padre Boiret, ex-jesuíta francês que, como já foi dito, havia sido um dos professores de dom Pedro, e que na época ensinava seu idioma a Maria da Glória. Essa rejeição provavelmente ocorreu porque Maria Graham não se preocupava em disfarçar o repúdio que lhe causavam os "hábitos abomináveis e familiares" de um sacerdote cujas "maneiras e moralidade eram tais".

O fato é que a inglesa solicitou à imperatriz, e obteve, que as visitas que até esse momento Boiret realizava ao quarto da princesa "sob o pretexto de dirigir seus estudos de francês fossem restritas a dias e horas regulares". Mas o que acabou por acabar de vez com a "paciência" dos servidores com Graham foi que ela proibiu que o barbeiro subisse com uns amigos à antecâmara da herdeira para jogar cartas.

"Quando eu contei isso à imperatriz, na manhã seguinte, ela me elogiou e agradeceu, mas balançou a cabeça dizendo que, de ali em diante, eu devia ver toda 'a *cambada* como inimiga jurada'".[275]

A essas preocupações de caráter cortesão que a imperatriz tinha na época somaram-se, três semanas depois da chegada da inglesa, outros problemas de índole conjugal que a levaram a escrever a Luisa:

"Infelizmente, não posso deixar de ouvir e ver muitas coisas que, com minha mentalidade e princípios austríacos, desejava que fossem diferentes [...] faz algum tempo, vi acontecerem coisas nunca [imaginadas] pelo pensamento humano [...] O que me irrita um pouco é que descansei apenas 24 dias e estou novamente em estado interessante, o que não é muito agradável".[276]

Ao fazer essa confissão a sua irmã, a imperatriz reconhecia implicitamente que as relações sexuais com seu marido não haviam sido interrompidas, mesmo que ela houvesse perdido o "respeito" por ele. E insinuava que as mantinha por conta de seus "deveres conjugais", porque o imperador precisava mais que nunca de um herdeiro homem para consolidar sua posição no trono imperial brasileiro, especialmente nesse momento em que já pensava no português para Maria da Glória. Um dia, durante um passeio de carruagem com sua aluna, Graham deixou que Maria da Glória se sentasse ora à sua direita, ora à sua esquerda. Quando as servidoras da princesa observaram que esse comportamento de uma "criada de palácio" ia contra a etiqueta, a inglesa replicou, mordida, que ela não concordava.

Sem pensar duas vezes, a ofendida servidora portuguesa se dirigiu imediatamente aos aposentos do imperador, que nesse momento estava fazendo a sesta. E se havia algo que todo habitante de Boa Vista sabia era que nunca devia incomodar dom Pedro durante esse repouso, sob pena de provocar sua fúria. Essa mulher o incomodou, suportando impávida a avalanche de palavras fortes que desabou sobre ela. Quando dom Pedro por fim se calou, ela lhe explicou que a causa dessa intromissão em seu descanso se devia a que não podia permitir a "tirania" que uma governanta inglesa exercia sobre a herdeira do trono, em detrimento de fiéis servidores portugueses que haviam abandonado seus lares para servir à casa de Bragança no Brasil.

Ao escutar que nada menos que uma inglesa havia ofendido "seus" portugueses, que não o haviam deixado depois da partida da corte, Pedro ficou realmente irado e ordenou que Graham saísse imediatamente do palácio. A servidora argumentou que uma ordem verbal não surtiria efeito. Diante disso, o imperador garranchou uma carta na qual limitava as atividades de Graham a apenas acompanhar a princesa e dar-lhe aulas de inglês.

Ao receber essa ordem que diminuía sua categoria, com o documento na mão a inglesa foi ver Leopoldina, que, diante da surpresa da preceptora, depois de escutar o relato dos acontecimentos, começou a chorar. Mas o que mais chamou a atenção de Graham foi o que a imperatriz disse que depois do ocorrido: era impossível que ela, a preceptora, continuasse cumprindo a missão para a qual havia sido contratada, e a melhor coisa que podia fazer era abandonar o palácio.

Conta a inglesa que "Leopoldina não ousou se queixar; amava o marido e os filhos e esperava ter forças para não se queixar do que era seu dever suportar". Mas a preceptora não tinha as mesmas obrigações, de modo que, sem renunciar a sua considerável parte de orgulho nacional ferido, escreveu, "com a anuência da imperatriz", uma carta ao imperador em tom altivo solicitando sua demissão.

"Selei essa carta na presença da imperatriz", relata a inglesa. "Ela imediatamente a levou ao imperador e depois voltou com uma permissão cortês de que eu me retirasse quando quisesse." Leopoldina disse a Graham que o imperador havia dado "ordem" de levar a ele esse documento de volta, bem como todas as cartas anteriores, não só a da nomeação para seu cargo, mas também "a promessa de salário, sem mais demora". Graham relata:

> Se eu houvesse refletido por um momento, não teria entregado esses documentos. Mas o que eu podia fazer? A imperatriz, a quem eu realmente estimava, estava em lágrimas, e compreendi claramente que ela temia algum gesto ordinário se não levasse de volta tudo que havia sido pedido. Por isso lhe entreguei tudo.
> Ela voltou ao meu quarto quase imediatamente e permaneceu até que o imperador a chamou para passear, quase uma hora depois que de costume.
> Comecei a juntar minhas coisas, pois devia partir na manhã seguinte. A imperatriz disse, ao sair, que voltaria para me ajudar a fazer as malas, o que quase me fez rir em meio à desgraça. Ela me pediu que lhe deixasse alguns livros básicos para suas filhas e disse que gostaria de comprar os globos [terrestres].

Quando voltou [...] nada a pôde impedir de usar suas mãos brancas e pequenas para empacotar livros e roupas, cuidando de tudo que podia. Mandou uma criada dela e dois amigos ingleses meus arranjarem um quarto para mim até o meio-dia seguinte.[277]

Nessa mesma noite ela foi me buscar e me pediu que não comesse coisa alguma que me fosse enviada pelas vias de costume, porque [...] tinha certeza de que havia perdido seu secretário alemão, no qual tinha uma grande confiança, por envenenamento.[278]

Leopoldina se referia a outro que havia chegado com seu séquito em 1817. Segundo outras fontes, havia morrido por conta de uma doença tropical. Apenas seis semanas depois de ter dado início a uma tarefa que Maria Graham havia imaginado que influenciaria a história do Brasil, sob uma chuva torrencial — como se desse razão antecipada ao chavão dos romances sobre preceptoras que Charlotte Brontë escreveria —, a preceptora de Maria da Glória abandonou o palácio da Boa Vista.[279]

Generosa para com as pessoas que a serviam com eficiência e lealdade, Leopoldina não se esqueceu da mulher que havia tentado educar sua filha como "uma dama europeia". Em uma carta, escrita provavelmente no mesmo dia em que a preceptora havia deixado o palácio de São Cristóvão, a imperatriz pediu a seu secretário que tivesse "a bondade de ajudar Madame Graham em tudo que ela possa vos pedir em meu nome; ela é nossa *irmã* [sic], e, além disso, uma senhora boa e gentil. Uma terrível intriga me priva dessa amiga e da única pessoa que seria capaz de educar bem minhas filhas". E, a seguir, pedia que arranjasse "um conto de réis" e o entregasse a Graham.[280]

A facilidade com que a imperatriz dava ordens a seus secretários para que entregassem quantias consideráveis, em efetivo, a pessoas a quem queria ajudar pode fazer pensar, às vezes, que ela não tinha uma clara ideia do valor do dinheiro; ou, pelo menos, que não o levava muito em conta ao pagar certos servidores. E Graham havia "trabalhado" no palácio apenas um mês e seis dias. Devemos recordar que a maior parte das discussões com seu marido de que se tem notícias devia-se à prodigalidade de Leopoldina. Não surpreende, porém, a aparente facilidade com que seus secretários cumpriam essas ordens; possível sinal de que sempre havia alguém disposto a emprestar dinheiro a uma imperatriz do Brasil, filha do imperador da Áustria.

O encarregado de arranjar o dinheiro para Graham nessa primeira ocasião foi um suíço a quem a imperatriz chamava simplesmente de "caro Flach" em suas cartas. Possivelmente era aquele que lhe havia dito que certos espaços da fazenda de Santa Cruz faziam recordar a paisagem dos arredores de Berna. Ele havia começado a desempenhar seu ofício em 1822, quando o doutor Schäffer (a quem ela costumava dar o tratamento de "Excelentíssimo") havia partido para a Europa em missão de trabalho para Leopoldina e o imperador. Alto, de rosto enxuto, barba e cabelo ralos, qualificado às vezes pela imperatriz como "meu único amigo nesta América horrível", Leopoldina tornou a lhe pedir dinheiro poucos dias depois de Graham partir. Só que, nessa oportunidade, já não era para a antiga preceptora de sua filha, e a quantia era muito maior.

"Oito contos de réis [...] quatro para o senhor e os quatro restantes para mim." A imperatriz não explicava dessa vez para que o necessitava, mas dizia que "infelizmente, minha situação está cada vez pior. Meu esposo só se interessa por [espaço em branco]. E não importa o que aconteça com os outros."[281]

Chama a atenção o fato de a imperatriz deixar um espaço em branco nessa carta, como se seu secretário soubesse a que se referia; e também surpreende a "franqueza alemã" com que ela se referia ao marido em palavras dirigidas a um servidor. Coisa que, por outro lado, revelar-se-ia de grande utilidade para o diário da inglesa, a quem, aliás, a imperatriz iria pouco a pouco revelando alguns aspectos de sua vida privada, que, desse modo, ficaram registrados para a história. De fato, no *post-scriptum* de uma carta escrita a Graham quase um mês depois de sua partida do palácio, a imperatriz disse que a escrevia "no jardim, onde não sou observada".²⁸²

Dois dias depois mandou-lhe outra pedindo que não se preocupasse, "porque estou acostumada a combater os aborrecimentos, e quanto mais sofro pelas intrigas, mais sinto que todo o meu ser despreza essas ninharias. Mas confesso somente a vós que cantarei loas ao Onipotente quando me livrar dessa canalha". É uma possível referência à pessoa cujo nome ela havia deixado em branco na carta ao secretário.

XX

*"La maîtresse en titre"**

(1824-1825)

𝒰ma manhã, entre o fim de setembro e o início de novembro de 1824, a imperatriz fez um passeio solitário a pé pelos selvagens bosques que se estendiam bem além do palácio da Boa Vista. Como não conhecia bem a área, acabou se perdendo. Conforme contaria a Luíza mais tarde: "Andei por baixo dos espinhos e mimosas. As folhas dos juncos e as raízes das plantas parasitas me arranharam por todo lado, e caí mais de trinta vezes, para a frente e para trás. Além disso, acompanhava-me não o canto gentil do rouxinol, mas o rugido das onças, dos porcos-espinhos e o grunhido dos macacos grandes e barbudos. E eu jurei nunca mais repetir um passeio tão pitoresco".[283] O resultado da perda da imperatriz solitária na selva fluminense e da caminhada de "duas milhas, que passei mais pendurada nos galhos das árvores que andando no chão", foi que suas pernas ficaram doendo por "mais de três dias".[284]

Como podemos recordar, na adolescência e juventude Leopoldina costumava fazer longos passeios por bosques, colinas e montanhas em companhia de suas preceptoras, pois na Casa da Áustria considerava-se que esse tipo de exercício físico era muito

---

*Amante oficial.

saudável para os arquiduques. Escreveu-se, porém, que os passeios do tipo que ela descreveu a sua irmã em meados de novembro de 1824, e dos quais podemos encontrar outros exemplos em suas cartas, embora não fossem tão "selvagens", poderiam constituir uma forma de válvula de escape, ao mesmo tempo que uma busca de equilíbrio psíquico.

De fato, no início de 1825 Leopoldina parecia gozar de maior tranquilidade de espírito. Talvez porque depois de ter escrito a sua irmã que a "incomodava" ter engravidado menos de um mês depois de ter dado à luz, dizendo que não era "muito agradável", havia podido se retificar dizendo que "graças a Deus ainda não estou em estado interessante". Mas essa situação supostamente calma foi perturbada no final de janeiro, quando um dos cunhados de Domitila foi nomeado viador da imperatriz, um ofício cortesão que implicava um alto grau de proximidade da imperatriz.

Por senso de dever, ou porque Leopoldina era dotada de um pragmatismo que não costuma ser muito considerado ao se falar dela, os problemas conjugais de caráter íntimo parece que não a impediram de colaborar com seu marido em outros aspectos. Assim sugere o conteúdo de uma carta dirigida a seu secretário alemão, o doutor Schäffer, um mês e meio depois de Pedro ter posto ao lado de sua esposa um irmão de Domitila, talvez com a finalidade de "observá-la", como a imperatriz insinuaria. Nessa carta Leopoldina diz a esse médico alemão que o "imperador está extraordinariamente satisfeito com os soldados" que o secretário havia contratado para que passassem a servir o Brasil, e que "os cavalos" que havia comprado para Pedro "causaram-lhe um prazer extraordinário", de modo que pedia que comprasse "o cavalo branco de Steinar [sic], perto de Lübeck, e dois cavalos castanhos, de Illefeld [sic], perto de Brandenburgo".[285]

O senso prático da imperatriz, ou simplesmente o fato de que servia a seu marido como uma espécie de secretária-intérprete, serviço do qual ele não podia — ou não queria — prescindir, manifestar-se-ia no final da carta, quando ela escreveu a Schäffer dizendo "agora, depois de ter servido a meu senhor, quero falar de mim [...] eu vos peço, como à única pessoa em quem posso confiar, que me arranjeis, se possível, 120 mil florins". Não se pode descartar que ela tenha escrito esse "meu senhor" com certa ironia, como quando escreveu "meu querido conde" para se referir ao odiado Metternich.

Por outro lado, tendo em conta que, como foi dito antes, essa quantia de dinheiro se aproximava bastante do salário anual de um embaixador da Áustria durante o período napoleônico, ainda considerando a inflação fruto das guerras, o valor solicitado por Leopoldina era relativamente alto em 1825. O fato de se tratar de uma moeda corrente europeia faz pensar que ela a necessitava para utilizar nesse continente. De qualquer maneira, era obrigada a solicitá-la, "pois aqui, infelizmente, só se pensa em tirar, e não em aumentar ou dar". Era uma frase que, segundo a interpretação de seu principal biógrafo, fazia referência indireta "ao marido, que presumivelmente continuava, como antes, ficando com toda ou parte da mesada da imperatriz".[286]

Durante um dos muitos atos religiosos que aconteceram no Rio durante as festividades da Páscoa de 1825, Domitila de Castro teve a audácia de entrar na tribuna da capela imperial, à qual só tinham acesso as damas da imperatriz. Dizem que fez isso obedecendo às ordens do imperador. De qualquer forma, em um gesto de solidariedade para com Leopoldina que complicaria mais as coisas, essas mulheres abandonaram imediatamente a tribuna.

A reação de Pedro não se fez esperar. Em suas memórias, Maria Graham considera o fato o "primeiro e quase o mais penoso" dos insultos feitos à imperatriz por seu marido. Para piorar, ocorreu em 4 de abril, dia em que se comemorava o aniversário do nascimento da primogênita do casal imperial. Como conta a ex-preceptora dessa menina, nessas ocasiões, é comum começar o dia escutando pedidos e concedendo favores, ou — como se chamam — graças. Mas, dessa vez, toda a corte, mesmo vulgar como era, caiu em consternação com a primeira graça. Madame de Castro foi nomeada camareira-mor da imperatriz. Portanto, tinha o direito de estar presente em todas as reuniões e acompanhar a imperatriz em todas as suas saídas; além de assumir o lugar de honra depois de Sua Majestade em todos os atos públicos, fosse nas cerimônias da igreja ou no teatro. Em resumo, de infligir à imperatriz o mais odioso desconforto, ou seja, sua presença a partir do momento em que saía de seus aposentos privados.

Na primeira explosão de indignação geral várias damas principais se recusaram a visitar a favorita, mas logo as fizeram compreender que da teimosia não resultaria nenhum grande bem para a imperatriz, e com maior probabilidade arruinaria suas famílias.

Segundo a inglesa, "o perdão exigido a uma importante casa nobiliária portuguesa por essa afronta foi [pagar] uma carruagem nova, recentemente importada de Londres, que foi destinada à *maîtresse en titre*".

Em uma carta escrita por Pedro, infelizmente sem data, mas muito provavelmente desse período, dirigida a Domitila, ele dava a Leopoldina o revelador apelido de "proprietária". O imperador contava a sua amante que sua esposa recentemente lhe havia feito uma pergunta referente a uma pequena indisposição de saúde sofrida por Domitila, que ela antes havia comentado com a imperatriz. O que faz pensar que a cena aconteceu depois de a paulista ter sido nomeada camareira-mor.

"Isso foi para ver o que eu lhe respondia", escreveu o imperador à amante a seguir, [*sic*] "e nunca me apanha, me ha de apanhar descalço [...] o melhor he, que eu quando sahir de dia nunca lhe vá fallar para que ella no desconfie de nosso Santo amor [...] e em casa nunca lhe falar em Mece e sim em outra qualquer Madame para que ella desconfie de outra."

Três dias depois da nomeação de Domitila como "primeira-dama" da imperatriz, Leopoldina escreveu a seu pai para lhe contar que estava de novo "em estado interessante", e que, "como todos desejam que tenha um filho, eu também desejo".[287] O modo da imperatriz de se subjugar aos desejos do marido ficava evidente mesmo no cuidado que tinha para cumprir impecavelmente seus deveres protocolares. Por exemplo, quando chegou ao porto o navio que trazia novos colonos e soldados alemães contratados por seu secretário alemão, Leopoldina acompanhou seu marido a recebê-los e seu comportamento em nada fez pensar que pudesse estar ofendida pela humilhação infligida pelo esposo dez dias antes.

Dizem que "o imperador contemplava com visível satisfação os recém-chegados, agradavam-lhe especialmente aqueles que se destacavam pela altura [...] quando queria conversar com um ou outro, chamava a princesa, dizendo: 'Senhora, faça o favor', e lhe pedia que lhe servisse de intérprete".

Mas o que se passava no ânimo da imperatriz não escapava, naturalmente, da consideração do barão de Mareschal, que pouco depois da nomeação de Domitila escreveu um despacho a Viena contando ao príncipe de Metternich que "a alta prudência, o bom senso e a extrema moderação de Sua Alteza Imperial determinaram a conduta que tinha que manter [...] Ela dignou inclusive a receber essa senhora com educação, depois que lhe fosse apresentada, de acordo com o costume, pela graça obtida".[288] Menos de um mês depois de o despacho de Marechal ser enviado a Viena (exatamente no dia 13 de maio de 1825), o rei dom João VI de Portugal reconheceu a independência do Brasil. Com esse gesto, o astuto pai de dom Pedro pretendia garantir certa influência sobre a política do império e seu filho mais velho.

De fato, depois de um tempo de conhecida essa notícia no Rio, quando entrou na baía da Guanabara o navio inglês *Wellesley* levando consigo *sir* Charles Stuart, e esse cavalheiro desembarcou no Campo de São Cristóvão, a maior parte do gabinete de dom Pedro pensou que estava chegando como embaixador de Sua Graciosa Majestade Britânica. Qual não seria a surpresa quando se soube que, na realidade, vinha como ministro de dom João VI, o que o transformava em uma espécie de embaixador de Portugal no Brasil.

Mas não só o rei português confiava pouco em seu filho naquele tempo, começo de agosto de 1825. Francisco I da Áustria escreveu uma breve mensagem ao príncipe de Metternich dizendo literalmente que "pelo informe do barão de Mareschal tomei ciência, ai de mim, do homem miserável que é meu genro".

A relação de dom Pedro com Domitila podia provocar um grave conflito diplomático no Brasil, dependendo da reação do soberano de uma das grandes potências mundiais da época depois de se assegurar de que sua filha era humilhada publicamente. No decorrer do inverno de 1825 Leopoldina tentou buscar na privacidade do lar e na correspondência com seus parentes austríacos um consolo para a situação em que se encontrava. Dado que grande parte dos movimentos que realizava durante o dia era observada, entende-se que a imperatriz buscasse o retiro como proteção. E as cartas a Luísa como desabafo.

Por esses dias Leopoldina agradeceu à duquesa de Parma em uma delas os livros infantis que ela havia enviado para Maria da Glória, e comentou, surpresa, que a princesa imperial do Brasil preferia "a história do cachorro aos contos de fadas, que normalmente atraem mais as crianças". Inclusive chegou a fazer algumas observações políticas de implicações pessoais que iluminavam seu passado recente e sua forma de ser, considerando que provinha de alguém que havia se declarado incapaz de fingir. Ela disse: "Agora que o céu está se abrindo [...] para nós, americanos, posso me declarar publicamente de novo europeia e alemã, o que me foi muito difícil esconder".

Por fim, ela prometeu a Luísa enviar por meio de *sir* Charles Stuart, "já que sei que é um inglês probo", um retrato dela (da imperatriz) e outro de suas quatro filhas, bem como "uma paisagem pintada por minha insignificância".[289]

Isso demonstra que Leopoldina continuara praticando um dos passatempos de sua juventude. Mas em uma mulher que não era passiva por natureza, e sim irascível, o esforço de reprimir constantemente seus sentimentos, apesar da ajuda de suas fortes convicções religiosas, estava começando a se mostrar muito prejudicial ao seu organismo. De fato, uma testemunha direta disse por esses dias que a deterioração do estado emocional da imperatriz era evidente. No início de setembro, Maria Graham, prestes a partir para a Europa, foi ao palácio da Boa Vista para se despedir de Leopoldina. Conforme escreveria mais tarde, encontrou a imperatriz em sua biblioteca, sozinha, "fraca de saúde e com mais depressão de ânimo que de costume".

> Ela me deu várias cartas para levar à Europa. Pediu-me especial atenção para uma que havia escrito para sua irmã, a ex-imperatriz Maria Luísa. Eu sabia que entre as duas irmãs havia um maior grau de amizade que com os demais membros da família.
> Depois de a imperatriz falar de sua própria família e de seus desejos em relação à Europa, nossas palavras foram muito poucas. Prometi lhe escrever, e por seu próprio pedido, contar-lhe tudo que eu conseguisse saber sobre as pessoas de sua própria família.
> Ela me disse que inclusive os "disse-me-disse" da sociedade seriam agradáveis para ela, isolada como estava de qualquer comunicação com a Europa. Ela me prometeu responder às cartas e então me perguntou se eu queria alguma coisa que ela pudesse fazer ou me dar. Eu lhe pedi uma mecha de seu cabelo, e, como não havia uma tesoura ali perto e ela não quis chamar um criado, pegou uma faca que havia em cima da mesa e cortou uma.

A inglesa saiu do quarto onde estava a imperatriz "com uma sensação de opressão, quase nova para mim, pois eu a deixava, como previa, destinada a uma vida de vexações maiores que tudo que ela havia sofrido até então, e em um estado de saúde pouco propício para suportar um peso adicional".[290]

Entre essas "vexações" que em breve a imperatriz sofreria está a que lhe infligiu um grande amigo da preceptora, *sir* Charles Stuart, ao seguir a tradição estabelecida havia séculos nas cortes europeias: ao chegar a uma nova sede, um embaixador estrangeiro deveria entrar em contato com a amante da vez do soberano em exercício. A finalidade era especialmente obter informação indireta sobre esse monarca para poder, a seguir, exercer mais influência sobre ele. E, além disso, evidentemente, inflar a vaidade viril do soberano.

A conduta de *sir* Charles, que ironicamente não deixava de ser, pelo menos formalmente, embaixador do sogro de Leopoldina, era, naturalmente, conhecida pelo barão de Mareschal, que em um despacho do mês de setembro a Viena diz que o inglês "desde sua chegada fez uma visita protocolar à favorita e outra no dia 16 desse mês [...] me disseram que o exemplo foi seguido por outros (diplomatas) estrangeiros".

Como era de se esperar de Leopoldina, dado o domínio de si mesma que havia conseguido desenvolver, ela ignorou essa afronta a seu orgulho na correspondência que enviou a seu pai no final desse mês, mas, sintomaticamente, disse que se houvesse perdido a esperança de voltar a beijar sua mão "pessoalmente, já teria perdido há muito tempo a coragem e a força moral para suportar tantos dissabores e preocupações".[291]

Com esse "pessoalmente" ela talvez aludisse à possibilidade de uma volta próxima sua à Europa. Mas essa hipótese, que circulou como "rumor" algum tempo depois, seria desmentida por Mareschal.

XXI

Uma filha ainda ingênua

(1825-1826)

No dia em que completava 27 anos, o imperador assinou um decreto imperial que deve ter ferido profundamente o orgulho de sua esposa, especialmente como arquiduquesa da Áustria. "Atendendo aos diferentes méritos e serviços que Dona Domitila de Castro [...] primeira dama da imperatriz, minha muito amada e apreciada Mulher, pelos quais se faz digna de minha imperial Consideração, tenho por bem, como prova do muito que a aprecio, fazer-lhe a mercê de torná-la viscondessa de Santos, com Honra de Grandeza". O barão de Mareschal não podia acreditar. "A influência que essa mulher tem sobre Sua Alteza Real é realmente surpreendente, e tanto mais é de se temer que aumente e seja duradoura", escreveu a Metternich depois de ter confirmação da notícia.

Em seu despacho, ele se referia também a uma dúvida que compartilhava com a maior parte da corte do Rio: "Parece-me impossível que a senhora arquiduquesa não veja o que se passa diretamente sob seus olhos [...] mas Sua Alteza Real tem a alta prudência de jamais fazer menção disso [...] e de fingir que nada percebe".[292]

Ao contrário, a capacidade de sedução que Domitila exercia sobre dom Pedro era percebida por todos que tivessem olhos para ver. Mareschal havia escrito também que "ele a consulta inclusive sobre os assuntos políticos, e esse príncipe que é tão zeloso de sua autoridade, e que nunca deseja parecer influenciado, não hesita em admitir que acata as opiniões de sua *maîtresse*".²⁹³

A isso devemos acrescentar que tudo acontecia durante os últimos meses da sétima gravidez da imperatriz. E que Domitila também estava novamente grávida do imperador, mais ou menos desde a mesma data que Leopoldina. De fato, um mês e meio depois de a amante do imperador passar a fazer parte da nobreza do império do Brasil, a imperatriz deu à luz. Há testemunhos de que essa última gravidez havia sido mais complicada que as anteriores. E o mesmo se pode dizer do parto. Conforme Leopoldina contaria ao pai, ela deu à luz com "muito esforço, e não sem ajuda do parteiro, às três horas da manhã do dia 2 de dezembro de 1825, a um menino muito grande e forte".²⁹⁴

O nascimento desse sétimo rebento da imperatriz, que no futuro mostraria ter herdado as melhores qualidades da Casa da Áustria e algumas de seu pai, fez que a mãe se sentisse realmente feliz, porque "correspondia a todos os meus anseios".

"Em 9 de dezembro, o príncipe, que era de saúde robusta, foi batizado com toda a pompa na capela imperial. A madrinha seria sua irmãzinha Maria da Glória."²⁹⁵ O recém-nascido recebeu o nome de Pedro de Alcântara, também dado a seu meio-irmão, com o acréscimo de Brasileiro, pois "poucos dias depois do nascimento do herdeiro, nasceu outro filho de dom Pedro" com Domitila.²⁹⁶

Embora seja paradoxal, dada a situação, em um despacho enviado a Viena no final de dezembro Mareschal escreveu que "felizmente, a boa harmonia entre Sua Alteza Imperial e Real, a senhora arquiduquesa e seu esposo, não foi ainda perturbada". A imperatriz, cuja saúde ficou muito debilitada com o parto complicado, não saiu do palácio até início de 1826, depois de ter passado quase um mês de convalescença. Por esses dias, o imperador havia decidido ir para a Bahia, com a intenção de que sua presença ajudasse a evitar que estourasse nos territórios do norte do Brasil uma revolução igualitarista como havia acontecido na República de São Domingos.

Leopoldina parecia recuperada e o incidente do enobrecimento de Domitila superado. Pelo menos ao escrever a Maria Graham, a quem, aliás, nunca havia "aberto seu coração" sobre seus problemas afetivos com dom Pedro, mas também não lhe havia dado uma versão idílica de seu relacionamento com ele. Anunciou com um tom que podia ser considerado otimista que "depois de amanhã embarco com destino à Bahia com meu bem amado esposo e minha adorada Maria".[297] A seguir, dedicou grande parte de sua carta a criticar com inteligência uma peça que por esses dias estava sendo apresentada em Paris (*O macaco do Brasil*), obra teatral que ela considerava ofensiva para com seu país de adoção e mais uma prova da "leviandade de caráter da nação francesa, que dá tanta importância a tamanhas ninharias". Frase que, aliás, deve ter alegrado a britânica.

Mas o que Leopoldina fingia ignorar em sua carta a Graham era motivo de comentário de toda a corte, como apontaria o barão de Mareschal alguns dias depois da partida do séquito imperial ao norte do Brasil, em um despacho a Viena. Dado que "a viagem da corte à Bahia deu lugar a um grande escândalo".

> Ver o imperador se fazer acompanhar no mesmo navio pela imperatriz, sua filha mais velha e sua *maîtresse* oficial necessariamente ofendeu todo o mundo, mas o medo pessoal que a violência do caráter desse príncipe inspira fechou a boca de todos.
> A senhora arquiduquesa, que naturalmente devia se sentir mais ferida, mostrou a esse respeito a mais perfeita indiferença [...] o único receio que ela expressou foi quanto ao mau exemplo que isso daria à jovem princesa, menina precoce a quem nada escapa.
> Não sei se isso é sabedoria, filosofia prática ou despreocupação, mas ninguém poderia se conduzir com mais tato que a arquiduquesa; todo o mundo está de acordo a respeito desse fato, e ela ganha a cada dia na opinião pública e na de seu esposo.

Segundo o diplomata austríaco, o imperador havia recebido cartas anônimas que censuravam seu comportamento — cartas que ele chegou inclusive a mostrar à imperatriz, que teria comentado que, se o dito fosse falso, "não valia a pena se preocupar, e, que se fosse verdade, era preciso fingir que se desprezava o rumor para fazê-lo morrer".

De acordo com uma crônica da época, "durante a viagem algumas pessoas amigas de dom Pedro lhe pediram que se abstivesse de dar escândalo e que se lembrasse de que sobre ele estavam depositados os olhos de trezentas pessoas. E que na presença da filha de sete anos e de sua mulher, a quem faltava com o respeito, era conveniente ter o maior recato.

Mas "o imperador se conduziu com muito pouca dignidade, tratando a viscondessa de Santos com muito agrado e familiaridade, ora chamando-a de 'Minha Titila', ora de 'Minha rica viscondessa', consentindo que sua filha, dona Maria da Glória, caminhasse de braço dado com ela pela ponte do navio". Sempre segundo esse relato, "o imperador comia na sala de jantar tendo a filha a sua direita e a viscondessa de Santos a sua esquerda".[298]

> Por fim a esquadra chegou, em 26 de fevereiro de 1826, à cidade de São Salvador da Bahia [...] Quando a galeota estava pronta para sair da lateral do navio *dom Pedro I*, o imperador disse que aquela dama (dona Domitila) devia ir a terra com os imperadores. Ao chegar a terra, ocorreu um beija-mão, e depois o tradicional *Te Deum* na Sé.[299] A hospedagem do imperador e de dona Domitila no mesmo edifício e o da imperatriz em outro — embora estivessem ligados por um corredor — naturalmente deu pé a muitos comentários.

Durante sua permanência na Bahia a imperatriz continuaria fingindo que ignorava o que aquilo significava, mas, alguns anos depois, Maria Graham, que nunca perdeu contato com o barão de

Mareschal — talvez a pessoa mais bem informada do Brasil sobre o último período da vida da imperatriz —, escreveu que tinha "motivos para acreditar que a viagem à Bahia — de qualquer modo, algumas das circunstâncias que a cercaram — constituiu a base" de uma doença fatal.[300]

Enquanto a corte ainda estava na Bahia, dom João VI faleceu em Portugal (10 de março de 1826). Mas durante a permanência da corte no norte do país o imperador soube de outro falecimento, cujas consequências devem ter afetado a imperatriz, embora de maneira muito diferente da morte de seu sogro. Pedro de Alcântara Brasileiro, o filho bastardo de dom Pedro e Domitila nascido pouco depois do herdeiro ao trono, acabou sua breve existência na capital do império enquanto seus pais estavam ausentes.

De acordo com um despacho de Mareschal a Viena, dom Pedro ordenou aos ministros e conselheiros de Estado que haviam permanecido no Rio que participassem do funeral solene realizado para esse menino. Enquanto isso, na Bahia, suas demonstrações públicas de consolo a Domitila, que mostravam, certamente, seu lado mais humano e compassivo, constituíam, ao mesmo tempo, um permanente desafio ao protocolo, além de alvo de constantes rumores e críticas veladas. Não foi em vão que o diplomata escreveu em um despacho sucessivo a Viena: "O entusiasmo e regozijo públicos manifestados no momento da chegada do soberano à Bahia não se mantiveram, e a partida foi um pouco fria".[301]

Deu-se o acaso de que Jacinto de Bougainville, filho do célebre explorador e naturalista francês, se encontrasse no porto do Rio fazendo escala de uma viagem ao redor do mundo — êmulo da de seu pai — quando a corte desembarcou na Guanabara. O navegador francês foi apresentado à imperatriz, que o recebeu "de maneira graciosa. Enquanto Sua Majestade falava conosco, ela se ocupava afavelmente de recolher a cauda de seu vestido e levá-la à cintura, para evitar 'tropeçar', disse ela ao abandonar o navio".[302]

É uma cena que mostra bem o caráter espontâneo e o que alguns chamariam de "simplicidade" dos modos da imperatriz do Brasil. Segundo esse egresso de uma das escolas politécnicas de maior prestígio da Europa, fundada por Napoleão, e homem de grande inteligência e cultura, essa "arquiduquesa da Áustria [...] tinha uma estatura pouco vantajosa, não era bonita nem mostrava dignidade no jeito de se mover, mas sua fisionomia empática e aberta denunciava uma mulher excelente".[303]

Era uma descrição não muito elogiosa do ponto de vista físico, e bastante similar, aliás, à que nove anos antes havia feito a baronesa de Montet, mas muito precisa, e que poderia explicar, em parte, o motivo da pouca atração que a essa altura Leopoldina exercia sobre dom Pedro, um homem muito sensível à beleza e ao encanto femininos ao longo de toda a sua vida.

Foi ao chegar ao Rio que o imperador soube da notícia da morte de seu pai. E também que esse monarca, antes de morrer, havia nomeado regente do reino de Portugal uma de suas filhas (a infanta Isabel Maria), até que o "herdeiro legítimo voltasse ao país". Mas esse astuto senhor não havia especificado a qual dos dois filhos homens se referia. E Miguel, depois de ter organizado vários levantamentos contra seu pai, ajudado por sua mãe, ainda estava em Viena.

Ao saber que os partidários de seu irmão não viam a hora de conseguir que esse infante fosse aclamado rei de Portugal, o imperador dom Pedro, com a suposta colaboração de Metternich, decidiu abdicar desse título em favor de sua filha primogênita, Maria da Glória. Em troca, Miguel teria que aceitar que a infanta Isabel Maria continuasse com a regência até que a menina fosse maior de idade e pudesse se casar com ele, consumando um casamento que o imperador havia começado a planejar antes, quando seu irmão havia sido expulso para Viena.

Embora a imperatriz estivesse a par desses planos desde então, a decisão de seu marido de levá-los a cabo despertou nela velhos temores e tristes presságios. Ela sentia um profundo carinho por sua filha primogênita, que, por outro lado, tinha um caráter bastante parecido com o de dom Pedro. Diferente de Carlota Joaquina durante toda a sua vida, Leopoldina não era na época uma pessoa que tentasse mudar completamente algo que não lhe agradava. Por seu caráter era capaz de se rebelar, mas a educação, o "senso do dever" e especialmente a relação com seu marido a haviam tornado "condescendente", como diria um de seus biógrafos.

De modo que, em vez de se opor ao casamento de sua filha com seu cunhado, ela tentaria fazer o possível para mitigar os possíveis efeitos prejudiciais que essa união implicava para a menina. Ao chegar a São Cristóvão, a primeira coisa que fez foi escrever uma carta a Rodrigo Navarro de Andrade, barão de Vila Seca, um dos diplomatas que havia cuidado de seu casamento e que desde então era embaixador de Portugal na corte de Viena.

"Não tenho forças para explicar a dor e a pena que sente meu coração no momento em que recebo a triste notícia da morte do melhor e do mais doce dos pais", começou ela no que parecia ser uma mera carta de condolências diplomáticas.[304] Mas, no final, pediu a ele que entregasse "ao irmão Miguel" uma carta que anexava à dirigida a Navarro. Uma missiva pensada para um cunhado a quem jamais havia estimado, mas a quem já via como marido da princesa Maria da Glória assim que consentisse dar-lhe a mão de uma filha que ela adorava. Segundo os antigos costumes sobre casamentos dinásticos, que a Igreja aprovava, uma princesa era considerada maior de idade quando completava doze anos.

Três dias depois de Leopoldina despachar essas duas cartas para a Áustria, o barão de Vila Seca era autorizado, em Viena, a agir em representação da princesa Maria da Glória em um ato no qual o infante dom Miguel solicitaria ao papa Leão XII que os dispensasse do impedimento da consanguinidade, por conta do estreito grau de parentesco que o unia a essa menina. Dispensa que seria outorgada graças à influência que os Habsburgo tinham em Roma havia quase seis séculos.

Nesse mesmo dia, Leopoldina escrevia a seu pai uma carta fazendo menção a "uma viagem bem penosa à Bahia, extraordinariamente desagradável em todos os sentidos".

Essa frase ela repetiria na carta que escreveu a Maria Graham no dia seguinte, sem também esclarecer as razões. Em vez disso, disse que "o único consolo que me resta é seguir sempre o caminho da virtude e da retidão, com firme confiança na Providência, que jamais abandonará um coração sincero e religioso".[305] Em 2 de maio de 1826 dom Pedro renunciou formalmente à coroa de Portugal em benefício de sua filha primogênita. Esse ato, que não deixava margem a dúvidas sobre o destino de Maria da Glória, não parece ter afetado a continuidade da colaboração política de Leopoldina com seu marido.

De fato, oito dias depois de anunciada essa decisão, a imperatriz entrou em contato epistolar com o doutor Schäffer, que continuava na Alemanha, para lhe comunicar que seu esposo havia dado ordem ao encarregado de negócios brasileiro em Paris de liberar o dinheiro necessário "para que sejam pagos todos os soldados e colonos já contratados. O imperador faz votos de que vós já tenhais contratado alguns milhares, assim o outro não teria mais remédio que pagar, e só com esse estratagema a coisa poderá ir bem, e a batalha contra 'o partido bem-intencionado do Brasil' estará ganha".[306] O tom irônico de Leopoldina em relação ao representante brasileiro em Paris ("o outro") e ao próprio governo, e no que diz respeito ao marido, parecem implicar certa cumplicidade com ele, pelo menos em relação ao modo como ele "imperava".

Dez dias depois de escrita essa carta dom Pedro legitimou por decreto Isabel Maria Brasileira, a filha bastarda tida com Domitila. Um posterior despacho de Mareschal informou a Metternich que "Sua Majestade a imperatriz passou esse dia caçando; tenho, enquanto isso, motivo para acreditar que Sua Majestade foi informada por seu augusto esposo do que ia acontecer".

Nesse mesmo dia Leopoldina por fim escreveu a seu pai para manifestar-lhe seus temores pelo futuro de Maria da Glória fora do Brasil, algo que qualificou como "a segunda separação dolorosa que vou padecendo", e que a levou a exclamar "ah, se ela pudesse ir para a Áustria, eu estaria completamente tranquila!". De forma reveladora, no mesmo dia a imperatriz escreveu nada menos que à condessa Lazansky, a mulher que na Áustria havia supervisionado sua instrução e a de suas irmãs.

É possível que Leopoldina estivesse tentando criar uma rede de proteção em torno de sua filha, por conta de seu cunhado, apelando a algumas pessoas em quem ela confiava moralmente na corte de Viena; seu pai e a incorruptível aristocrata que havia redigido para ela as muito severas *Résolutions*. De fato, nas poucas palavras dirigidas a essa mulher parecia se ouvir o eco do passado de Leopoldina:

> Em pouco tempo me espera a separação de minha bondosa filha Maria, que será rainha de Portugal. Ela é uma filha boa e amada, ainda ingênua, bem de acordo com a educação austríaca.
> Influí como pude sobre seu coração e intelecto; ela tem muitos talentos, mas é, como todas as pessoas muito talentosas, indolente nos estudos. Infelizmente, temo muito por ela, pois na história dos regentes acha-se tudo bom, seja bom ou ruim.[307]

XXII

Melancolia

(1826)

*N*a última semana de maio de 1826 a legitimada Isabel Maria Brasileira foi agraciada por seu pai com o título de duquesa de Goiás, com tratamento de Alteza. No mesmo dia, segundo contaria Mareschal a Metternich, houve uma grande cerimônia na residência de Domitila, situada "a um tiro de espingarda do palácio" onde morava a imperatriz.[308]

"Toda a corte (inclusive os religiosos) foi cumprimentar a duquesa de Goiás na casa da mãe, onde era apresentada por seu avô", narraria outra fonte.[309] Seguindo o protocolo habitual em matéria de concessão de novos títulos nobiliários, como bem relata o próprio Mareschal, "a senhora duquesa de Goiás foi apresentada a Sua Majestade a imperatriz; Sua Alteza foi acompanhada pelo camarista Castro (o avô), a quem o cuidado de sua pessoa é confiado".[310]

Há pelo menos duas versões sobre a reação da imperatriz a essa apresentação, que rememorava um uso vigente na refinada corte de Versalhes durante o reinado de um dos monarcas mais importantes da história francesa, Luís XIV, *le Roi Soleil*, cujas bastardas gozaram de um imenso favoritismo por parte de seu régio pai.

Segundo uma dessas explicações, quando essa menina de dois anos foi apresentada a Leopoldina, esta teria murmurado, entre lágrimas, "Tu não tens culpa [...] tu não tens culpa!".[311] Segundo a outra, a imperatriz "se afligiu muito e, trancando-se em seu quarto, ficou chorando".[312] Como se pode notar, uma não exclui a outra e ambas parecem complementares.

De qualquer forma, Marechal não deixaria de informar a Viena "que a paixão de dom Pedro (por Domitila) aumenta dia a dia e que é difícil prever que acabe". E acrescentou: "Por mais estranha que possa parecer a afirmação, não menos verdadeiro é que, apesar das causas existentes, a união dos augustos esposos não se alterou, mas o mérito disso cabe inteiramente a Sua Majestade a imperatriz. Sua existência é puramente passiva".[313] Pelo teor de uma carta de Leopoldina dirigida a sua "querida amiga" Maria Graham, escrita poucos dias depois, poder-se-ia supor que a suposta passividade da imperatriz tinha uma motivação muito valiosa para ela, já enunciada em carta anterior a sua antiga preceptora:

"Dentro de breve serei obrigada a fazer um novo sacrifício", dizia. "É me separar de uma filha que adoro. O que deve consolar uma mãe afetuosa é a firme esperança e, posso dizer, certeza, de que ela fará a felicidade de uma nação fiel e valente (Portugal) e habitará nossa querida Europa, que espero ainda rever, pois ao tempo nada é impossível".[314]

Como, de maneira sutil, por meio de cartas a Viena, a imperatriz estava tentando fazer que sua filha pudesse permanecer ali, pelo menos até a maioridade, é possível conjecturar que ela aceitasse esse sacrifício porque isso facilitava a volta a sua pátria.

Fosse como fosse, de acordo com uma prática já consolidada que lhe dava bons resultados para controlar sua melancolia, Leopoldina continuava desenvolvendo diariamente uma grande atividade física, fugindo para a natureza, como ela mesma havia escrito. Não em vão seu admirado Goethe havia dito, em uma frase que parecia ter sido pensada para ela, que "a natureza é o grande calmante da alma moderna".

Segundo Mareschal, na primeira quinzena de junho a imperatriz fazia passeios diários de oito ou nove horas a cavalo, algo que o diplomata não via com muito bons olhos, em parte pelos efeitos negativos do clima sobre sua saúde, e em parte porque, quando saía a cavalo, a imperatriz usava "um vestido que nada tem de feminino (e) não é apropriado para despertar novamente a afeição de seu esposo". Era uma crítica similar à que nove anos antes a arquiduquesa Maria Luísa havia feito a Leopoldina, surpresa pelo abandono do decoro no modo de vestir de sua irmã durante o Congresso de Viena. Em contradição aparente com o que ele havia dito antes sobre a passividade de Leopoldina, Mareschal escreveria depois que uma única coisa fazia que a imperatriz perdesse a paciência com seu marido:

"As pequenas desavenças que tiveram eram sempre provocadas pelas crianças; o imperador demonstrava algumas vezes bastante dureza para com as jovens princesas e uma grande parcialidade a favor de sua filha natural, e Sua Majestade a imperatriz tinha grande vivacidade em tudo que se refere às crianças, assim como tem paciência para aquilo que lhe é pessoal."[315]

Talvez, tendo perdido o que para ela era mais querido, a imperatriz preferisse concentrar suas energias somente no que continuava tendo valor. Maria Graham conta que Maria Brasileira foi "causa de uma grande ofensa à imperatriz e ocasionou uma explosão de mau humor de dona Maria, então rainha de Portugal, que posso bem registrar aqui" (insinuação de que sua fonte era a própria Leopoldina).

"Quando [...] aquela menininha foi apresentada em palácio, o imperador determinou que ela comesse com dona Maria. A princesa se negou a se sentar à mesa com aquela que chamava de 'a bastarda'. O imperador insistiu e ameaçou dar-lhe uma bofetada, diante do qual ela orgulhosamente olhou para ele e disse: 'Uma bofetada! Com efeito! Nunca se ouviu dizer que uma rainha, por direito próprio, fosse tratada com uma bofetada!'".[316]

Mas a humilhação a essa pequena rainha muito geniosa não acabaria ali. Segundo Mareschal, "Sua Majestade [o imperador] passeia frequentemente com a duquesa de Goiás na cidade. Ele foi publicamente à alfândega com a mãe dela, e em 31 de julho foi com a imperatriz e a rainha de Portugal a uma celebração na igreja que ocorreu por conta de uma promessa da viscondessa de Santos pela saúde de sua filha". Para mais descaro, "em 3 de agosto Sua Majestade partiu, acompanhado pela viscondessa e sua família, para Santa Cruz [a fazenda preferida de Leopoldina]; nem a imperatriz nem nenhum nobre de câmara nem ministro ou secretário participou da viagem".

Tudo isso repercutiria, logicamente, no estado de ânimo de Leopoldina. De fato, outro compatriota que se encontrou com ela enquanto dom Pedro estava naquela propriedade "ficou surpreso de ver a augusta princesa tão pálida, de vê-la, por assim dizer, apagar-se no florescimento de seus anos [...] os olhos quase extintos pareciam infelizmente confirmar, de uma maneira convincente, o desvanecimento de suas forças físicas, mantidas somente pelo impulso de uma rara cultura".[317] Para alguns, "dona Leopoldina encontrava seu único consolo na religião, no contato com o divino que buscava tanto na igreja, nas orações, como nos extensos passeios na natureza pujante que então cercava o Rio".[318]

De acordo com a opinião de dois religiosos de épocas diferentes,[319] a imperatriz havia trazido de sua pátria uma imagem da Virgem de Mariazell, de que era devota. Algo muito provável, pois, segundo uma antiquíssima tradição da Casa de Habsburgo, todas as arquiduquesas da Áustria, antes de se casar, peregrinavam até esse santuário onde se venerava essa representação de Nossa Senhora, e ali faziam o voto de respeitar fielmente "o sagrado vínculo do casamento". Assim havia feito, em seu momento, Maria Antonieta, acompanhada por sua mãe, a imperatriz Maria Teresa a Grande, pouco antes de se casar com o delfim da França.

No final do verão de 1826 de novo correram boatos no Rio sobre uma sublevação contra dom Pedro, por ter permitido que, no ato de reconhecimento oficial do herdeiro ao trono do Brasil, o futuro dom Pedro II fosse apresentado no colo do pai de Domitila. Não se sabe em que informação chegada da Áustria por esses dias a imperatriz se basearia para escrever a Luísa dizendo que se alegrava por seu cunhado Miguel ter "mudado para o bem [...] porque querem casá-lo com minha filha. Deus permita que seja uma união feliz, porque a cada dia me convenço mais de que só a paixão mútua e a amizade podem fazer feliz um casal".[320]

A seguir, ela fez uma reflexão que deve ter passado pela mente de muitas princesas vítimas de um casamento como o dela, baseado em interesses políticos, mas que, pelo que sabemos, era a primeira vez que manifestava por escrito de forma tão clara e contundente. Leopoldina disse a Luísa que "nós, pobres princesas, somos como dados cuja sorte se joga e cujo destino depende do resultado. Dirás que sou uma verdadeira filósofa, mas o fogo da juventude se apaga facilmente quando as pessoas se tornam prudentes por experiência própria".

Sem abdicar da essência do que eram os tradicionais deveres da Casa da Áustria em matéria de casamento, dir-se-ia que essa arquiduquesa parecia ter feito suas, pelo menos intelectualmente, as conclusões do romance da maturidade de seu amado Goethe, *As afinidades eletivas*. Era a obra que o poeta preferido de sua querida madrasta imperatriz Maria Ludovica de Habsburgo-Este, e supostamente também de Leopoldina, havia acabado de escrever pouco antes de ela o conhecer na cidade balneária de Karlsbad, no verão de 1810.

Nesse famoso livro o escritor questionava os fundamentos do casamento baseado na razão e no cálculo, elementos fundamentais da união de Leopoldina, bem como de quase todos os matrimônios dinásticos desde que existe registro histórico. Apesar de o barão de Mareschal ter se dado ao trabalho de desmenti-la em um de seus despachos a Viena, a possibilidade de voltar à Europa continuaria sendo considerada por Leopoldina no momento em que ela já havia se transformado em "uma verdadeira filósofa".

Assim indicam algumas passagens da carta a Luísa na qual ela utilizara essa frase, e quando retomava o tema de outra carta anterior:

que tantas coisas ocorriam que "tudo podia acontecer. Somente a doce e fervorosa esperança de meu coração de irmã de poder te abraçar outra vez é o que me mantém e faz que de vez em quando eu não desanime completamente". Para Mareschal, porém, não se tratava mais que de um rumor espalhado por Domitila, desejosa de ficar como senhora única do Brasil.

De fato, Leopoldina se mostrou mais cética em relação à questão de sua provável volta à Pátria Mãe na carta que no mesmo dia escreveu a sua "querida amiga" inglesa, a quem disse que "há muitas coisas neste mundo que se desejariam mudar por vários motivos e que um sagrado dever ou uma amarga política impedem. Essas mesmas razões me forçam a permanecer no Brasil, firmemente persuadida de que na Europa eu gozaria de maior repouso de espírito e de muito consolo".[321]

É possível que ao se referir a esse "sagrado dever", mais que ao casamento, ela estivesse aludindo ao que a unia a sua primogênita, vítima, segundo Leopoldina, de "uma amarga política". Posto que no mesmo dia escreveu a seu pai para lhe pedir desculpas por "vos importunar com estas linhas". E depois disse que as mandava, "pois sei como meu cunhado o considera e ama, para vos pedir, amado papai, que lhe façais um sermão, para que quando minha querida filha Maria me deixar e for entregue a ele, como me afirmam, leve em conta sua juventude e a proteja de todos os perigos a que possa ser exposta".[322]

Segundo Mareschal, posteriormente à apresentação do herdeiro no colo do pai da amante do imperador, "esse maldito relacionamento (com Domitila) faz Sua Majestade perder diariamente o crédito e a confiança aos olhos do público. Sua Majestade a imperatriz o ganha, e da única maneira digna de uma princesa da augusta Casa da Áustria, por meio de uma conduta moral virtuosa, de uma paciência sem limites e de uma bondade igual para todos". Parece, porém, que "como consequência da ebulição popular dom Pedro tornou a dar mais atenção a sua esposa. Ele aparecia diariamente com a imperatriz e evitava sair com a viscondessa de Santos".[323]

Essa consideração do imperador para com sua esposa rendeu a Pedro um importante benefício. A intervenção de Leopoldina perante seu pai, para que este usasse sua influência junto a dom Miguel, contribuiu, sem dúvida, para que nos primeiros dias de outubro de 1826 esse díscolo infante assinasse em Viena um documento pelo qual jurava obedecer às ordens de seu irmão mais velho. Porém, quatro dias depois (8 de outubro), em uma carta que a imperatriz escreveu ao doutor Schäffer já se adverte que alguma coisa devia ter acontecido entre os esposos, porque Leopoldina, depois de tratar de uma questão de interesse vital para si própria, deixaria escapar uma crítica ao marido sobre um tema que até esse momento ela nunca havia abordado de maneira tão aberta em nenhuma carta, exceto nas dirigidas a sua irmã. Na primeira parte dessa missiva Leopoldina comunicava a esse médico alemão que "o imperador deseja cada vez mais soldados e me disse ter dado ordem para que Vossa Senhoria envie todos os que já estão contratados, que ele se responsabilizará pelo resto".[324]

A imperatriz sabia que o ministério competente não aprovava essa ação, porém apoiara-a. Evidentemente porque a ordem que esses soldados podiam impor no Brasil, em caso de um levantamento contra dom Pedro, também garantiria sua própria segurança. Ao mesmo tempo, a manutenção da relação com seu secretário, presente em terras europeias, permitiria a ela acompanhar de perto as operações conduzidas pelo doutor Schäffer na Alemanha e executadas pelo "caro Flack" no Brasil, relacionadas com o estabelecimento de colônias alemãs nesse país.

De fato, fazendo uso de sua ironia, nessa carta Leopoldina dizia a seu secretário que havia conseguido, "por meio de longa luta que talvez tenha me custado mais que muitas conquistas dos gregos e romanos, que Vossa Mercê fosse nomeado Encarregado de Negócios nas cidades hanseáticas e na Baixa Saxônia, nas quais vós desenrolareis vossa ação a favor dessa imigração".

De fato, conta-se que, a partir da chegada do secretário de Leopoldina à Alemanha e no decorrer dos quatro anos seguintes, entrariam em território brasileiro "uns 10 mil alemães, entre soldados, colonos e artesãos". Isso levou Schäffer a ser considerado por alguns "o verdadeiro pai da colonização baseada na pequena propriedade agrícola".[325] Tudo isso era feito, certamente, em benefício do país, mas também significava lucros e influências para quem realizava o trabalho.

Mas no final dessa carta que ela escreveu na primeira semana de outubro, Leopoldina se expressou de uma maneira que pode ser considerada reveladora de qual seria nesse momento a verdadeira opinião da imperatriz sobre o que outros comentavam em voz baixa, ou por meio de despachos diplomáticos, bem como do grau de confiança que depositava nesse leal servidor.

Leopoldina comentou com o doutor Schäffer, com seu também tradicional sarcasmo, que "aqui, infelizmente, tudo vai mal, pois, falando sinceramente, mulheres infames iguais a uma Pompadour ou uma Maintenon, e até mesmo piores, vista sua falta de educação [...] governam tudo, e a Santa Ignorância governa tudo, e os outros devem se calar. Resta somente uma grande solidão e o desejo cada vez mais [forte] de ficar livre e tranquila".[326]

Quando a imperatriz se referiu pela primeira vez em um documento escrito chegado até nossos dias, de modo implícito, à relação de seu marido com Domitila por meio da comparação com "uma Pompadour ou uma Maintenon", celebérrimas amantes públicas de reis da França, ela estava realmente pondo o dedo na ferida da questão que nesse momento mais prejudicava a reputação da nascente monarquia brasileira: o excessivo favor régio outorgado publicamente por um soberano a mulheres cujo principal mérito (inicial) era compartilhar durante alguns momentos o leito com ele.

Em razão do juízo lapidar emitido por Leopoldina sobre essas duas mulheres, vê-se que para ela ambas mereciam ser criticadas da mesma maneira. Pois bem, é sabido que enquanto a primeira havia sido uma astuta e belíssima aventureira, amante de Luís XV, interessada especialmente em seu benefício pessoal, a segunda foi uma distintíssima e culta amiga de Luís XIV, com quem o Rei Sol chegou inclusive a se casar, de forma secreta e morganática, depois da morte de sua primeira esposa, uma infanta pertencente à Casa da Áustria de quem Leopoldina descendia diretamente; por isso, talvez, sua aversão também em relação a ela.

Da referência de Leopoldina a madame de Pompadour podemos supor que ela conhecia um famoso episódio ocorrido na corte da França, no qual sua célebre tia-avó Maria Antonieta estivera envolvida quando ainda era a jovem esposa do herdeiro ao trono francês, neto do rei Luís XV. Um incidente menor, mas revelador do poder que alcançavam as amantes dos reis nas cortes do Antigo Regime e que havia ocorrido porque a então jovem arquiduquesa havia se negado caprichosamente a dirigir a palavra à amante do avô de seu marido, uma mulher de baixas origens que havia substituído no coração (e no leito) dele a citada Pompadour.

O desprezo à amante do homem mais poderoso do reino que Maria Antonieta então habitava havia sido considerado tão grave que até a mãe dela interveio para remediá-lo. A imperatriz Maria Teresa a Grande teve que pedir por carta a sua filha que deixasse de lado o orgulho e se dignasse a dizer pelo menos algumas palavras à amante de Luís XV. Para convencê-la, chegou a invocar a defesa dos direitos pátrios (austríacos), pois a influência que a amante do rei tinha sobre algum de seus ministros podia fazer que a situação acabasse em um conflito diplomático entre a França e o Império. Tão importante era, às vezes, o papel dessas mulheres na política. De fato, "durante séculos, os franceses tiveram orgulho das proezas amorosas de seus soberanos. A opinião popular poderia se desencadear contra essa ou aquela favorita".[327] E não importava só ao povo, visto que não poucas vezes essas mulheres eram capazes de nomear e defenestrar ministros.

Com certeza Leopoldina sabia que alguns de seus antepassados Habsburgo do ramo espanhol, dos quais descendia diretamente, haviam tido filhos bastardos, e que estes haviam representado um importante papel em fatos históricos de transcendência europeia, como dom João da Áustria, bastardo do imperador Carlos V, na batalha de Lepanto, quando as forças cristãs haviam vencido os muçulmanos.

Não é possível saber, porém, se a imperatriz do Brasil estava a par da relação afetiva que uma tia do conde de Neipperg mantivera com Francisco de Lorena, esposo da imperatriz Maria Teresa a Grande, bisavós de Leopoldina, depois de essa imperatriz ter dado a seu marido o décimo quinto filho, e, portanto, seu encanto e juventude estarem muito deteriorados.

De qualquer forma, tudo isso havia ocorrido em uma época em que "cuidar da sexualidade do rei não era uma coisa subversiva [...] as amantes [...] eram acolhidas como conquistas, quase como troféus de guerra. Demonstravam a virilidade do soberano".[328] E a suas consortes não restava mais que aceitar a situação.

Mas "desde que, em *Cartas persas*, Montesquieu se serviu do romance do serralho para ilustrar o despotismo asiático, o sexo passara a ser uma metáfora política em voga, e a literatura clandestina do escândalo recorreria a ele cada vez com mais frequência para acusar os reis franceses que tinham amantes".[329] Tal crítica, pelo poder difusor das ideias do Iluminismo e, depois, da Revolução Francesa, também se estenderia a monarcas de outros reinos europeus.

Está claro que nem por isso os reis haviam deixado de ter amantes. Nem todos os soberanos respeitavam os princípios da Igreja em matéria de castidade e estavam dispostos a se casar quatro vezes para não cair em pecado, como havia feito o pai de Leopoldina. Mas uma boa parte daqueles que preferiam continuar dando ouvidos a suas paixões mais que a sua fé (no caso dos católicos) agiria com mais discrição e não humilharia publicamente sua consorte.

XXIII

Consagração de uma imperatriz
(1826)

      Dom Pedro, satisfeito por ter conseguido a mediação de Leopoldina para que dom Miguel jurasse em Viena obedecer a suas ordens, sentiu-se mais seguro do ponto de vista político, e "no início de outubro de 1826"[330] retomou abertamente seu relacionamento com Domitila, interrompido, aparentemente, por conta dos rumores que prejudicavam sua reputação. Como resultado da breve e possivelmente fingida reconciliação com sua esposa, esta engravidara de novo em data desconhecida, mas certamente "desde o final do verão".

    Em 12 de outubro, por ocasião do seu aniversário, o imperador agraciou novamente Domitila concedendo-lhe agora o marquesado de Santos, não já em mérito aos serviços prestados à imperatriz, como havia ocorrido com o título de viscondessa, mas por "merecimento próprio", pelos "distintos serviços" que havia prestado a "minha muito amada e querida filha", a duquesa de Goiás. Dom Pedro também transformou o pai de sua amiga íntima em visconde de Castro e nomeou os tios de sua "muito amada e querida filha" legitimada gentis-homens da casa imperial. Diante desses atentados a sua honra, a imperatriz continuou conservando sua calma proverbial; mas perdeu-a quando seu esposo acabou profanando, do ponto de vista dos valores de Leopoldina, "o sagrado vínculo do casamento", que, segundo ela, havia lhe insuflado a paciência para suportar seus dissabores conjugais.

Esse "sagrado vínculo" não parecia obrigar da mesma forma a consciência de Pedro, dado que ele não tivera a mesma (relativa) liberdade de Leopoldina para escolher sua cônjuge. Isso segundo os fatos históricos e inclusive do ponto de vista do dogma católico, visto que este, desde os tempos do cristianismo primitivo, requeria sempre a plena liberdade do homem e da mulher para contrair matrimônio. Esse era um matiz que teria que ser levado em conta antes de analisar a figura de dom Pedro em relação a esse assunto, bem como de uma grande parte dos casamentos régios na história, já que esse requisito nem sempre se cumpria. De qualquer forma, a imperatriz julgou que o sacramento do casamento foi profanado por dom Pedro quando ele deixou de dormir no palácio e foi viver na casa de Domitila, situada "a dois tiros de espingarda" da Quinta da Boa Vista, para poder cuidar do visconde de Castro, que havia sofrido uma apoplexia cinco dias depois de ter recebido seu título nobiliárquico.

Como afirma um biógrafo da imperatriz referindo-se a seu caráter, "um temperamento dessa natureza [irascível, como havia sido na adolescência e juventude], se não fosse freado, de maneira alguma poderia ter vivido com um caráter tão violento, explosivo e doentio" como o de seu marido.[331] Esse freio, mantido pelas sinceras e profundas crenças religiosas de Leopoldina, partiu-se no dia 20 de outubro de 1826. Nesse dia, em um estado de forte agitação, aumentada pelo fato de que a recente confirmação de que estava grávida de novo a fazia se sentir enganada pelo esposo, ela lhe escreveu: "Senhor, faz um mês que vós não dormis mais em casa. Deixarei que o senhor reconheça uma das duas, ou me dareis licença de me retirar para junto de meu pai na Alemanha". Dois dias depois, "Leopoldina, arquiduquesa da Áustria", como de forma reveladora havia assinado essa nota taxativa ao marido — talvez exagerando um pouco o número de dias que fazia que Pedro deixara de dormir no palácio —, escreveu uma carta a Graham dizendo encontrar-se "há algum tempo em uma melancolia realmente negra".³³²

De acordo com um informe escrito no dia 23 pelo barão de Mareschal, "havia seis dias [ou seja, desde o dia 17, dia do ataque de Castro] que Sua Majestade quase não deixava a cabeceira da cama e atuava como enfermeiro do visconde de Castro". A preciosa informação havia chegado a ele, em parte, pela própria imperatriz, que no dia anterior (22 de outubro) pela manhã havia se dirigido nada menos que à residência do diplomata para lhe comunicar "suas aflições [...] sem me confiar os pormenores".³³³ Como no dia 23 Pedro continuava ausente do palácio, Leopoldina, deixando de lado o decoro exigido por seus deveres imperiais, confiou a seu cozinheiro francês que "Sua Majestade o imperador, apesar de não ter lhe respondido, disse à marquesa de Santos, depois de ter recebido a carta [...] que lhe seria indiferente perder seu império desde que conservasse o objeto de seus desejos"³³⁴.

Essa é uma frase bastante improvável, mesmo na boca de um homem impulsivo como dom Pedro, que por esses dias não só lutava para consolidar o trono do Brasil, como também deixava astutamente aberta uma porta para controlar a coroa de Portugal por meio do casamento de sua filha com seu irmão. É possível, porém, que Pedro a tenha dito em um momento de raiva, para ferir sua esposa, o que demonstraria seus sentimentos pela mulher a quem havia engravidado fazia pouco tempo. O certo é que a imperatriz havia dito literalmente essa frase a seu cozinheiro, pois assim declararia esse servidor ao barão de Mareschal, a pedido deste, com o objetivo de redigir um informe completo da situação para enviar a Metternich.

Segundo a *Crônica geral*, como dom Pedro não havia voltado "nem sequer na terceira noite", a imperatriz mandou chamar um criado do marido e lhe pediu que pusesse sua roupa em baús, "enquanto eu escrevo uma carta", para dizer ao imperador que se mudasse para a casa da marquesa de Santos, enquanto ela residiria no Convento da Ajuda à espera de que seu pai a mandasse buscar.[335] O criado, em vez de obedecer à ordem da imperatriz, foi avisar dom Pedro, que chegou pouco depois, e, "furioso, entrou no quarto da imperatriz, pegou a carta que ela estava escrevendo e ali houve uma discussão de palavras muito desagradáveis. Depois de se jogarem reciprocamente na cara coisas indignas e impróprias de pessoas tão altamente colocadas, o imperador caiu de joelhos aos pés da imperatriz e lhe pediu perdão, como sempre concluía as discussões com sua mulher, e ela o perdoava".[336]

Não existe registro de que isso tenha acontecido. Conta-se, porém, com o citado testemunho que o cozinheiro francês fez por escrito a Mareschal "na tarde de 23 de outubro", que "o imperador chegou a ralhar e lhe tirou (a Leopoldina) todos os cavalos de que ela se servia para seus passeios", e também lhe disse "que gastava demais para suas refeições".[337]

No segundo dia de novembro de 1826 faleceu o visconde de Castro, pai de Domitila. O nobre nomeado havia vinte dias foi sepultado com "uma pompa nunca vista, a não ser na lembrança dos funerais da casa real nos tempos do rei velho"[338] (dom João VI). As despesas fúnebres do falecido foram pagas pelo bolso do imperador, coisa que, segundo Mareschal, deu lugar a "muitos gracejos e a algumas pasquinadas".

Quase no mesmo tempo em que se celebravam os pomposos atos fúnebres do pai de Domitila, a imperatriz caiu doente de uma "febre biliar", como ela mesma escreveria ao pai.[339] É preciso levar em conta que por esses dias haviam sido celebrados em Viena os esponsais de sua filha Maria da Glória, efetuados com poderes pelo infante dom Miguel, perante toda a corte imperial; um ato com o qual a imperatriz não concordava intimamente, mas que não havia podido evitar. Segundo uma crônica do momento, a doença de Leopoldina aconteceu "estando ela grávida de três meses, tendo por causa a grande discussão que teve com o marido".[340]

O médico da corte, Vicente Navarro de Andrade, barão de Inhomirim, deu-lhe um vomitivo que piorou seu estado. Por isso a imperatriz não pôde ir com dom Pedro e sua filha Maria à inauguração solene da Academia de Belas-Artes, "embora nesse dia se comemorasse o [nono] aniversário de sua chegada ao Brasil".[341] Em 19 de novembro, segundo Mareschal, "seu estado era ainda tal que se temia um aborto". Ainda assim, Pedro tomou a decisão de viajar para a Cisplatina, em parte com a intenção de animar o exército brasileiro, que ali lutava contra os sediciosos dessa província, que os vizinhos argentinos queriam incorporar à sua república.[342]

De acordo com um despacho posterior do diplomata austríaco, a partida para o sul havia sido decidida por dom Pedro, na realidade, com a intenção de recuperar o prestígio perdido pelo comportamento para com sua esposa. Na manhã de 20 de novembro, antes de se celebrar o beija-mão de despedida, a imperatriz disse a seu marido que não participaria do ato, no qual estava prevista a presença da marquesa de Santos.

Com bastante probabilidade Leopoldina ainda não estava com forças para uma cerimônia tão longa e extenuante. De fato, nesse mesmo dia ela havia escrito uma carta ao pai para dizer que "apesar de estar extraordinariamente fraca [...] e embora ainda não consiga dormir bem, nem comer nada, tenho o dever de vos escrever [...] e recomendar-me a vossa oração paternal, pois minha fraqueza extraordinária, minhas dores permanentes [...] bem como o estado de minha gravidez de três meses fazem mais necessário que nunca que oreis ardentemente ao Todo-Poderoso".[343]

A partir desse momento, as versões do que ocorreu nesse dia entre Leopoldina e seu marido divergem e não existem documentos de autenticidade tão clara como essa carta na qual uma filha de sentimentos religiosos sinceros escreve a um pai crente, a quem respeita acima de tudo, para dizer que seus males "fazem mais necessário que nunca" que ele invoque Deus por ela. Segundo uma das versões, depois de a imperatriz dizer ao marido que não ia participar do beija-mão, dom Pedro "tentou forçar dona Leopoldina a entrar no salão onde se realizaria a cerimônia [...] acompanhada somente da dama paulista, a fim de burlar a opinião e abonar de crédito a marquesa diante do amparo a essa farsa".[344]

Aceitando-se como verdadeira essa versão, verossímil, de qualquer maneira, levando-se em conta o caráter de Pedro, que costumava usar o açoite com seus servidores, e a situação de instabilidade política que nesse momento atravessava — coisa que aumentaria seu nervosismo —, a questão principal é elucidar o significado exato da palavra "forçar". Para alguns historiadores, tratou-se de uma discussão muito forte, da qual só Domitila foi testemunha (os outros cortesãos teriam ouvido as vozes altas e alteradas dos imperadores discutindo); para outros, o imperador teria chegado a agredir fisicamente a esposa.

Evidentemente, também não há prova documental de que isso tenha ocorrido. Contamos com o comentário de Mareschal, em um despacho referente à saúde de Leopoldina, segundo o qual no dia 20 de novembro "à noite, seu estado parecia preocupante". Disso se deduz que, depois dessa discussão, o estado da imperatriz, que durante a manhã havia tido forças para escrever ao pai, algumas horas depois havia piorado até provocar "preocupação". Porém, em uma carta que o barão escreveria um mês depois ao esposo morganático da duquesa de Parma, o conde de Neipperg, dando-lhe detalhes da partida do imperador, ele não fala que as condições de saúde da imperatriz eram graves. Dá a entender que ela havia se recuperado, embora levemente, de sua doença, e que havia feito as pazes com o marido, que, por outro lado, desde a morte do pai de Domitila já não tinha pretextos para dormir fora do palácio. Mareschal escreveu a Neipperg que havia tido "a honra de vê-la (a Leopoldina) e fui testemunha da maneira como o imperador, que parecia fortemente abalado, testemunhava seu pesar por ter que a abandonar nesse estado".

Segundo uma carta escrita por Maria Amélia de Nápoles, tia de Leopoldina, a sua outra sobrinha, Maria Luísa de Parma, no momento de se despedir do marido a imperatriz lhe teria dito: "Adeus para sempre, pois não vos verei mais".[345] Trata-se, contudo, de um testemunho indireto muito posterior e distante, quando já haviam surgido tantos rumores a respeito dos imperadores do Brasil que era impossível separá-los dos fatos.

Em 27 de novembro Mareschal firmou um novo despacho a Viena no qual informava que "há três semanas Sua Majestade se encontra em um estado quase constante de sofrimentos [...] não oferece, porém, nenhum perigo". Segundo um novo relatório médico do barão de Inhomirim de 30 de novembro, o estado da imperatriz apresentava "novidades muito graves [...] excitação cerebral e espasmos violentos, ansiedade, pulso fraco". Nesse dia ela teve uma "excreção vaginal". Na noite de 1º para 2 de dezembro, "Sua Majestade se livrou de um feto de sexo masculino". Na noite de 2 para 3 de dezembro, padeceu um novo espasmo, muito violento, segundo o boletim. No dia 4, pela manhã, de acordo com um novo despacho de Mareschal, "Sua Majestade se confessou e recebeu o Santo Sacramento com a tranquilidade de espírito e a piedade que distinguem tão eminentemente sua augusta família".

Na noite de 4 para 5 de dezembro, Leopoldina sofreu nada menos que "treze evacuações biliosas". Segundo a citada carta de

Mareschal a Niepperg, a "febre biliosa" teria sido "a causa, e não a consequência do aborto". Essa febre degenerou no dia 6 em uma "febre nervosa". Maria Graham, que fora o barão de Mareschal tinha amigos muito bem informados na corte do Rio, ao se referir às supostas causas da doença da imperatriz conta que ela "havia suportado a inconstância do imperador e durezas ocasionais, satisfazendo-se com o fato de que ele não havia estimado ou respeitado nenhuma mulher como a estimava e respeitava".

> Mas, naqueles momentos, no delírio da febre [nervosa?], explodiram as expressões que provaram que sua calma e brandura anteriores não haviam tido origem na insensibilidade, e verificou-se que os sentimentos em relação à madame de Castro, à nomeação dela como primeira dama da corte e sua escolha para companhia da viagem à Bahia haviam sido circunstâncias que feriram profunda e fatalmente a imperatriz.
> Em certa ocasião, um vislumbre de lembrança voltou e Domitila se aproximou obsequiosamente. Ela (Leopoldina) começou a gritar e chamou o imperador para que levasse aquela detestável criatura. O imperador não estava ali — e a criatura detestável se aproximava ainda mais com atitudes violentas, quando alguém, que estivera observando tanto de dia quanto de noite ao lado da princesa agonizante, tomou a vulgar mulher pelos braços e a pôs à força para fora do quarto".[346]

Essa versão um tanto teatralizada da "querida amiga" inglesa da imperatriz é corroborada, em parte, por um despacho de Mareschal de 7 de dezembro, segundo o qual "a *maîtresse* deu prova de imprudência e estupidez". Dizem que durante o delírio Leopoldina gritava desesperadamente que lhe levassem sua *bobó*, sua fiel servidora desde a infância, Francisca Annony. Fosse como fosse, diante da reação, segundo alguns, violenta da imperatriz perante a tal ousadia, de acordo com o despacho do barão austríaco, Domitila teria recebido o conselho "de fingir uma indisposição e de não aparecer mais" na corte.[347]

Segundo a *Crônica geral*,[348] as criadas que conseguiam passar pelo filtro estabelecido antes de chegar à cabeceira da imperatriz "só entravam ali quando levavam os filhos para ver a mãe, de manhã e à tarde". Na manhã de "8 ou 9", segundo um novo informe de Mareschal, depois de uma febre de doze horas, Leopoldina se despediu de sua prole. De acordo com uma versão, que se apoia em um documento cuja autenticidade não é aceita por todos os historiadores, a imperatriz ditou depois uma carta destinada a sua irmã Maria Luísa.

De acordo com essa carta, Domitila não teria sido a única responsável pelo estado em que Leopoldina se encontrava. Embora se expressasse de forma um tanto sibilina, essa responsabilidade parecia recair também em "meu adorado Pedro [que] ultimamente acabou de me dar provas de seu total esquecimento a meu respeito, maltratando-me na presença daquela mesma que é causa de todas as minhas desgraças".[349] Sendo verdadeira essa carta, seria preciso especificar também o que a imperatriz entendia por "maus-tratos".

Nesse suposto documento (do qual só existe cópia), a imperatriz dizia que "no estado a que me reduzi [vejo-me] obrigada a me servir de intérprete, a marquesa de Aguiar, de que bem conheces o zelo e o amor verdadeiro que tem por mim", e pedia a sua irmã "não vingança, mas piedade e socorro e fraternal afeto a meus filhos inocentes [...] que vão ficar órfãos em poder de si mesmos ou das pessoas que foram os autores de minha desgraça".[350] Independentemente de esse documento ser verdadeiro ou não, e das responsabilidades sobre a iminente morte de Leopoldina que dele derivariam, o certo é que em 10 de dezembro ela recebeu a extrema-unção pelas mãos do bispo do

Rio, "apesar de já estar muito perturbada, e não consentia que ele se afastasse dela um só instante".³⁵¹ E ao amanhecer do dia seguinte restavam-lhe pouquíssimas horas de vida.

※

Em uma carta enviada a Graham, o barão de Mareschal escreveria que a doença da imperatriz havia sido "curta e dolorosa. Não a perdi de vista durante todo o seu decorrer. Ela perdeu a esperança desde o início; tendo em conta sua idade, sua constituição e a fatal complicação da gravidez, fez-se o possível para salvá-la".³⁵² E, em um despacho que redigiria, diria que a imperatriz havia "terminado seus sofrimentos, sem esforço [...] suas feições de modo algum haviam se alterado".³⁵³ Sem dúvida alguma, deve ter sido uma cena muito diferente da dos momentos finais da vida de sua famosa tia, a rainha Maria Antonieta, "a radiante arquiduquesa austríaca que havia chegado a Versalhes para fazer a felicidade da França", mas que acabara sendo conduzida à guilhotina em uma carroça usada por camponeses para transportar palha, enquanto ela contemplava súditos raivosos, com "o lábio inferior saliente, curvado em uma careta de desprezo". É possível que, instantes antes de encontrar aquele a quem ela chamava de Onipotente, Leopoldina tenha deixado vagar sua romântica imaginação da juventude pela "vista magnífica" de alguma paisagem dos Alpes com picos nevados e vales cobertos de pinheiros gigantescos, que tantas vezes havia contemplado, extasiada, durante a infância, "do cume de uma alta montanha", para depois se agachar e pegar uma pedra rara destinada a sua coleção de minerais.

E que, de repente, a visão mudasse e ela se imaginasse em uma selva, caminhando, acompanhada não pelo "canto do gentil rouxinol, mas o rugido das onças, dos porcos-espinhos e o grunhido dos macacos grandes e barbudos". E assim seguiria a mente, até encontrar, no vale da Tijuca, "uma cascata magnífica, à sombra de mimosas e palmeiras", que caía de uma grande altura, em "um pequeno rio que se prolonga até o mar, e onde a paisagem é feita para encantar". A imperatriz do Brasil, maravilhada, pararia para contemplá-lo, recostando-se debaixo de uma mimosa. No final, como escreveria Mareschal no despacho que anunciaria o falecimento, dona Leopoldina "parecia ter adormecido pacificamente, na posição mais natural".[354]

Árvore genealógica

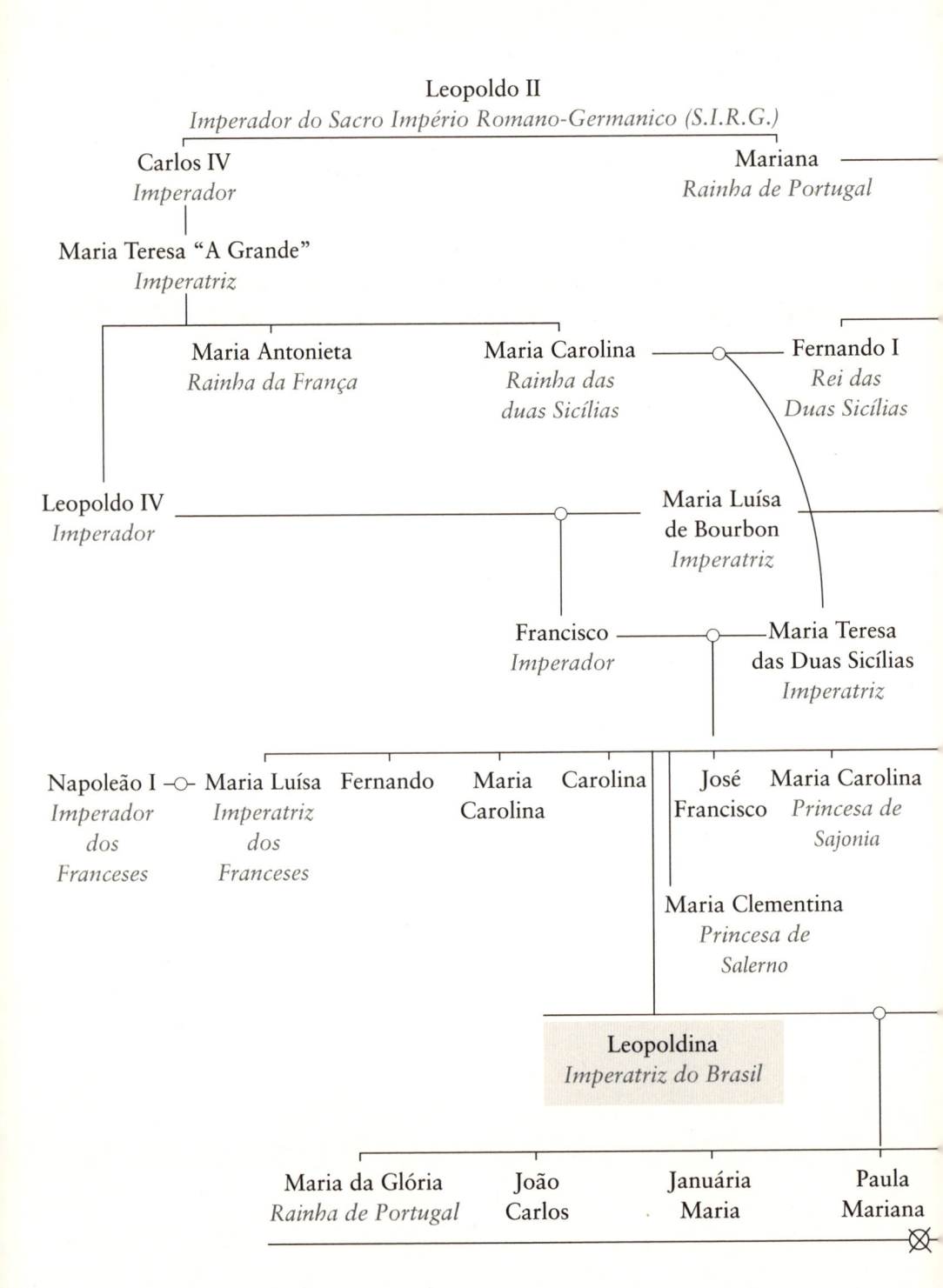

Leopoldo II
Imperador do Sacro Império Romano-Germanico (S.I.R.G.)

Carlos IV
Imperador

Mariana
Rainha de Portugal

Maria Teresa "A Grande"
Imperatriz

Maria Antonieta
Rainha da França

Maria Carolina
Rainha das duas Sicílias

Fernando I
Rei das Duas Sicílias

Leopoldo IV
Imperador

Maria Luísa de Bourbon
Imperatriz

Francisco
Imperador

Maria Teresa das Duas Sicílias
Imperatriz

Napoleão I
Imperador dos Franceses

Maria Luísa
Imperatriz dos Franceses

Fernando

Maria Carolina

Carolina

José Francisco

Maria Carolina
Princesa de Sajonia

Maria Clementina
Princesa de Salerno

Leopoldina
Imperatriz do Brasil

Maria da Glória
Rainha de Portugal

João Carlos

Januária Maria

Paula Mariana

de Leopoldina (simplificada)

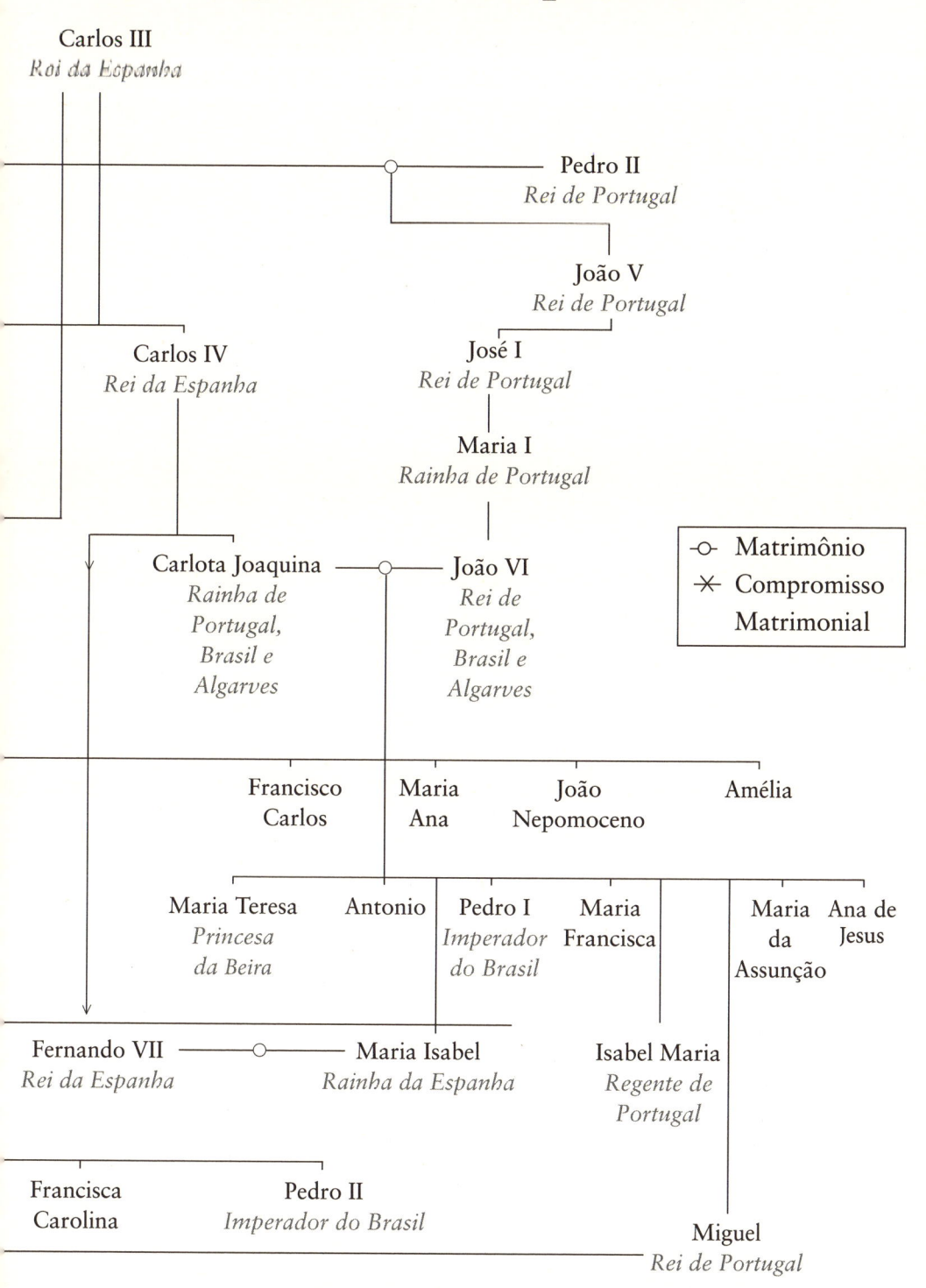

Carlos III
Rei da Espanha

Pedro II
Rei de Portugal

João V
Rei de Portugal

Carlos IV
Rei da Espanha

José I
Rei de Portugal

Maria I
Rainha de Portugal

Carlota Joaquina
Rainha de Portugal, Brasil e Algarves

João VI
Rei de Portugal, Brasil e Algarves

- —o— Matrimônio
- —✶— Compromisso Matrimonial

Francisco Carlos — Maria Ana — João Nepomoceno — Amélia

Maria Teresa
Princesa da Beira
— Antonio — **Pedro I** *Imperador do Brasil* — Maria Francisca — Maria da Assunção — Ana de Jesus

Fernando VII
Rei da Espanha
—o— **Maria Isabel**
Rainha da Espanha

Isabel Maria
Regente de Portugal

Francisca Carolina — **Pedro II** *Imperador do Brasil*

Miguel
Rei de Portugal

Bibliografia

ABRANTES, duquesa de; *Mémoires*, Paris, 1833.
AZEVEDO, Nogueira de F.; *Carlota Joaquina na Corte do Brasil*, Rio de Janeiro, 2003.
CALMON, P; *O rei cavalheiro. A vida de dom Pedro I*, São Paulo, 1933.
CHEKE, M.; *Carlota Joaquina: Queen of Portugal*, Londres, 1947.
CELLIEZ, A., Mlle de; *Les Imperatrices*, Paris, 1862.
CINTRA, A.; *A vida íntima do imperador e da imperatriz*, São Paulo, 1934.
CORTI, E.; *Metternich und die Frauen*, Viena, 1949.
CRAVERI, B.; *Amantes y reinas*, Madri, 2006.
DEBRET, J. B.; *Viagem pitoresca e histórica ao Brasil*, São Paulo, 1982.
DEL PRIORE, M.; *A carne e o sangue*, Rio de Janeiro, 2012.
DOS SANTOS, L. G.; *Memórias*, Rio de Janeiro, 1943.
DRUMOND Vasconcelos de, A.; *Anotações à sua biographia*, Rio de Janeiro, 1890.
FALCÃO de Cerqueira, E.; *Obras científicas*, São Paulo, 1967.
FORJAZ, D.; *O senador Vergueiro*, São Paulo, 1924.
FRONTEIRA, marquês de; *Memórias do marquês de Fronteira e d'Alorna*, Coimbra, 1932.
GEROSA, G.; *Napoleone*, Milão, 1995.
GOMES, L.; *1822*, Rio de Janeiro, 2010.
GRAHAM, M.; *Escorço biográfico de dom Pedro I*, Rio de Janeiro, 1940.
GRAHAM, M.; *Correspondência entre Maria Graham e a imperatriz dona Leopoldina*, Belo Horizonte, 1997.
GRAHAM, M.; *Diário de uma viagem ao Brasil*, São Paulo, 1980.
HABSBURGS Kinder; "Catálogo", Schlobhof, 2001.
HARTMANN, A.; *Memórias de una amiga vienense*, Weimar, 1998.
HEDVIG Elizabeth Carlotte; *Diários*, VI, (1797-1799), Norstedt and Söners förlag, Estocolmo, 1927.
HERRE, F.; *Maria Luigia: Il destino di una Asburgo*, Milão, 1997.
História da vida privada no Brasil, São Paulo, 1997.
Instituto Histórico e Geográfico Brasileiro; *200 anos imperatriz Leopoldina*, Rio de Janeiro, 1997.
KAISER, G.; *Um diário imperial*, Rio de Janeiro, 2005.
KANN, B.; "Apontamentos sobre a infância e juventude de Leopoldina", em *Cartas de uma imperatriz*, São Paulo, 2008.
KHEL, M. R.; "Leopoldina, ensaio para um perfil", em *Cartas de uma imperatriz*, São Paulo, 2008.

LEPENIES, W.; *Melancholie und Gesellschaft (Melancolia e sociedade)*, Frankfurt, 1969.
LIMA, Oliveira; *D. João VI no Brasil, 1803-1821*, 1945.
MANSFELDT, J.; *Meine Reise nach Brasilien in Jahre 1826*, Magdeburg, 1828.
MANFRED, A.; *Napoleón Bonaparte*, Madri, 2008.
MARROCOS, L. J. dos Santos; *Cartas de Luiz Joaquim dos Santos Marrocos*, Rio de Janeiro, 1934.
MICHELET, J.; *Les femmes de la Révolution*, Paris, 1890.
MONTEIRO, T.; *A elaboração da independência*, Rio de Janeiro, 1927.
MORAES DE MELLO, J.; *A independência e o império do Brasil*, Rio de Janeiro, 1877.
MORAES DE MELLO, J.; *Chronica geral e minuciosa do império do Brasil*, Rio de Janeiro, 1879.
MONTET DU, A.; *Die Erinnerungen der Baronin du Montet, Wien-Paris, 1795-1858*, Zürich/ Wien/ Leipzig, 1926.
OBERACKER Jr.; C. H.; *A imperatriz Leopoldina*, Conselho Federal de Cultura, 1973.
OBRY, O.; *Greuner Purpur*, Viena, 1958.
PEDREIRA COSTA, D.; *Dom João VI*, Lisboa 2006.
QUERALT, P.; *Las cuatro esposas de Fernando VII*, Barcelona, 1997.
RAFFARD, H., *Apontamentos*, Rio de Janeiro, 1899.
RANGEL, A.; *Dom Pedro I e a marquesa de Santos*, 1945.
RANGEL, A.; *Cartas de dom Pedro à marquesa de Santos*, Rio de Janeiro, 1984.
RODRIGUES, A. M. (ed.); *D. João VI e seu tempo*, Rio de Janeiro, 1999.
SANTOS, E.; *Dom Pedro IV*, Lisboa; 2006.
SCHWARCZ, L. Moritz; *As barbas do imperador*, São Paulo, 1998.
SEIDLER, C.; *Dez anos no Brasil*, São Paulo/Belo Horizonte, 1980.
SLEMIAN, A.; "O paradigma do dever em tempos de revolução: Dona Leopoldina e o 'sacrifício de ficar na América'" em *Cartas de uma imperatriz*, São Paulo, 2008.
SLEMIAN, A.; *O difícil aprendizado da política na corte do Rio de Janeiro. 1808--1824*, São Paulo, 2000.
SOLOMON, M.; *New light on Beethoven's Letter to an Unknown Woman*, em *The Musical Quarterly*, Cambridge, 1972.
SOUSA DE, T.; *A vida de dom Pedro I*, São Paulo, 1945.
SOUSA DE, T.; *História dos fundadores do império do Brasil*, Rio de Janeiro, 1972.
SOUSA DE, T.; *José Bonifácio*, São Paulo/Belo Horizonte, 1988.
TRITSCH, W.; *Franz von Österreich*, Leipzig, 1938.
VARHAGEN, F. A.; *História da independência do Brasil*, São Paulo, 1957.
VIANA, H.; *Dom Pedro I e dom Pedro II*, São Paulo, 1966.
VISCONDE DE S. Leopoldo; "Memórias", em *Revista do Instituto Histórico*, Rio de Janeiro, s.d.
WERTHEIMER, E.; *Die drei ersten Frauen des Kaisers Franz*, Leipzig, 1893.
WILCKEN, P.; *Império à deriva*, Porto, 2007.
ZWEIG, S.; *Marie Antoinette*, Paris, 1933.
ZWEIG, S.; *Tres maestros (Balzac, Dickens, Dostoievski)*, Barcelona, 2004.

Dramatis personae
(por ordem de aparição na obra)

MARIA ANTONIETA DE HABSBURGO-LORENA (1755-1793), arquiduquesa da Áustria, filha da imperatriz Maria Teresa a Grande. Rainha da França; tia--avó paterna e materna de Leopoldina.

MARIA TERESA DE BOURBON (1772-1807), princesa das Duas Sicílias; por casamento, imperatriz do Sacro Império Romano-Germânico, e depois da Áustria. Mãe de Leopoldina.

LEOPOLDINA DE HABSBURGO (1797-1826), arquiduquesa da Áustria, imperatriz do Brasil.

NAPOLEÃO BONAPARTE (1769-1821), no começo da narração, general dos exércitos da República Francesa na Itália. A seguir, imperador dos franceses. Casado em segundas núpcias com a arquiduquesa Maria Luísa, irmã de Leopoldina, e, como tal, cunhado desta.

FRANCISCO II (1768-1835), imperador do Sacro Império Romano-Germânico; mais tarde Francisco I, imperador da Áustria. Filho do duque da Toscana, depois imperador Leopoldo II (1747-1792) e Maria Luísa de Bourbon, infanta da Espanha. Pai de Leopoldina.

MARIA CAROLINA DE HABSBURGO (1752-1814), arquiduquesa da Áustria, rainha de Nápoles e Sicília (Duas Sicílias), irmã da rainha Maria Antonieta, avó materna de Leopoldina.

MARIA LUÍSA DE HABSBURGO (1791-1847), arquiduquesa da Áustria, segunda esposa de Napoleão I, e, como tal, imperatriz dos franceses, depois duquesa de Parma; irmã de Leopoldina.

FERNANDO DE HABSBURGO (1793-1875), primogênito de Francisco II; de 1835 a 1848 (Fernando I) imperador hereditário da Áustria; irmão de Leopoldina.

CARLOS DE HABSBURGO (1771-1847), arquiduque da Áustria, comandante dos exércitos imperiais, e, como tal, vencedor de Napoleão na Batalha de Aspern (1809); tio paterno de Leopoldina.

MARIA CLEMENTINA DE HABSBURGO (1798-1881), arquiduquesa da Áustria, princesa de Salerno por casamento; irmã de Leopoldina.

PEDRO DE BRAGANÇA (1798-1834), príncipe do Brasil, a seguir (Pedro I) imperador do Brasil, mais tarde (Pedro IV) rei de Portugal; marido de Leopoldina.

CARLOTA JOAQUINA DE BOURBON (1775-1830), infanta da Espanha, princesa do Brasil, depois rainha do Reino Unido de Portugal, Brasil e Algarves; sogra de Leopoldina.

PIO VI (1717-1799), pontífice durante a Revolução Francesa.

MARIA CAROLINA DE HABSBURGO (1801-1832), arquiduquesa da Áustria, princesa consorte da Saxônia; irmã de Leopoldina.

FRANCISCO CARLOS DE HABSBURGO (1802-1878), arquiduque da Áustria, pai do futuro imperador Francisco José da Áustria, sucessor de seu tio Fernando I. Irmão de Leopoldina.

FRANCISCA ANNONY, servidora desde a infância de Leopoldina.

VITTORIA DI COLLOREDO, preceptora da arquiduquesa Maria Luísa.

MARIA ANA DE HABSBURGO (1804-1858), arquiduquesa da Áustria; irmã de Leopoldina.

JOÃO NEPOMUCENO DE HABSBURGO (1804 -1809), arquiduque da Áustria; irmão de Leopoldina.

JOSEFINA DE BEAUHARNAIS (1763-1814), primeira esposa de Napoleão, e, como tal, imperatriz dos franceses; avó paterna de Amélia de Leuchtenberg, segunda imperatriz do Brasil.

CARLOS MAGNO (742-814), rei dos francos, primeiro imperador do Sacro Império Romano-Germânico. Antepassado direto da Casa de Lorena e da Casa de Este.

FERNANDO I DE BOURBON (1752-1825), rei de Nápoles e Sicília, mais tarde do reino das Duas Sicílias; avô materno de Leopoldina.

JOSÉ FRANCISCO LEOPOLDO DE HABSBURGO (1799-1807), arquiduque da Áustria, irmão de Leopoldina.

CLEMENS VON METTERNICH (1773-1853), embaixador da Áustria em Paris, depois ministro dos Negócios Estrangeiros (1809), finalmente chanceler da Áustria (1821). Sua primeira esposa foi a condessa (depois princesa) Eleonora von Kaunitz, neta do chanceler do império de mesmo sobrenome.

MARIA LUDOVICA DE HABSBURGO ESTE (1787-1816), filha do vice-rei da Lombardia e da princesa Beatriz de Este, herdeira do ducado de Módena. Imperatriz do Sacro Império Romano, como terceira esposa de Francisco II, depois imperatriz da Áustria, primeira madrasta de Leopoldina.

LAURA JUNOT (1784-1838), duquesa de Abrantes, esposa do general Junot, embaixadora da França em Portugal, amante do conde de Metternich. Memorialista de sucesso.

RAINER DE HABSBURGO (1783-1853), arquiduque da Áustria, vice-rei da Lombardia, tio paterno de Leopoldina.

CONDESSA ULDARIKE LAZANSKY VON BUCOWA (1765-1852), de solteira condessa de Falkenhayn, preceptora principal de Leopoldina.

JEAN-JACQUES ROUSSEAU (1712-1778), escritor e filósofo suíço do século XVIII, precursor do romantismo.

CRISTINA DE PISANO (1364-1430 c.), escritora ítalo-francesa do século XV, autora de obras sobre a educação das rainhas e princesas; crítica da misoginia.

HORTÊNSIA DE BEAUHARNAIS (1783-1837), filha de Josefina; esposa de Luís Bonaparte, irmão de Napoleão, e, como tal, rainha da Holanda; mãe de Napoleão III, tia materna de Amélia de Leuchtenberg, segunda imperatriz do Brasil.

WOLFANG GOETHE (1749-1832), pensador, poeta e romancista alemão. No início, líder do movimento literário romântico; supostamente, o poeta alemão preferido de Leopoldina.

LEOPOLD KOZELUCH (1753-1814), músico e compositor tcheco da corte de Viena, professor de piano das arquiduquesas Maria Luísa e Leopoldina.

LUÍS XIV (1643-1715), o Rei Sol, monarca absolutista francês, esposo em primeiras núpcias de Maria Teresa de Habsburgo, infanta da Espanha, e em segundas, morganáticas e secretas, de sua amante, madame de Maintenon.

JOSEPH HAYDN (1732-1809), músico e compositor austríaco, maestro da forma sinfônica e do chamado "classicismo vienense". Compôs *Missas* dedicadas aos pais de Leopoldina.

JOHANN WILHELM RIDDLER (1772-1834), nascido na Boêmia de mãe protestante e pai católico; professor de história na Universidade de Viena e na Corte de Viena (1807); professor da arquiduquesa Leopoldina. Bibliotecário da Universidade de Viena (1814).

Rodolfo de Habsburgo (1788-1831), arquiduque da Áustria, aluno de piano e composição de Beethoven; cardeal da Igreja Católica (1819); tio paterno de Leopoldina.

Conde von Neipperg (1775-1829), Albert, nobre e general austríaco, filho de diplomata, amigo íntimo e depois marido morganático de Maria Luísa de Parma.

Leopoldo de Bourbon (1790-1851), príncipe de Salerno, tio paterno e primeiro candidato à mão de Leopoldina; marido da arquiduquesa Maria Clementina; cunhado de Leopoldina.

Charles-Maurice de Tayllerand-Perigord (1754-1831), conde, marquês e, finalmente, príncipe; político e diplomata francês. Ministro dos Negócios Estrangeiros de Napoleão I e posteriormente de Luís XVIII; representante da França no Congresso de Viena, durante o qual propôs aos representantes portugueses elevar o Brasil à condição de reino.

Jacques-Louis David (1748-1825) pintor francês; desenhou ao natural os momentos finais da rainha Maria Antonieta. Pintor oficial de Napoleão I.

Dom João VI (1767-1826), príncipe do Brasil, posteriormente regente, depois rei do Reino Unido de Portugal, Brasil e Algarves; sogro de Leopoldina.

Condessa de Kuenburg, nobre austríaca, camareira-mor de Leopoldina no Brasil durante um breve período.

Federico Augusto da Saxônia (1797-1854), príncipe herdeiro, a seguir rei da Saxônia; foi o segundo candidato à mão da arquiduquesa Leopoldina; esposo de Maria Carolina, arquiduquesa da Áustria. Cunhado de Leopoldina.

Carolina Augusta da Baviera (1792-1873), imperatriz da Áustria; como quarta esposa do imperador Francisco I da Áustria, segunda madrasta de Leopoldina.

Pio VII (Barnava Chiaramonti; 1742-1823), pontífice durante o império napoleônico, foi testemunha da coroação de Napoleão I em Notre Dame.

Grão-duque da Toscana, Fernando de Habsburgo (1769-1824), tio paterno de Leopoldina.

"Franz" (1811-1832), Francisco Carlos José Bonaparte, príncipe filho de Napoleão e da arquiduquesa Maria Luísa, "rei de Roma", duque de Reichstadt.

Condessa Rosa de Sarentino, nobre austríaca, dama da arquiduquesa Leopoldina no Brasil por um breve período.

Condessa de Lodron, nobre austríaca, dama da arquiduquesa Leopoldina no Brasil por um breve período.

ANTÔNIO CANOVA (1757-1822), arquiteto e escultor neoclássico italiano.

RODRIGO NAVARRO DE ANDRADE (1765-1839), primeiro barão de Vila Seca, um dos dois embaixadores especiais portugueses que negociaram o casamento de Leopoldina em Viena; posteriormente, ministro plenipotenciário de Portugal na corte de Francisco I da Áustria. Irmão de João, médico pessoal de Leopoldina.

MARIA TERESA DE BRAGANÇA (1793-1874), princesa da Beira, primogênita de dom João VI e Carlota Joaquina, irmã mais velha do príncipe dom Pedro, cunhada de Leopoldina.

MARIA FRANCISCA DE ASSIS DE BRAGANÇA (1800-1834), infanta de Portugal, filha de dom João VI e Carlota Joaquina, cunhada de Leopoldina.

ISABEL MARIA DE BRAGANÇA (1801-1876), infanta e regente de Portugal, filha de dom João VI e Carlota Joaquina, cunhada de Leopoldina.

ANA DE JESUS DE BRAGANÇA (1806-1857), infanta de Portugal, ultimogênita de dom João e Carlota Joaquina; cunhada de Leopoldina.

MARIA ISABEL DE BRAGANÇA (1797-1818), infanta de Portugal, filha de João VI e Carlota Joaquina, rainha da Espanha; cunhada de Leopoldina.

FERNANDO VII (1784-1833), filho de Carlos IV da Espanha e Maria Luísa de Parma, irmão mais novo de Carlota Joaquina, rei da Espanha, esposo de Maria Isabel de Bragança; cunhado de Leopoldina.

MIGUEL DE BRAGANÇA (1802-1866), infante de Portugal, filho de dom João VI e Carlota Joaquina, rei de Portugal, prometido da princesa Maria da Glória; cunhado de Leopoldina.

LUÍS DE HABSBURGO (1784-1846), arquiduque da Áustria, tio paterno de Leopoldina.

MARIA I (1734-1816), rainha de Portugal, mãe de dom João VI.

NOÉMI THIERRY, "dançarina" francesa, primeira amante conhecida de dom Pedro de Bragança. Mãe de um filho natural do príncipe.

JOSÉ MONTEIRO DA ROCHA (1734-1819), ex-jesuíta e preceptor em Portugal de Pedro de Bragança, príncipe do Brasil.

ANTÔNIO DE ARRÁBIDA, sacerdote e professor de latim do príncipe dom Pedro.

PADRE BOIRET, ex-jesuíta francês e tutor do príncipe dom Pedro por um breve período no Brasil. Professor de francês da princesa Maria da Glória.

JOÃO RADEMAKER, diplomata português, professor do príncipe dom Pedro durante um breve período no Brasil.

Barão Wenzell Mareschal (1785-1851), militar e diplomata austríaco; secretário da legação austríaca no Rio de Janeiro chegado em 1819, e, posteriormente, encarregado de negócios da Áustria no Brasil a partir de 24 de abril de 1826.

Segismund Ritter von Neukom (1778-1858), músico e compositor austríaco discípulo de Haydn, chegado ao Brasil um ano antes de Leopoldina no séquito do duque de Luxemburgo. Foi por um breve período professor da princesa e de seu marido. Compôs uma *Missa* em homenagem ao imperador Francisco II da Áustria.

Condessa de Linhares, Catarina Juliana de Sousa Holstein, esposa de Vitório Maria Federico, conde de Linhares; nomeada camareira-mor de Leopoldina em 1817.

Henrique III da França (1551-1589), rei da França; durante seu breve reinado, os chamados *mignons* do monarca, um grupo de refinados homossexuais, chegaram a ter uma grande influência na corte.

Doutor Johan Kammerlacher, médico e ornitólogo austríaco; veio ao Brasil no séquito de Leopoldina e foi seu médico pessoal até final de 1818.

Barão Wilhelm Joseph Neveu (1782-1819), diplomata, encarregado de negócios da Áustria chegado no séquito de Leopoldina.

Bernardo de Claraval (1090-1153), monge cistersiense e abade francês, redator da regra dos templários, promotor da Cruzada à Terra Santa.

Doutor José Correia Picanço (1745-1823), primeiro barão de Goiana, médico cirurgião especializado em obstetrícia; estudou em Coimbra e Paris; foi o primeiro a realizar uma cesariana no Brasil; médico preferido de dom Pedro; fez o parto de Maria da Glória.

Maria Luísa de Parma (1751-1819), princesa de Parma, rainha da Espanha, mãe de Carlota Joaquina e Fernando VII da Espanha.

Maria Amélia de Orleans (1782-1866), nascida princesa das Duas Sicílias, rainha dos franceses, tia materna de Leopoldina e uma das destinatárias preferidas de suas cartas.

Barão Bartholomeus Stürmer, diplomata, chefe da polícia austríaca em Santa Helena (1816), cônsul-geral da Áustria nos Estados Unidos (1817), ministro plenipotenciário da Áustria no Brasil em 1821.

Mazzarino (1602-1661), estadista e cardeal italiano, primeiro-ministro do rei Luís XIV da França.

CONDE DE PALMELA (1781-1850), Pedro de Sousa Holstein, posteriormente marquês e a seguir duque; representante de Portugal no Congresso de Viena; como ministro dos Negócios Estrangeiros, cuidou da volta de dom João VI a Portugal.

PROFESSOR DOUTOR GEORG ANTON VON SCHÄFFER (1779-1836), médico e naturalista alemão nascido no Palatinado, portanto súdito do Sacro Império; promotor na Europa da imigração alemã e suíça ao Brasil; enviado particular de Leopoldina e dom Pedro à Europa; secretário de Leopoldina.

CONDE DE ARCOS (1771-1828), Marcos de Noronha Brito, último vice-rei do Brasil; principal ministro do príncipe dom Pedro durante a Regência.

PRÍNCIPE JOÃO CARLOS (1821-1822), príncipe da Beira; primeiro filho homem de Leopoldina e Pedro.

JORGE DE AVILEZ (1785-1845), militar português, governador de Montevidéu; comandante das tropas portuguesas no Rio de Janeiro em 1821.

JOSÉ BONIFÁCIO DE ANDRADA E SILVA (1763-1838), político e estadista brasileiro, ministro de importantes pastas durante o processo da independência do Brasil e o primeiro governo do império.

JANUÁRIA DE BRAGANÇA (1822-1901), princesa imperial do Brasil, terceiro rebento de Leopoldina e Pedro.

DOMITILA DE CASTRO (1797-1867), marquesa de Santos, amiga íntima de dom Pedro I.

CHICO DE CASTRO militar, confidente de dom Pedro, irmão de Domitila.

MARQUESA DE AGUIAR (1782-?), Francisca de Portugal e Castro; camareira-mor de Leopoldina; casou-se com seu tio, Fernando José de Portugal e Castro, segundo marquês de Aguiar.

LORDE COCHRANE (1775-1860), décimo conde de Dundonald, primeiro marquês do Maranhão; aristocrata, navegante, aventureiro e maçom escocês, serviu às forças independentistas argentino-chilenas na luta naval contra o vice-reinado do Peru; organizador e chefe da primeira esquadra brasileira.

MARIA GRAHAM (1785-1845), escritora e viajante inglesa, governanta e preceptora da princesa Maria da Glória; "amiga" de Leopoldina.

ISABEL MARIA DE ALCÂNTARA BRASILEIRA DE BRAGANÇA (1824-1898), primeira duquesa de Goiás, filha adulterina legitimada de dom Pedro e Domitila de Castro.

FRANCISCA CAROLINA DE BRAGANÇA (1824-1898), princesa imperial do Brasil, filha de Leopoldina e dom Pedro; casou-se com seu primo-irmão, o príncipe de Joinville, filho do rei Luís Filipe I da França.

PRÍNCIPE PEDRO DE ALCÂNTARA (1825-1891), ultimogênito sobrevivente de Leopoldina e dom Pedro; segundo imperador do Brasil (Pedro II).

PEDRO DE ALCÂNTARA BRASILEIRO (1825-1826), filho de Domitila e do imperador dom Pedro I.

FELÍCIO PINTO COELHO DE MENDONÇA, "moço fidalgo do paço", português, marido de Domitila de Castro.

PLÁCIDO PEREIRA DE ABREU, antigo barbeiro de palácio, tesoureiro da casa imperial de dom Pedro I.

JOHANN MARTIN FLACH, comerciante suíço e, provavelmente de 1822 até 1826, secretário particular de Leopoldina.

SIR CHARLES STUART, nobre e diplomata britânico representante de Portugal no Brasil a partir de 1825.

VISCONDE DE CASTRO, João de Castro Canto e Melo (1740-1826), militar e administrador português, gentil-homem de câmara de dom Pedro; nascido nas Açores; pai de Domitila de Castro.

MADAME DE POMPADOUR (1721-1764), Jeanne-Antoinette Poisson, marquesa de Pompadour; a mais conhecida das numerosas amantes do rei Luís XV da França.

MADAME DE MAINTENON (1635-1719), Françoise d'Aubigné, marquesa de Maintenon, amante e a seguir esposa morganática do rei Luís XIV da França; fundadora da Escola de Saint-Cyr para meninas nobres de famílias empobrecidas.

LUÍS XV (1710-1774), rei da França, herdeiro de seu avô, Luís XIV, o Rei Sol; seu longo reinado viu-se debilitado e desprestigiado pela ingerência de suas amantes. Foi avô e antecessor de Luís XVI, esposo de Maria Antonieta.

MARIA TERESA DE HABSBURGO, a Grande (1717-1780), imperatriz do Sacro Império Romano-Germânico; seu casamento com o filho do duque de Lorena, Francisco de Lorena (a partir de então Francisco I), deu origem ao ramo Habsburgo-Lorena. Bisavó paterna e materna de Leopoldina.

MONTESQUIEU (1689-1755), Charles-Louis, barão de Secondat; filósofo, político e escritor francês, crítico da monarquia absolutista francesa, teórico da separação de poderes.

VICENTE NAVARRO DE ANDRADE (1776-1850), primeiro barão de Inhomirim; irmão de Rodrigo. Médico pessoal de Leopoldina; tratou dela durante sua doença fatal.

Notas

Capítulo I — O sonho de uma imperatriz

1   Craveri, B. *Amantes y reinas*, Madrid, 2006, p. 339.
2   Kann, B. "Apontamentos sobre a infância e juventude de Leopoldina", em *Cartas de uma imperatriz*, São Paulo, 2006, p. 64 (a partir de agora, Kann, B.).
3   Manfred, A., *Napoleão Bonaparte*, Madri, p. 134.

Capítulo II — Sob as asas da águia

4   Hedvig Elizabeth Carlotte, *Diários*, VI, (1797-1799). Norstedt and Söners Förlag, Estocolmo, 1927, p. 160 e seguintes.
5   Kann, B; *op. cit.*, p. 65.
6   Oberacker Jr. C. H., *A Imperatriz Leopoldina*, Conselho Federal de Cultura, 1973, p. 14, (a partir de agora, Oberacker Jr.).
    Não encontramos informação documental sobre esta personagem pouco importante do ponto de vista histórico, mas que deve tê-lo sido para Leopoldina. Por dois fatos que serão vistos mais adiante na obra (a recompensa dada a um filho de Francisca e a invocação do nome dessa mulher em momentos trágicos da vida de Leopoldina), poderíamos supor que, antes de ser camareira da arquiduquesa, Annony teria sido uma de suas amas de leite.
7   Kann, B., *op. cit.*, p. 65.
8   Oberacker Jr., *op. cit.*, p. 14.
9   *Ibidem.*
10 *Ibidem*, p. 15.
11 *Ibidem*, p. 13.
12 Leopoldina a Luísa, de 30 de setembro de 1824.
    Para esclarecer possíveis discordâncias, informamos ao leitor que as citações das cartas escritas por Leopoldina, ou dirigidas a ela, em qualquer outro idioma

que não seja o português que aparecem nesta obra [no original espanhol] são a tradução portuguesa da versão espanhola dessas cartas feitas pelo autor [do original espanhol].

13 Kahn, B., p. 66.
14 Jacobina Lacombe, A., em "Oberacker Jr. Carlos H.", p. XV.
15 Cit. por Oberacker Jr., p. 15.
16 Oberacker Jr., p. 15.
17 Zweig, S., *Tres maestros (Balzac, Dickens, Dostoievski)*, Barcelona, 2004, p. 16.
Este é um escritor austríaco que, curiosamente, compartilha com Leopoldina dois fatos fundamentais de sua existência: ter nascido em Viena, de família paterna originária da Boêmia, e ter morrido no Brasil.
18 *Ibidem*, p. 15.
19 Acton, H., *I Borboni di Napoli*, Milão, 1974, p. 131.
Este autor era descendente de John Acton, ministro e *favorito* de Maria Carolina.

Capítulo III — Uma madrasta muito querida

20 Hartmann, A. *Memórias de uma amiga vienense*, vol. 41, cit. por Kann, B., p. 83.
21 Oberacker Jr., *op. cit.*, p. 18.
22 Obry, O., cit. por Oberacker, Jr., p. 14.
23 Kann, B., *op. cit.*, p. 58.
24 *Ibidem*, p. 59.
25 *Ibidem*.

Capítulo IV — Cunhada do "Diabo"

26 Cit. por Tritsch, W., p. 382. Cit. por Oberacker Jr., p. 20.
27 Cit. por Wertheimer, E., p. 43. Cit., por Oberacker, Jr. *op. cit.*, p. 20.
28 Herre, F., Maria Luigia, *Il destino di una Asburgo*, Milão, 1997, p. 59. (A partir de agora, Herre).
29 Jacobina Lacombe, em Oberacker Jr., *op. cit.*, p. XIII.
30 *Ibidem*.
31 Herre, *op. cit.*, p. 45.
32 Kann, B., *op. cit.*, p. 65.
33 Jacobina Lacombe, em Oberacker Jr., *op. cit.*, p. XIII e XIV.

34   Oberacker Jr., *op. cit.*, p. 15.
35   B. Kann, *op. cit.*, p. 66.
36   Kann, B., *op. cit.*, p. 67.
     Oberacker Jr. afirma que o ingresso aconteceu em 3 de maio do ano de 1810 (p. 21), ou seja, pouco antes da viagem de Leopoldina a Karlsbad. Na única carta (sem data) que conhecemos próxima a essa data, escrita com certeza posteriormente a sua viagem a Praga e anterior ao 5 de junho (no *post-scritptum* anuncia que nesse dia partem para Karlbad), Leopoldina diz a sua irmã: "Agora quero contar tudo que fiz desde então" (desde a volta de Praga). E lhe conta com muitos detalhes vários fatos acontecidos supostamente no mês de maio de 1810; entre outros, uma muito citada alusão ao "Gabinete dos Minerais" da Faculdade de Medicina da Universidade de Praga. Mas em nenhum momento faz menção à Ordem Estrelada.
     Algo parecido ocorre em relação a esse dia e mês, mas do ano de 1811: a arquiduquesa se refere em suas cartas a excursões a montanhas alpinas, laranjas de Dissen que deram frutos muito bonitos, e pede ao pai que lhe compre lápis escuros que só se vendem em Paris, pois os necessita para teminar uma pintura; mas nada diz sobre a Cruz Estrelada.
37   Leopoldina a Luísa, 8 de junho de 1810.
38   B. Kann, *op. cit.*, p. 65.
39   *Ibidem*, p. 68.
40   Leopoldina a Luísa, 27 de novembro de 1810.

Capítulo V — Lições de história
41   Oberacker Jr., *op. cit.*, p. 18.
42   Luísa a Leopoldina, 11 de fevereiro de 1811.
43   Leopoldina a Luísa, 3 de março de 1812.
44   Leopoldina a Luísa, 28 de maio de 1812.
45   Oberacker Jr., *op. cit.*, p. 22.
46   Solomon, M., *New ligth on Beethoven's letter to an unknown woman*; em *The Musical Quarterly*, p. 572 e seguintes.
47   Leopoldina a Luísa, 27 de março de 1813.
48   Leopoldina a Luísa, 7 de junho de 1812.
49   Oberacker Jr., *op. cit.*, p. 23.

50   *Ibidem.*
51   B. Kann, *op. cit.*, p. 69.

Segundo se conta, antes de partir para esse balneário francês, Neipperg, que já fora casado com a italiana condessa de Pola e tivera dois filhos com ela, teria dito: "Em seis semanas serei seu melhor amigo, e em seis meses seu amante". De qualquer forma, Maria Wilhemina von Neipperg, tia paterna do conde, jovem de grande beleza e encanto, havia se tornado, aos 17 anos, "amiga íntima" do imperador Francisco I, esposo da imperatriz Maria Teresa a Grande, quando esta já havia tido quinze filhos; a relação duraria até a morte do imperador, não obstante Maria Guilhermina se casasse com o príncipe de Auersperg.

CAPÍTULO VI — Três príncipes para uma arquiduquesa
52   Leopoldina a Luísa, 12 de setembro de 1814.
53   Leopoldina a Luísa, 28 de setembro de 1814.
54   Kann, B., *op. cit.*, p. 61.
55   *Ibidem*, p. 60.
56   Leopoldina a Francisco I da Áustria, 14 de julho de 1815.
57   Leopoldina a Luísa, 22 ou 23 de março de 1816.
58   Leopoldina a Luísa, abril de 1816.
59   Luísa a Leopoldina, 12 de abril de 1816.
60   Leopoldina a Luísa, 2 de junho de 1816.
61   Leopoldina a Luísa, 8(?) de junho de 1816.
62   Leopoldina a Luísa, 26 de julho de 1816.
63   Leopoldina a Luísa, 2 de agosto de 1816.
64   Leopoldina a Luísa, 17 de agosto de 1816.
65   Leopoldina a Luísa, 27 de agosto de 1816.
66   Leopoldina a Luísa, 18 de setembro de 1816.

CAPÍTULO VII — As joias do Brasil
67   Oberacker Jr., *op. cit.*, p. 58.
68   Kann, B., *op. cit.*, p. 71.
69   Oberacker Jr., *op. cit.*, p. 58.
70   Luísa a Leopoldina, 9 de outubro de 1816.

71 Leopoldina a Luísa, 15 de outubro de 1816.
72 Leopoldina a Luísa, 18 de outubro de 1816.
73 Leopoldina a Luísa, 20 de outubro de 1816.
74 Leopoldina a Luísa, 21 de outubro de 1816.
75 Leopoldina a Luísa, 11 de novembro de 1816.
76 Kann, B., *op. cit.*, p. 71.
77 Leopoldina a Luísa, 21 de novembro de 1816.
78 Khel, M. R., "Leopoldina, ensaio para um perfil"; em *Cartas de uma imperatriz*, *op. cit.*, p. 124.
79 Oberacker Jr., *op. cit.*, p. 65.
80 Leopoldina a Luísa, 26 de novembro de 1816.
81 Jacobina Lacombe, A., em Oberacker, Jr., p. XIII.
82 *Ibidem.*
83 Leopoldina a Luísa, 18 de janeiro de 1817.
84 *Ibidem.*
85 *Ibidem.*
86 Oberacker Jr., *op. cit.*, p. 70.
87 Cit. por Lima Oliveira; *D. João VI no Brasil, 1803-1821*, 1945, p. 907.

Capítulo VIII — "Um homem lindíssimo"
88 Leopoldina a Luísa, 9 de abril de 1817.
89 Leopoldina a Luísa, 15 de abril de 1817.
90 Leopoldina a Luísa, abril de 1817.
91 Leopoldina a Luísa, 18 de abril de 1817.
92 Leopoldina a Luísa, 30 de abril de 1817.
93 *Ibidem.*
94 *Ibidem.*
95 Jacobina Lacombe, em Oberacker Jr., *op. cit.*, p. XVI.
    A inspiração das palavras de sua introdução encontram-se no Evangelho de São Mateus, XXIII (37-40).
96 Leopoldina a Luísa, 2 de maio de 1817.
97 Leopoldina a Luísa, 10(?) de maio de 1817.
98 Montet du, A.; cit. por Oberacker, Jr., *op. cit.*, p. 149-50.
99 Leopoldina a Luísa, 14 de maio de 1817

CAPÍTULO IX — *Intermezzo* italiano
100   Cit. por Oberacker Jr., p. 140.
101   *Ibidem.*
102   Leopoldina a Francisco I da Áustria, 7 de junho de 1817.
103   Leopoldina a Francisco I da Áustria, 9 de junho de 1817.
104   *Ibidem.*
105   Leopoldina a Luísa, 16 de junho de 1817.
106   Leopoldina a Luísa, 13 de junho de 1817.
107   Leopoldina a Maria Amélia de Orleans, 13 de junho de 1817.
108   Leopoldina a Luísa, 15 de junho de 1817.
109   Leopoldina a Francisco I da Áustria, 16 de junho de 1817.
110   Leopoldina a Francisco I da Áustria, 17 de junho de 1817.
111   Leopoldina a Lazansky, 19 de junho de 1817.
112   Corti, E., *Metternich und die Frauen*, Viena, 1949, V. II, p. 57, cit. por Oberacker, Jr., *op. cit.*
113   Leopoldina a Lazansky, 17 de julho de 1817.
114   Leopoldina a Francisco I da Áustria, 26 de julho de 1817.
115   Leopoldina a Lazansky, 29 de julho de 1817.
116   Leopoldina a Francisco I da Áustria, 8 de agosto de 1817.
117   Leopoldina a Maria Luísa, 20 de agosto de 1817.
118   Leopoldina a Maria Luísa, 26 e 27 de agosto de 1817.
119   Leopoldina a Lazansky, 14 de setembro de 1817.

CAPÍTULO X — "Uma terra abençoada"
120   Leopoldina a Luísa, 8 de novembro de 1817.
121   Cit. por Oberacker Jr., *op. cit.*, p. 110.
122   *Ibidem*, p. 111.
123   Arquiduque Luís a Luísa, 30 de novembro de 1818.
124   Oberacker Jr., *op. cit.*, p. 111.
125   Cit. por dos Santos, L. G., *Memórias*, Rio de Janeiro, 1943, II, p. 593 e seguintes. Cit. por Oberacker Jr., *op. cit.*
126   *Ibidem.*
127   Cit. por Oberacker Jr., *op. cit.*, p. 118.
128   Leopoldina a Luísa, 8 de novembro de 1817.

129 Gerosa, G., *Napoleone*, Milão, 1995, p. 43.
130 Jacobina Lacombe A., em Oberacker Jr., *op. cit.*, p. XVIII.
131 Cit. por Oberacker, Jr., *op. cit.* p. 86.
132 *Crônica geral*, V. II, p. 183 e seguintes, cit. por Oberacker Jr., *op. cit.*
133 Graham, M., *Escorço biográfico de dom Pedro I*, (a partir de agora, "Graham"), Rio de Janeiro, 1940, p. 66.
134 Leopoldina a Luísa, 8 de novembro de 1817.
135 Graham, *op. cit.*, p. 77.
136 Leopoldina a Luísa, 30 de novembro de 1817.
137 *Ibidem*.
138 Leopoldina a Francisco I da Áustria, 30 de novembro de 1817.
139 Graham, *op. cit.*, p. 67.
140 Leopoldina a Francisco I da Áustria, 7 de dezembro de 1817.
141 Leopoldina a Francisco I da Áustria, ? de dezembro de 1817.
142 Leopoldina a Luísa, 10 de dezembro de 1817.
143 Leopoldina a Luísa, 11 de dezembro de 1817.
144 Graham, *op. cit.*, p. 65.

Capítulo XI — Educar um marido

145 Graham, *op. cit.*, p. 66.
146 Tarquínio de Sousa, p. 80, cit. por Oberacker, Jr., *op. cit.*
147 Leopoldina a Francisco I da Áustria, 22 de dezembro de 1817.
148 Leopoldina ao arquiduque Francico, 1º de janeiro de 1817.
149 Leopoldina a Luísa, 20 de janeiro de 1818.
150 Leopoldina a Luísa, ? de abril de 1818.
151 Leopoldina ao arquiduque Rainer, 18 de abril de 1818.
152 Leopoldina a Luísa, 18 de abril.
153 *Ibidem*.
154 Leopoldina a Francisco I da Áustria, 19 de abril de 1818.
155 Leopoldina a Luísa, 23 de maio de 1818.
156 Lepenies, cit. por Kann, *op. cit.*, p. 77.
157 Leopoldina a Francisco I da Áustria, ? de maio de 1818.
158 Leopoldina a Marialva, 14 de junho de 1818.

CAPÍTULO XII — Uma princesa brasileira
159 Jacobina Lacombe, A., em Oberacker Jr., p. XV.
160 A primogênita de Leopoldina e Pedro nasceu no dia 4 de abril de 1819, exatamente nove meses depois de escrito esse despacho de Neveu, com data de 4 de julho de 1818. Leopoldina dá a notícia de sua gravidez a sua irmã em carta de 30 de julho. Porém, em outra do dia 21 de dezembro, diz ter certeza de que o parto ocorrerá em 16 de março.
161 Leopoldina a Luísa, 9 de julho de 1818.
162 *Ibidem.*
163 Leopoldina a Luísa, 30 de julho de 1818.
164 Leopoldina a Luísa, 1º de setembro de 1818.
165 Leopoldina a Luísa, 1º de outubro de 1818.
166 *Ibidem.*
167 *Ibidem.*
168 A carta citada é do arquiduque Luís a Luísa, 24 de setembro 1818. Quanto à observação sobre o ocultamento nas cartas de Leopoldina, a referência se encontra em Khel, M. R., *op. cit.*, p. 117.
169 Leopoldina a Luísa, 23 de outubro de 1818.
170 Arquiduque Luís a Luísa, 30 de outubro de 1818.
171 Neveu a Metternich, 26 de dezembro de 1818.
172 Oberacker Jr., *op. cit.*, p. 139.
173 Leopoldina a Luísa, 2 de janeiro de 1819.
174 *Ibidem.*
175 Leopoldina a Luísa, 20 de abril de 1819.
176 Leopoldina a Luísa, 7 de abril de 1819.
177 Leopoldina a Luísa, 12 de abril de 1819.
178 Leopoldina a Maria Amélia de Orleans, 15 de maio de 1819.
Para o relato dos fatos segue-se a cronologia de Leopoldina. Na realidade, a rainha Maria Luísa de Parma havia morrido, em Roma, no final de 1818, e a rainha Maria Isabel de Bragança em Madri, em 2 de janeiro de 1819.
Ao dar a notícia desses dois falecimentos a familiares (no caso da italiana Maria Luísa de Parma, fala de funerais em sua honra), Leopoldina dá a entender que no Rio se soube deles vários meses depois, de qualquer maneira,

quando Maria da Glória já havia nascido. Talvez exista um erro na data da carta na qual a princesa informou o falecimento de Maria Luísa de Parma.

Capítulo XIII — Os sofrimentos da jovem Leopoldina

179 Leopoldina a Francisco I da Áustria, 19 de junho de 1819.
180 Leopoldina a Luísa, 26 de setembro de 1819.
     Porém, em uma distinção posterior, a princesa considerava a "cozinha vienense" "envenenada".
181 Leopoldina a Marialva, 12 de novembro de 1819.
     Entre as obras pedidas encontravam-se *Souvenirs d'Italie*, do conde de Chateaubriand, "Viagens ao interior do Senegal", "Cartas morais das missões estrangeiras" e uma descrição da Grécia feita por Pausânias.
182 Leopoldina a Luísa, 9 de dezembro de 1819.
183 Leopoldina a Maria Amélia de Orleans, 14 de dezembro de 1819.
184 Mareschal a Metternich, 22 de dezembro de 1820.
185 Leopoldina a Luísa, 7 de abril de 1820.
     Alguns situam nesse mês o nascimento de um suposto segundo filho, chamado dom Miguel, do qual não existe registro histórico nem menos ainda referência em suas cartas.
186 Leopoldina a Maria Amélia, 12 de abril de 1820.
187 Obras sobre Rússia, Dinamarca, Síria, Palestina, Fenícia, Baixo Egito, Constantinopla, Nápoles e Sicília, paisagens sicilianas. Obras completas do poeta latino Horácio traduzidas ao francês. Arte dos palácios florentinos, da galeria do Museu do Louvre. História da campanha de 1814. "As mulheres", de Madame de Ségur. Descrição dos Estados Unidos. "Os jardins da Malmaison" e os então muito famosos livros sobre flores, de grande sucesso entre o público feminino, *Les roses* e *Les liliacées*, de Redouté.
188 Leopoldina a Maria Luísa, 4 de maio de 1820.
189 Leopoldina a Luísa, 17 de julho de 1820.
190 Leopoldina a Luísa, 18 de agosto de 1820.
191 Leopoldina a Francisco I, 18 de setembro de 1820.

Capítulo XIV — "O fantasma da liberdade"

192 Leopoldina a Francisco I da Áustria, 20 de dezembro de 1820.

193 Stürmer a Metternich, 3 de março de 1820.
194 A carta não tem data de quando foi escrita, só de sua recepção como documento *"reçu le 28 Avril"*. Quanto a Schäffer, Leopoldina o menciona pela primeira vez, nas cartas que conhecemos, em uma dirigida a sua irmã de 10 de dezembro de 1817, na qual diz que esse "Professor Doutor" lhe havia trazido umas sementes de Macau, Cantão e uma parte da América do Sul, e que era uma pena que ele houvesse sido enviado à Rússia para tratar de assuntos políticos.
195 Obercker Jr., *op. cit.*, p. 204.
196 Leopoldina a Francisco I da Áustria, 1º de março de 1821.
197 Leopoldina a Luísa, ? de abril de 1821.
198 Leopoldina a Francisco I da Áustria, 11 de março de 1821.
199 Leopoldina a Francisco I da Áustria, 2 de abril de 1821.
200 Leopoldina a Luísa, 24 de maio de 1821.
201 *Ibidem*.

Capítulo XV — "Diga ao povo que fico"
202 Cit. por Oberacker, Jr., p. 219.
203 Moraes de Mello, J.; *A Independência*, p. 248, cit. por Oberacker, p. 219.
204 Leopoldina a Francisco I da Áustria, 9 de junho de 1821.
205 Leopoldina a Luísa, 2 de julho de 1821.
206 Oberacker Jr., p. 227.
207 Leopoldina a Francisco I da Áustria, 8 de julho de 1821.
208 Oberacker Jr., p. 237.
209 Leopoldina a Schäffer, dezembro(?) de 1821.
210 Graham, *op. cit.*, p. 82.
211 Jacobina Lacombe, A., em Oberacker, Jr., p. XX.
212 Graham, *op. cit.*, p. 72.
213 Slemian, A., "O paradigma do dever em tempos de revolução: dona Leopoldina e o 'sacrifício' de ficar na América", em *Cartas de uma imperatriz, op. cit.*, p. 104.
214 Dom Pedro a João VI, 11 de março de 1822.
215 Leopoldina a Marialva, 10 de maio de 1822.
216 Oberacker Jr., p. 262.
217 *Ibidem*.

Capítulo XVI — "As afinidades eletivas"
218 Leopoldina a Francisco I da Áustria, 23 de junho de 1822.
219 Leopoldina a Marialva, 12 de julho de 1822.
220 Leopoldina a Luísa, 1º de agosto de 1822.
221 Oberacker Jr., p. 265.
222 Leopoldina a Francisco I da Áustria, 8 de agosto de 1822.
223 Leopoldina a Marialva, 15 de agosto de 1822.
224 Cit. por Herre, *op. cit.*, p. 276.
225 Leopoldina a dom Pedro, 19 de agosto de 1822.
226 Leopoldina a dom Pedro, 22 de agosto de 1822.
227 Leopoldina a dom Pedro, 28 de agosto de 1822.
228 Oberacker Jr., p. 287.
229 Cintra, A. *A vida íntima do imperador e da imperatriz*, São Paulo, 1934, p. 16.
230 Moraes Mello de, *Brasil Reino*, I, p. 383, cit. por Oberacker Jr.
231 Oberacker, Jr., p. 280.
232 Leopoldina a dom Pedro, 2 de setembro de 1822.
233 Leopoldina a dom Pedro, 13 de setembro de 1822.
234 Drumond Vasconcelos de. A.; *Anotações à sua biographia*, p. 42, cit. por Oberacker Jr.
235 Oberacker Jr., p. 293.
236 *Ibidem.*

Capítulo XVII — Imperatriz do Brasil
237 Viana, H., *Dom Pedro I e dom Pedro II*, São Paulo, 1966, p. 13; cit. por Oberacker Jr.
238 Leopoldina a Francisco I da Áustria, 12 de dezembro de 1822.
239 Cit. por Oberacker Jr., p. 288.
240 Leopoldina a Francisco I da Áustria, 6 de abril de 1823.
241 Leopoldina a Luísa, 10 de abril de 1823.
    O comentário tinha como motivo aparente criticar a demora de um pintor que estava fazendo um retrato familiar para que ela o enviasse a Luísa, mas a alusão ao marido (ou, pelo menos, a outro tipo de comportamento dos homens mais sério que o atraso para terminar um quadro) parece evidente.
242 Leopoldina a Luísa, 24 de maio de 1823.

243 Leopoldina a Luísa, 18 de junho de 1823.
244 Cit. por Oberacker Jr., p. 315.
245 Santos, E., *Dom Pedro IV*, Lisboa, 2006, p. 175.
246 Oberacker Jr., p. 314.
247 Leopoldina a Francisco I da Áustria, 18 de julho de 1823.
248 Drummond, *op. cit.* p. 60-61.
249 Monteiro, T., *A elaboração da independência*, Rio de Janeiro, 1927, p. 725. Cit. por Oberacker, Jr.
250 Leopoldina a Luísa, 18 de julho de 1823.

Capítulo XVIII — Amor divino e amor profano
251 Aproximadamente 2 de novembro, daquela que seria a princesa Francisca Carolina, nascida em 2 de agosto de 1824.
252 Forjaz D., *O senador Vergueiro*, São Paulo, 1924, p. 319; cit. por Oberacker Jr.
253 Drummond, *op. cit.*, p. 72.
254 Falcão de Cerqueira, *Obras científicas*, São Paulo, 1967, vol. II, p. 21; cit. por Oberacker Jr.
255 O enviado português de dom Pedro era Antônio Teles da Silva; Arquivo Diplomático da Independência, IV, p. 105; cit. por Oberacker Jr.
256 Drummond, *op. cit.*, p. 85.
257 Celliez, Mlle. de, *Les imperatrices,* Paris, p. 600; cit. por Oberacker Jr.
258 Leopoldina a Schäffer, 12 de junho de 1824.
    É possível que esses homens estivessem destinados a formar forças militares a serviço do imperador.
259 Leopoldina a Francisco I da Áustria, 14 de junho de 1824.
260 Oberacker Jr., p. 309.
261 Leopoldina a Francisco I da Áustria, 9 de julho de 1824.

Capítulo XIX — Do diário de uma preceptora inglesa
262 Leopoldina a Francisco I da Áustria, 19 de agosto de 1824.
263 Graham, *op. cit.*, p. 85.
264 *Ibidem*, p. 91.
265 *Ibidem*.
266 Leopoldina a Maria Luísa, 10 de setembro de 1824.

267 *Ibidem.*
268 *Ibidem.*
269 *Ibidem,* p. 93.
270 *Ibidem,* p. 130.
271 *Ibidem,* p. 94.
272 *Ibidem,* p. 101.
273 *Ibidem,* p. 103.
274 *Ibidem,* p. 109.
275 *Ibidem,* p. 96.
276 Leopoldina a Luísa, 30 de setembro de 1824.
277 Graham, p. 102.
278 *Ibidem,* p. 104.
279 *Ibidem,* p. 116.
280 Leopoldina a Flach, sem data, cit. por *Cartas a uma imperatriz, op. cit.,* p. 415.
281 *Ibidem,* p. 416.
282 Leopoldina a Graham, 6 de novembro de 1824.

Capítulo XX — *"La maîtresse en titre"*
283 Leopoldina a Luísa, 12 de novembro de 1824.
284 *Ibidem.*
285 Leopoldina a Schäffer, 13 ou 15 de março de 1825.
Quanto aos soldados, talvez se tratasse dos "três mil homens jovens e solteiros" que ela lhe havia pedido, em nome do marido, que contratasse em 12 de junho de 1824 (nota 260, cap. XVIII).
286 Oberacker Jr. *op. cit.,* p. 369.
287 Leopoldina a Francisco I da Áustria, 7 de abril de 1825.
288 Mareschal a Metternich, 15 de abril de 1825.
289 Leopoldina a Luísa, 2 de setembro de 1825.
290 Graham, *op. cit.,* p. 164.
291 Leopoldina a Francisco I da Áustria, 28 de setembro de 1825.

Capítulo XXI — Uma filha ainda ingênua
292 Mareschal a Metternich, 15 de outubro de 1826.
293 *Ibidem.*

294 Leopoldina a Francisco I da Áustria, 17 de dezembro de 1825.
295 Oberacker Jr., p. 399.
296 *Ibidem*, p. 400.
297 Leopoldina a Maria Graham, 2 de fevereiro de 1826. Cit. por Graham, *op. cit.*, p. 144.
298 *Crônica geral*, II, p. 250 e seguintes, cit. por Oberacker Jr.
299 Oberacker Jr., p. 404.
300 Graham, *op. cit.*, p. 144.
301 Mareschal a Metternich, 7 de abril de 1826.
302 Bougainville J. de, cit. por Oberacker, Jr., p. 606.
303 *Ibidem*.
304 Leopoldina a Navarro de Andrade, 25 de abril de 1826.
305 Leopoldina a Graham, 29 de abril de 1826.
306 Leopoldina a Schäffer, 10 de maio de 1826.
307 Leopoldina a Lazansky, 20 de maio de 1826.

Capítulo XXII — Melancolia

308 Mareschal a Metternich, 13 de junho de 1826.
309 *Crônica geral*, II, p. 253, cit. por Oberacker Jr.
310 Mareschal a Metternich, 13 de junho de 1826.
311 Cintra, A., *op. cit.*, p. 122.
312 Rangel, *Dom Pedro I e a marquesa de Santos*, p. 150; cit. por Oberacker Jr.
313 Mareschal a Metternich, 16 de junho de 1826.
314 Leopoldina a Graham, 7 de junho de 1826.
315 Mareschal a Metternich, 12 de agosto 1826.
316 Cit. por Graham, *op. cit.*, p. 81.
317 Mansfeldt, J., *Meine Reise nach Brasilien im Jahre 1826*, II, p. 86; cit. por Oberacker Jr.
318 Raffard, H., *Apontamentos*, p. 20; cit. por Oberacker Jr.
319 "O padre Carlos Ebner e o cônego Seidel", segundo Oberacker Jr.
320 Leopoldina a Luísa, 17 de setembro de 1826.
321 Leopoldina a Maria Graham, 17 de setembro de 1826.
322 Leopoldina a Francisco I da Áustria, 17 de setembro de 1826.
323 Oberacker, Jr., p. 419.

324 Leopoldina a Schäffer, 8 de outubro de 1826.
325 Oberacker, Jr., p. 311.
326 Leopoldina a Schäffer, 8 de outubro de 1826.
327 Craveri, *op. cit.* p. 329.
328 *Ibidem.*
329 *Ibidem.*

Capítulo XXIII — Consagração de uma imperatriz
330 Oberacker Jr., *op. cit.* p. 78.
   Como podemos recordar, na carta que Leopoldina havia escrito ao doutor Schäffer em 8 de outubro de 1826, ela fazia menção a "uma Pompadour e uma Maintenon", um possível indício de que já sabia que Pedro tornara a ver Domitila publicamente.
331 *Ibidem.*
332 Leopoldina a Maria Graham, 22 de outubro de 1826.
333 Mareschal a Metternich, 13 de dezembro de 1826.
334 Cit. por Oberacker Jr., p. 420.
335 *Crônica geral*, II, p. 255; cit. por Oberacker Jr.
336 *Ibidem*, p. 255.
337 Cit. por Oberacker Jr., p. 422.
338 Rangel, *op. cit.*, p. 152.
339 Leopoldina a Francisco I da Áustria, 20 de novembro de 1826.
340 *Crônica geral*, II, p. 256; cit. por Oberacker Jr.
341 Visconde de São Leopoldo, *Memórias*, p. 66; cit. por Oberacker Jr.
342 Segundo Graham (*op. cit.*, p. 117), súdita do reino que tiraria o melhor partido dessa situação de enfrentamento entre nações sul-americanas: "O Brasil tinha antigas pretensões sobre a província que fica ao nordeste desse rio [da Prata]. Os diferentes chefes que haviam sido senhores da República Argentina não podiam deixar de pretender a Banda Oriental, se não por outras razões, ao menos pelo fato de que, desse lado, o rio, especialmente perto de Montevidéu, é bastante fundo para fazer um ancoradouro para navios, e toda a costa de Buenos Aires é tão baixa que se torna um lugar perigoso para navios de qualquer tonelagem".
343 Leopoldina a Francisco I da Áustria, 20 de novembro de 1826.
344 Rangel, *op. cit.*, p. 158.

345 Maria Amélia de Orleans a Luísa, 7 de março de 1827.
346 Graham, *op. cit.*, p. 146.
347 Mareschal a Metternich, 13 de dezembro de 1826.
348 *Crônica geral*, II, p. 175; cit. por Oberacker Jr.
349 Leopoldina a Luísa, 8 de dezembro de 1826.
350 *Ibidem*. De acordo com a versão do biógrafo mais importante de Leopoldina, e como se diz nesse documento, "a carta original devia ser entregue ou enviada por meio seguro à destinatária por César Cadolino, criado da duquesa." Tratava-se, provavelmente, de um "jovem cremonense", "filho de minha velha e boa camareira-mor que por motivos de negócios continua no Rio de Janeiro", segundo carta da própria Maria Luísa a sua irmã em 1º de janeiro de 1826.

Antes de expedir a carta, teria sido feita uma cópia, cuja autenticidade conforme a original *"déjà expedié le 12 decembre 1826"* teve como testemunhas quatro pessoas, o citado César Cadolino e o secretário da imperatriz, J. M Flach, entre elas. As assinaturas dessas testemunhas foram reconhecidas em 5 de agosto de 1834 pelo notário Joaquim José de Castro. Algo que, de acordo com recentes interpretações, retiraria a autenticidade do documento por ter sido submetido a esse ato notarial muito depois da data da suposta redação do documento supostamente original.

Quanto ao que parece se depreender dessa carta, a responsabilidade direta do imperador na morte de sua mulher, o citado biógrafo confessa que "muitos anos, durante nossos estudos para esta biografia, rejeitamos a ideia de uma agressão física de dom Pedro à imperatriz. Conhecendo, porém, cada vez melhor o caráter do imperador e reunindo os pormenores de todas as testemunhas, começamos a hesitar, principalmente devido a outra testemunha, a mais fidedigna de todas, a própria dona Leopoldina, que em seu leito de morte, apesar de ainda amar o marido, acusa-o indiretamente como culpado por sua morte prematura". Em Oberacker Jr., p. 429.

Esta conclusão precisou ser ajustada depois que, em 2012, a arqueóloga Valdirense do Carmo Ambiel procedeu à exumação dos restos da imperatriz. Os exames negam que ela houvesse tido um fêmur quebrado, como conta, por outro lado, uma *lenda* de pouca credibilidade histórica. As cartas de Leopoldina a sua irmã Maria Luisa mostram, no entanto, que Pedro destruiu algo mais *sagrado* que uma parte da estrutura óssea de sua esposa.

O fato de ter sido sepultada com o vestido usado para a coroação, segundo outro resultado do estudo de seus despojos mortais, demonstraria que ela usava o mesmo manequim de quatro anos antes. Com isso, concluiríamos que também não havia engordado tanto, como se afirma. A meu entender, dona Leopoldina nunca foi obesa. Mas suas referências à comida, as cartas de sua irmã, que a descreveria como "de estatura pequena e um tanto robusta", os comentários da baronesa de Montet e de Bougainville sobre sua aparência física, bem como a iconografia, levam a pensar que ela foi "cheinha", como se diz. Seus problemas conjugais aumentariam a importância que o mecanismo compensatório entre afetividade e comida tinha em sua vida. A soma das doenças que a levaram à morte provavelmente a fez emagrecer de modo considerável.

[Comentário do autor: Agradeço ao historiador Renato Drummond Tapioca Neto e ao blog *Rainhas Trágicas* por terem me apontado a *negligência* de não falar dessa exumação na primeira impressão deste livro. Embora a considere fundamental para esclarecer aspectos importantes sobre a vida (e a morte) da primeira imperatriz do Brasil, confesso que no fim venceu meu medo de que a referência refinadamente científica ao tema quebrasse o clima que eu me propus dar ao final. Sem dúvida, eu devia tê-lo feito nas notas, como faço nesta reimpressão, talvez de maneira menos extensa e detalhada do que deveria, em razão de compreensíveis limites editoriais.]

351 *Crônica geral*, II, p. 257; cit. por Oberacker Jr.
352 Mareschal a Metternich, 13 de dezembro de 1826.
353 Mareschal a Metternich, 13 de dezembro de 1826.
354 *Ibidem*. Segundo Mareschal, o óbito aconteceu em 11 de dezembro de 1826, às dez da manhã, e não às oito como diz a versão oficial.

**Acreditamos
nos livros**

Este livro foi composto em Sabon e impresso pela Gráfica Geografica para a Editora Planeta do Brasil em janeiro de 2021.